WARHAMMER 40,000

不 屈
INDOMITUS

［英］加夫·索普 著　吴天骄 译

浙江科学技术出版社

English version originally published in Great Britain in 2020 by Black Library.

Games Workshop Limited, Willow Road, Nottingham, NG7 2WS, UK.

This edition published in China by Zhejiang Science and Technology Publishing House in 2022.

Copyright © Games Workshop Limited 2020.

This translation copyright © Games Workshop Limited 2020.

Translated and used under licence by Zhejiang Science and Technology Publishing House. All rights reserved. Indomitus © Copyright Games Workshop Limited 2020. Indomitus, GW, Games Workshop, Black Library, The Horus Heresy, The Horus Heresy Eye logo, Space Marine, 40K, Warhammer, Warhammer 40,000, the 'Aquila' Double-headed Eagle logo, and all associated logos, illustrations, images, names, creatures, races, vehicles, locations, weapons, characters, and the distinctive likenesses thereof, are either ® or TM, and/or © Games Workshop Limited, variably registered around the world. All Rights Reserved.

No part of this publication may be reproduced, stored in a retrieval system, or transmitted in any form or by any means, electronic, mechanical, photocopying, recording or otherwise, without the prior permission of the publishers.

This is a work of fiction. All the characters and events portrayed in this book are fictional, and any resemblance to real people or incidents is purely coincidental.

本书英文版由 Black Library 于 2020 年出版

Games Workshop Limited，地址：Willow Road, Nottingham, NG7 2WS, UK.

本书中文版由浙江科学技术出版社于 2022 年出版

Copyright © Games Workshop Limited 2020.

This translation copyright © Games Workshop Limited 2020.

浙江科学技术出版社可在授权下翻译与使用。Indomitus © Copyright Games Workshop Limited 2020。不屈、GW、Games Workshop、Black Library、荷鲁斯之乱、荷鲁斯之眼标识、星际战士、40K、战锤、战锤 40,000、"天鹰"双头鹰标识，以及所有相关标识、插图、图像、名称、生物、种族、载具、地点、武器、角色及其中的特色同类物，所有带有 ®、TM 以及 © Games Workshop Limited 的标识均为在全世界注册的商标或为 Games Workshop Limited 版权所有。

未经许可，不得将本书任何部分以任何形式复制、存储在某个检索系统中，也不得以任何形式或手段，包括电子、机械、影印、记录或其他方式，传播本书的任何部分。

本书为虚构作品。书中人物、事件均为虚构，如有雷同，纯属巧合。

故事简介

一百多个世纪以来，帝皇一直一动不动地坐在地球的黄金王座上。他是人类之主。凭借他无穷无尽的军队的强大力量，上百万个世界在对抗黑暗。

然而，他只是一具腐烂的尸体，这个帝国的腐尸领主靠科技黑暗时代的奇迹维持生命，每天都有上千条灵魂被献祭，以延续他的生命。

人族生活在可以想象的最残酷、最血腥的时代，遭受杀戮和屠杀，痛苦和悲哀的哭喊被黑暗众神饥渴的笑声所淹没。

群星之间永无宁日，因为在遥远未来可怕的黑暗中，只有战争。

目录

第一部分

2	第一章
11	第二章
19	第三章
29	第四章
40	第五章

第二部分

48	第一章
56	第二章
63	第三章
74	第四章
83	第五章
90	第六章
96	第七章
104	第八章
114	第九章

目录

第十章 118
第十一章 129
第十二章 143
第十三章 150

第三部分

第一章 164
第二章 174
第三章 180
第四章 187
第五章 191
第六章 199
第七章 212
尾　声 223

第一部分

他们船舱满载,勇气可嘉,离开太阳星系前往遥远的群星,怀着被压抑的恐惧和快活的心情,对未来会受到的伤害懵懂无知。所以,点燃火焰,送上祈祷吧,为了那支受到诅咒的舰队的灵魂。

——第五舰队的挽歌,一首帝国海军的水手号子

第一章

"他们将心地纯洁,身体强壮,不被疑虑所沾染,也不被自大所玷污。"普拉克萨米德斯不假思索地说出了这番出自《阿斯塔特圣典》的话。

埃斯切罗斯从指挥舰桥的主观察显示屏上移开视线,问道:"高级军官普拉克萨米德斯中尉,你是在进行指责吗?"这位极限战士踱步穿过伊斯拉卡之复仇号的战略厅,向他的副指挥官和另一名中尉涅米图斯走去。

琥珀色和红色的控制台灯光照耀在他们锃亮的蓝色盔甲上,占据大指挥室墙壁的战术视频全息仪发出明亮的等离子光,将盔甲映照得模糊不清。受制于技术的机仆被连接到终端上,占卜库向穿着蔚蓝色长袍的监工们频传着数据流,发出咕噜咕噜的声音,监工则依次为他们的星际战士军官编写报告。舰长奥里克·奥洛里斯在甲板上巡视,目光警觉。他身着极限战士的制服上衣,里面穿着一件清爽的白衬衫,下身穿着一条厚重长裤,裤腿塞进了齐膝的高筒靴里。

普拉克萨米德斯立刻为自己的一时失言感到懊悔。

"作为一个研究基因原体大人学说的学者,你应该知道《阿斯塔特圣典》中有很多关于尊重指挥系统的言论。"埃斯切罗斯与他手下的两位军官并排走着,然后半转过身子对着主显示屏。他指着显示屏上那艘飘浮在星光中的星际舰艇,蓝色和白色的等离子体从破裂的反应堆中胡乱喷射而出。"初步调查报告显示,我们已经摧毁了他们的武器网格,威胁微乎其微。"

普拉克萨米德斯对他的上司说:"上尉兄弟,我指的是涅米图斯对率队登舰过于热衷的事,附近还有敌舰。"

涅米图斯嘲弄地说道:"两艘驱逐舰的速度太快,我们无法独自猎杀。我们只要一追,它们就会消失,躲入第三轨道范围边界的小行星和气体云。明知它们会趁着我们的扫描仪应接不暇攻击我们,难道你会跟踪它们进入小行星和气体云吗?"

普拉克萨米德斯皱着眉头说："那不是我的建议，中尉兄弟。"涅米图斯偶尔会有这样的失误，反对考虑不周的策略，但事实上这个策略并未被提出过。他这么做也许纯粹是为了表明他自己考虑过并放弃了这种行动。普拉克萨米德斯说："我们的首要目标是消灭敌人。登舰会带来不必要的风险，而此时第五舰队的战斗群必须保存实力。"

涅米图斯补充道："那是一艘地狱使者级的巡洋舰。八千年来没有人建造出一艘，它源于一项古代的技术。"

埃斯切罗斯说："基因原体大人也会大力支持我们从他的沉思者库中收集情报，我们身处这支远征军的最前线，会第一时间遭遇敌人。这是一艘为攻击行星而制造的突击舰。也许这艘舰艇来自诅咒瘢痕的另一边，可以为我们了解迷失在亚空间裂隙之外的帝国暗面的现状提供一些线索。"

这一次，普拉克萨米德斯明智地抑制住了说话的冲动，真希望这整个谈话都能被忘掉。埃斯切罗斯注意到了副官的沉默寡言，继续说了下去："在资源枯竭的情况下，你敦促大家保持谨慎，这一点值得称赞，但我不会白白牺牲基因原体大人麾下战士们的生命。"埃斯切罗斯微微提高了嗓门，好让他的声音能传得更远一些，穿过战略厅传到其他指挥人员那里去。

这是埃斯切罗斯典型的精妙指挥技巧，他会把潜在的困难转化成激励他人的机会。这恰好是普拉克萨米德斯极度缺乏的天分，即使他百般努力，也无法获得这种指挥技巧。

"按照舰载精密计时表测算，我们在基因原体大人的远征中一直辛苦作战，已经近十年了。出征之初就出现了背叛者和灾难，舰队甚至在离开泰拉之前就遭受了损失。我们自己的特遣部队在瘟疫大清洗中失去了高贵的首领。在这里的人和之前来的人都有心理准备，胜利不会唾手可得，因为一个被敌人的巫术弄得四分五裂的星系会是一个充满敌意的战场。然而，即使是我们当中最悲观的人也没预料到，第五舰队在其征途上会遭遇这么多的艰辛和障碍。"

"每一次胜利都是艰苦奋战的结果，我们遇到的挫折比其他舰队更多。必须战胜每一个敌人，必须抓住每一个机会，从过去挫折的阴影中崛起。在我们面前摆着一份战利品，它是我们自己努力赢得的，不仅会增加伊斯拉卡之复仇号或浮士德战斗群的机遇，而且或许会让远征军第五舰队的所有人感到欣慰，让他们明白我们的艰苦努力已经达到了目的。"

涅米图斯冲着视频全息仪点了点头,咆哮道:"现在,这份战利品试图从我们的指缝中溜走。看看它们是如何向恒星残骸缓慢行进,在其中寻找避难所的。我们必须抓住时机,上尉兄弟。"

普拉克萨米德斯说:"像往常一样,我随时准备打头阵发动攻击,作为服役时间最长的中尉,能这么做是我的荣幸。"

"普拉克萨米德斯,你在实施攻击的过程中肯定会很坚决、很勤勉,我对此毫不怀疑,但我认为涅米图斯的性格更适合这次行动。"上尉把全部注意力转向另一位中尉,说:"迅速集结你的登舰部队。控制敌人的战略厅,尽力从沉思者库提取情报。"

普拉克萨米德斯说:"你们需要炸药,完成任务后炸飞这艘舰艇。"

涅米图斯说:"没必要这样做,看起来他们的反应堆已经降至临界状态了。再过几个小时,除了等离子体,他们什么都不会剩了。"

埃斯切罗斯说:"这样的话,我们就更有理由疾驰而去,为我们的目标而战了。"

"兄弟,如果我们确定了任务,我会审阅占卜的数据,并计算出能让你最快到达目标的途径向量。"普拉克萨米德斯把拳头举到胸前,向即将离开的军官致敬。

涅米图斯点了点头,作为对这个致敬手势的回应:"为了基因原体和帝皇。"

涅米图斯中尉退出战略厅后,普拉克萨米德斯转身向占卜终端走去。埃斯切罗斯把一只手搭在他肩上,拦住了他,说:"我知道你认为我低估了你,普拉克萨米德斯。我向你保证,我很快就会给你下达作战命令。只是……"

"是因为在我们两个人中,涅米图斯更充满活力吗?"

埃斯切罗斯答道:"更躁动不安,涅米图斯擅长直接行动。"

普拉克萨米德斯什么也没说。他已经说得太多了,不想再进一步挑战他上司的耐性了。事实上,他认为埃斯切罗斯觉得自己被大材小用了,因而渴望证明自己在基因原体眼中的价值。就像最近许多被派往远征军征伐前线的新兵一样,在征伐之初的灾难发生时,埃斯切罗斯并不在舰队中。他没有亲眼看到,在这几个月的时间里,远征军带来的希望和兴奋是如何变得荡然无存的。

也许这是件好事。普拉克萨米德斯有足够的自知之明,那些早期的经历使他比他的新指挥官更悲观。上尉期望涅米图斯能大胆行动,为伊斯拉卡之复仇号带来荣耀,而普拉克萨米德斯很清楚自己在这方面的不足。他既没有超凡魅力,也没有惊人的主动性。他勤奋能干,这些品质也许正是浮士德战斗群现在所需要的,因为他们如果再受一次严重挫折,可能会打击整个第五舰队的士气。

但埃斯切罗斯对这些想法并不感兴趣,因此普拉克萨米德斯把这些想法藏在了心里。他简单地说:"随你的便吧,上尉兄弟。"

埃斯切罗斯点头示意,让普拉克萨米德斯离开去完成他的任务。埃斯切罗斯从普拉克萨米德斯的拘谨中觉察到了他的劝诫之意。毫无疑问,普拉克萨米德斯是出于好意,但此时此刻,指挥部最不需要的就是消极情绪。其他战斗群终于传来了好消息,而浮士德战斗群还在努力抵抗亚空间风暴,因小股叛徒成群结队、层出不穷的攻击疲于奔命。埃斯切罗斯决心快速取得突破。

普拉克萨米德斯倾向于从战术角度考虑问题,却缺乏更长远的战略眼光,而那是埃斯切罗斯在快速晋升上尉军衔时被反复灌输的。许多像他一样的人被派往不屈远征军的最前线,以重新带来一些紧迫感,尤其是为远征军的第五舰队重新带来一些紧迫感。

"新鲜的血液,新鲜的能量。"这是基因原体大人的原话,埃斯切罗斯并没有亲耳听到。因为当时,基里曼大人正在远离泰拉的地方领导远征。普拉克萨米德斯和第一批火炬手舰队被派出时,与以前大为不同,没有大张旗鼓,没有基因原体大人,只有重新燃起的向黑暗挺进的决心。

有朝一日,也许就在不久以后,埃斯切罗斯就会拥有这样的荣誉。有朝一日,他会在胜利后站在基因原体大人面前,因为努力改变了舰队的命运而得到认可。

上尉从沉思中惊醒,发现奥洛里斯就站在附近,手里拿着一个数据板。舰长举起一只拳头抵在前额上。

"最新的舰队部署,上尉。"这个没有强化过身体的人把数据板递给他,后退了一步,从苍白的脸上拂开一缕金发。

埃斯切罗斯问道:"有什么值得注意的吗?"他知道奥洛里斯是可以信赖的,奥洛里斯审了与当前行动方针有关的信息。

"我们得到消息,正义之剑号和瓦图塔提安号都脱离了亚空间,与支援舰队会合了。"

"这样的话，我们的星舰侧翼就没有人了，整修有点儿早了。"埃斯切罗斯翻阅着报告说道。奥洛里斯提示道："这两艘舰艇都意外遭遇了战舰级的敌人，虽然侥幸逃脱，但遭受了重创。"

埃斯切罗斯找到了那条记录并浏览了交战报告："没有识别码。可能是叛徒的战舰。他们的重型光矛阵列比我们舰艇配备的射程远。"

"还有我们，上尉……"奥洛里斯犹豫了一下，清了清嗓子，继续说道，"普拉克萨米德斯中尉想知道我们是否要进行登舰行动。"

埃斯切罗斯抬起头来。中尉站在占卜控制台上，表面上正在做准备工作，但他的听觉被强化过，完全能够听到上尉和舰长之间的谈话。按照惯例，有关舰艇运行的事宜都应向舰长报告，但这一次似乎有点儿奇怪，普拉克萨米德斯没有直接提出他的问题。在直言不讳之后，他可能一反常态地变得更加谨慎了。

上尉说："你有顾虑吗，普拉克萨米德斯？你认为这艘流浪战舰会带来危险吗？"上尉希望随意的口吻可以让下属放心，因为他并没有责怪下属。

普拉克萨米德斯放下手上的工作，说："有这种可能，上尉。与正义之剑号的交战发生在过去两天内，离我们现在的位置只有四十五万英里的地方。如果那是艘荒芜者型战列舰怎么办？"

埃斯切罗斯说："中尉，你居然相信这种鬼话，这太让我吃惊了。"他对此嗤之以鼻，摇了摇头，"荒芜者型战列舰吗？都是些谣言和传闻。只是不情愿的帝国海军军官们发发牢骚罢了。"

"您认为报告没什么真实性吗，上尉？"普拉克萨米德斯走了过来，朝奥洛里斯瞥了一眼，他们的眼神表明他们早有共谋，"在过去的三十天里，有七艘舰艇失踪或被驱逐，都在这个次星区内。"

"没有幽灵般的敌舰能以护卫舰的速度发动攻击，然后消失。"埃斯切罗斯竖起一根手指阻止了奥洛里斯开口说话，"这肯定不是第九只眼号，这是根据返回的最微小的占卜片段和声音散射做出的鉴定。战斗群指挥部坚持认为，在这整个区域内都没有阿尔法军团的存在。你想让我忽视我们根据海军军官的信息而赢得的战利品吗？"

普拉克萨米德斯硬着头皮说道："我希望澄清一下我们的意图，上尉。您的意愿很明确。"

此时，埃斯切罗斯被中尉的干预弄得恼火了，咆哮着说："是的。你们尽快为涅米图斯中尉准备好计算结果。"

埃斯切罗斯把目光转向主显示屏上那艘舰艇。诸如此类模棱两可的话和谣言只是舰队士气问题的诸多症状之一，他不应该责怪普拉克萨米德斯，说他也像其他人一样，沉溺于冗长的不幸故事，犯了同样的错误，但这确实已经开始影响他的判断力了。尽管他之前说过要给中尉下达作战命令，但这种不理智的行为，再加上对非星际战士船员的过度熟稔，让埃斯切罗斯怀疑普拉克萨米德斯能否胜任战斗指挥一职。

随着登舰行动命令的下达，伊斯拉卡之复仇号上的基调从沉思、守望变成了积极活动。炮甲板上的船员们依然保持警惕，传感器工作站的人员在仔细观察重型巡洋舰破损的侧翼，观察敌舰上是否会突然出现生命迹象。从指挥舰桥上传来的射击解决方案，精确定位了敌舰装甲外壳上的破绽，为即将到来的攻击做准备。在飞行舱里，等离子引擎的轰鸣声和装甲靴重重的踏步声交织在一起，让所有的发射甲板上都充斥着待战的噪声。在发射前，身着红袍的技术神甫用沙哑而低沉的声音吟唱着机械之神的祝颂词，为他们的冲锋队祈福。低级专家们为炮艇机的武器和瞄准阵列涂上油膏。与此同时，饰有纳米花边的香炉中升腾起袅袅烟雾，飘进空转的进气口，以净化引擎的燃料。

以小队为单位，登舰部队集结在两个侧翼发射大厅之间的集合甲板上。涅米图斯在大厅中央的汇合处走来走去，三十名星际战士注意到他的时候，他用挑剔的目光打量着他们。他从舰艇后备队中挑选了三个仲裁者小队，这是原铸星际战士编队的骨干。这些身着蓝色战甲的极限战士立正站好，手持武器，一动不动地排成一排，等待着登上炮艇机的命令。

"不被自大所玷污。"

在涅米图斯为即将到来的战斗做好准备的时候，普拉克萨米德斯之前所说的话在他的脑海中挥之不去。不管是说给埃斯切罗斯还是说给涅米图斯听的，这句出自《阿斯塔特圣典》的话，讲起来轻言细语，但言辞激烈，不亚于人们发出的怒吼。

普拉克萨米德斯冷静到了冷酷的地步，说每一句话都很谨慎。他以前几乎从没这样说过话。

涅米图斯把头盔夹在腋下，沿着队伍走着，打量着每一个战士。他们每个人的装备都无可挑剔，这既要归功于他们自己，也要感谢军械士们的尽心尽力。当涅米图斯再次走到队伍前面的时候，维里纳中士把一只拳头举到了胸前。

"太棒了，中士兄弟，你现在就算在基因原体大人面前参加阅兵式都很得体啊！"

这位中士老兵补充道："我可不单单是为阅兵式做好了准备，中尉兄弟。"

"我确信这一点，维里纳。能再次带领他们是我的荣幸。"

涅米图斯从基因原体大人的话中得到了启发。基因原体大人说过："他们将是战斗苍穹上的光明之星、死亡天使，闪亮的双翼为人类的敌人带来迅速的毁灭。"

战斗苍穹上的光明之星。

近来，帝国被古代和现代的所有敌人包围，这些光明之星供不应求。作为不屈远征军中的后起之秀，涅米图斯在接受改造和训练时，已经从远方了解到了这次收复失地的伟大远征。他了解人类最优秀的战士们的英勇事迹所带来的力量。他听到过主帅胜利之时敲响的钟声；当伟大胜利事迹被宣读之时，他听到过数十万人的欢呼声。作为一名原铸星际战士，他将成为阿斯塔特修士的新典范。

然而，普拉克萨米德斯的话还是有点儿深奥难懂。

涅米图斯感到不安，他用专业的眼光打量着下一组战士——一队根除者，他们的热熔步枪已经准备就绪。当探险队到达敌人的战略厅时，他们将是突破敌人的主力军。涅米图斯的目光在他们和仲裁者之间移动，他注意到他们的大部分作战装备是新发的。

埃斯切罗斯的许多部下是被派来增援第五舰队的，就像他和涅米图斯一样，只有服役时间更长的少数人是在远征军征伐之初就离开了泰拉。经历过最早期的战斗、最可怕的战争和最顽强战役的那批人中，就有普拉克萨米德斯。

自第五舰队成立以来，普拉克萨米德斯就一直是该舰队的成员。他从基层起步，逐级晋升，在涅米图斯和埃斯切罗斯，以及其他一些人被训练成军官的时候，从军中崛起。星际战士早期的伤亡情况就是如此——这是一支以身先士卒为信条的部队，在三年内，由于头一批原铸星际战士军官的死亡，第五舰队的阿斯塔特修士领导层几乎减少了一半。快速提拔和晋升是权宜之计，但作为一个更长远的解决方案，涅米图斯和其他人从入伍伊始就接受了指挥训练。

普拉克萨米德斯的怠慢真的是针对埃斯切罗斯吗？这是他对比他先升职的上司的微妙警告吗？

涅米图斯认为这种揣测对普拉克萨米德斯而言并不友好。此时正值战斗前夕，并不是揣测作战队友动机的最佳时机，涅米图斯对他的中尉同僚只有尊敬。普拉克萨米德斯只是在敦促他像往常一样谨慎行事，没有别的意思。

涅米图斯把他的注意力转向了探险队的其余成员。除了仲裁者之外，还有十名渗透者，这是两个战斗小队，由专职近身攻击的专家组成，由多里厄姆中士和拉托中士指挥。他们全副武装，装备有最先进的内置鸟卜仪系统。他们将为主力部队铺平道路，他们的爆矢卡宾枪非常适合与敌方的星际舰艇短兵相接。距离他们上一次参战已经有好几天了，他们的作战装备与仲裁者的情况完全不同。中尉发现，在一些最近受损的地方是裸露的陶钢镀层，他们盔甲上的油漆也有很多划痕。

涅米图斯质问道："这是血吗？"他用手指指着西尼古斯的金属护手，满是指责之意。

这名渗透者举起他的手，仔细察看。他弯曲了一下带护甲的手指，护甲上有红色的污点。

西尼古斯回答道："是的，中尉。在我们上一次的交战中，我战胜了一个分离主义者。这红色的印记是我们胜利的纪念品，中尉。"

"是的，我听说过这种'战斗彩绘'，兄弟。"涅米图斯走近了一步，正要宣布他的惩处意见，这时集合大厅里传来了一个声音。

裁决者阿德摩尼厄斯粗声说道："这是对战胜叛徒的纪念。"

那位裁决者身披铠甲，一副凶神恶煞的样子。他的腰间挂着一个巨大的沙漏，里面装满了黑色的沙子：那是他的凝时沙漏。每一粒沙子都来自卡洛西空间站的残骸，那是一个在浮士德战斗群第一次交战中被原子化的叛徒基地。阿德摩尼厄斯在那次行动中的热忱使他被任命为裁决者，并走上了成为牧师的道路。涅米图斯知道最好不要得罪这位裁决者，于是举拳致敬。

"你要加入登舰部队吗，裁决者兄弟？"

"当然。我的职责是投入全部热情，对叛徒发动战争。你以为我会把这个机会让给别人吗？"

涅米图斯意识到他在回答这个问题时避重就轻，于是把自己的注意力转向了他手下的战士们。

"兄弟们。"他深吸了一口气，试图不去理会那些浮现在他脑海里的恼人想法。

自大，他犯下了这个罪行吗？

"兄弟们，"他再度开口，"在今天之前，你们中有些人已经与我并肩作战过。但你们中的许多人还没有这样做过，而且事实上这是你们自预备任务以来第一次遭遇敌袭，不过这并不重要。我们都是阿斯塔特修士，我们都是基里曼大人的后裔。"

他忍不住朝裁决者阿德摩尼厄斯瞥了一眼，然后继续说了下去："我们不是为自己而战，虽然我们对我们的兄弟负有责任。我们被创造出来是为了在作战时一马当先，冲锋在前。我们的敌人似乎无穷无尽，但我们会阻挡他们。我们会杀掉所有该死的敌人，直到银河系再次被人类主宰。"

他又深吸了一口气，平静下来，顺着自己的话继续说了下去："记住，你们的每一击，你们发射的每一发爆矢弹，都是为了那项唯一的使命。要知道，在我们背后，站着整个帝国。帝国的意志是重新征服失落的区域，拯救被奴役的世界，摧毁给他们带来愤怒的黑暗敌人。你们是这意志的执行者，是帝皇力量的化身。好好战斗吧，你们的生命不会真正逝去，因为你们的名字将在荣耀中永垂不朽！"

涅米图斯对胜利的呼喊回荡在大厅里，他示意战士们登上炮艇机。他觉察到阿德摩尼厄斯走到了身边，便把目光转向阿德摩尼厄斯。

这位裁决者说："不错的演讲，现在到了需要你言行合一的时候。"

第二章

在等待占卜的随从整理最新的机仆报告时，普拉克萨米德斯细想了一下，无论有什么风险，埃斯切罗斯显然决心登上敌舰。从表面上看，上尉的斥责是完全正确的。战斗群没有正式承认在这个星系中有敌方战舰的存在，只有非正式情报支持这种说法。

对情报源头的排斥使普拉克萨米德斯耿耿于怀。帝国海军军官虽然不是阿斯塔特修会的战士，但他们也是勇敢、能干的人们。他们容易迷信吗？是的。但是，由于服役多年，他们对自己的舰艇和周围环境有了一种直觉。非正式情报正是他们的优势所在。虽然这个情报来自海军人员的闲聊八卦，但每个故事总有个真理的核心。

经验告诉普拉克萨米德斯，不要像他的上尉那样轻易地对关于第九只眼号的谣言不予理会。

他举起一只手，向负责占卜的舱面甲级船员勒洛克·凯翠俄丽丝示意。那名年轻女子潇洒地走到他身旁立正站好。

"我想每隔三分钟对尘埃云和轨道碎片进行一次测距扫描。"

"碎片分布场绵延两万英里，中尉。你想扫描哪一部分？"

普拉克萨米德斯迅速回答："全部。"然后他缓和了一下语气，说："关闭我们舰尾的阵列电源，将被动辐射降到最低。我们身后五万英里内没有敌人尾随，转移能量用于提升主动阵列，拓宽搜索波束。"

"是，中尉。我们要寻找什么特别的东西吗？"勒洛克说，"这样我们就可以更严密地校准测量仪，中尉。"

普拉克萨米德斯克制住把目光转向上尉的冲动，余光瞟到上尉正在检查武器库。普拉克萨米德斯负责监督这个正在进行的任务，容易引起争论的是，采取预防措施监测最近的天穹掩护，是否完全在那个空间站的范围之内。

埃斯切罗斯可能理解得不太清楚。这并不是直接违背他的命令，但似乎确实违背了上尉的精神。普拉克萨米德斯不想进一步考验长官的信心，但比起害怕受到纪律处分的恐惧感，他的责任感更为强烈。

"等离子体信号，虚空干扰。"他平静地说出这些话，仿佛从他嘴里说出的是个新的阴谋。

"明白了，中尉。"她回答道，又干脆利落地敬了一个军礼。她的目光在普拉克萨米德斯身上又停留了几秒钟，说："我将亲自监督阵列，并直接向你汇报。"

她这么说很奇怪，所以过了好一会儿普拉克萨米德斯才意识到，她的意思是暂时不让上尉和舰长知道她的新任务。她暗示同意这个共谋，这让普拉克萨米德斯重新感到内疚，但他再次忽视了这种情绪。

"谢谢你，勒洛克。这个时候没必要让上尉分心。"

她点了点头，转身离去，他们就这样做出了约定。

普拉克萨米德斯从插槽里撕下了已整理好的占卜数据的抄写本，匆匆看了一眼。不出所料，他能找到的只有与敌舰战斗的余辉和其逃亡护航舰的飞行踪迹。

普拉克萨米德斯隔着舰桥喊道："虚空安全，上尉。"

埃斯切罗斯转过身，大步走回主显示屏前的位置，说："非常好，中尉兄弟。飞行路径被锁定了吗？"

"是的，上尉兄弟。"普拉克萨米德斯切换到显示屏的控制面板，上面正在实时传输战术网格。三条象征炮艇机路线的虚线穿过中间的空间后分开，以躲过敌舰炮塔对单一目标的攻击，在最后几英里处汇合在一起，最后奔向目标的右舷，目标就在控制舰桥的后方。"装载完毕。登舰装置已经准备好发射。"

"炮手就位！"

埃斯切罗斯的喊声被战略厅的系统接收到，并传遍了整艘舰艇。他本可以用通话器向各个位置发出命令，但扩音装置可以让舰艇上的每个人都能关注到行动的进展。

"打开梭机坪！"

在显示屏的底部，伊斯拉卡之复仇号的示意图改变了状态。武器电池在接通时从橙色变成了绿色，几秒钟后弹药库大厅也跟着变成了绿色。而右舷和左舷的发射甲板则变成了琥珀色，梭机坪的开启仅由能量网屏控制。

"开始准备轰炸！"

示意图再次亮了起来，加农炮开火时发出耀眼的能量耀斑，甚至连炮击的轰鸣声都在甲板上震荡不休。火焰的痕迹在黑暗的虚空中闪耀，等离子体狠狠砸向目标敌舰的上层甲板，碎片像风中的落叶一样四处散落。

"发射登舰装置！"

伊斯拉卡之复仇号上的武器倾泻出炽热的怒火，在这样的掩护下，三架炮艇机开足了马力在虚空中穿行。在庞大的突击巡洋舰面前，它们几乎渺小到可以忽略不计。它们的引擎产生的火花淹没在武器组和加农炮轰炸的火焰中，爆炸的闪光照亮了它们的蓝色船体，在装甲玻璃窗的反射中闪烁不停。

透过领头的炮艇机指挥甲板的顶棚，涅米图斯观察着火力展示，脸上带着冷酷的微笑。他追踪着炮弹的轨迹，炮弹沿着敌舰最近的武器甲板向船尾撕裂，厚重的舰体装甲成了参差不齐的陶钢碎片和粉末状的塑钢。舰炮快速撞击甲板的节奏，被比加农炮更大、射速较慢的巡洋舰炮弹所打断，每一枚建筑物大小的炮弹都会摧毁一个有支撑的炮箱，或者撕裂一段甲板。

没有还击。

也许普拉克萨米德斯是对的。伊斯拉卡之复仇号可以把敌人的舰艇炸成一片废墟，这样星际战士就不用为了胜利去冒生命危险了。

战斗苍穹上的光明之星……

星际战士由最优秀的人类创造而来，其存在的目的并非安全地生活。他们的职责是战死沙场，献出生命，为帝皇牺牲。通常情况下，胜利如果更耀眼，过程就会更艰辛。

涅米图斯把注意力转向了在顶棚内部用光线绘出的滚动条——这是由普拉克萨米德斯计算、建立的一条蔚蓝色的线，炮艇机的机魂沿着这条线朝着目标前进。一个图标在显示屏上短暂地闪过亮光。

飞行员宣布道："离目标还有三英里。"

伊斯拉卡之复仇号倾泻的火力沿着敌舰舰身缓缓移动，巡洋舰的炮火追踪着炮艇机向登陆区前进。就像火焰吞噬羊皮纸一样，爆炸的火焰之花排成一列，朝着大教堂般的指挥部上层建筑升起。涅米图斯加大了头盔上镜头的放大倍数，沿着通往目标的路线看去。距离主舰桥约半英里的地方有一个装载粮食的平台，由于之前的一系列攻击而暴露在虚空中。这个登陆码头是炮艇机的理想选择，炮艇机可以直接进入主干道走廊将部队送入战略厅。

完美。

但太过完美了吧？

涅米图斯没理由事后批评普拉克萨米德斯的计划。根据《阿斯塔特圣典》中规定的所有原则，登舰任务要均衡考虑支援火力、速度和位置。无论从哪个角度看，普拉克萨米德斯所做的已经比任务指挥官的要求出色多了。尽管如此，涅米图斯仍使用了炮艇机的仿真眼，它们比他头盔上的镜头更强大，还增加了中程占卜的转播。

目标地点是一堆船的残骸，伴随着波动的能量读数。上层甲板侧面的大洞与被加农炮击中的效果一致，在现场周围的点防御炮塔显示没有能量。

太容易，太简单了。

当涅米图斯用扫描器扫视整个被破坏的装载码头时，他意识到，这里过于整洁了。两扇门都断裂了，整个内甲板在视野中一览无余。把大门固定在原处的巨大铰链已经全部脱落，只留下了一个直径约六十码、高二十码的长方形洞。没有一根铰链固定在舰艇上。

另一个信号突然在他的视野中闪过。飞行员宣布：“离目标还有两英里。”当炮艇机开始减速，进行最后的接近过程时，涅米图斯感觉到他的安全带传来一股轻微的推力。

还有半英里。离舰桥很近，很有吸引力，距离足够远，足以留出空间让防御部队坚守阵地。

中尉向巡洋舰发出信号。

"舰艇指挥部，我们确认目标舰艇了吗？"涅米图斯的手指操纵着占卜控制的滚动球，将视图飞快翻到离战略厅更近的一段船体。

"没有，突击指挥部。"在轰炸的干扰下，舰长奥洛里斯的回答变得断断续续。"没找到与目标舰艇相对应的注册信息。"

"明白，舰艇指挥部。突击指挥部通话结束。"

这是谁的舰艇？上面没有舰队或叛徒的明显标志。

在检查舰艇上是否有什么人或什么东西时，涅米图斯发现了别的东西。指挥舰桥展开后，伸出背脊装甲的两侧，背后形成了一道黑暗的阴影。涅米图斯进一步增大了放大倍数,失去那个东西的踪迹数秒后,才再度确定了它的位置。

又一个缺口。一个直径不超过十码的洞,几乎就在战略厅本身的爆矢枪射程之内。

这一次着陆会很困难。缺口太狭窄了,炮艇机无法进入,他们必须在最后几码处空降,就在守军的眼皮子底下。但如果涅米图斯越来越多的猜疑是对的,那么那个装载粮食的码头将更为凶险。

飞行员示意:"离目标还有一英里,开启攻击。"

最后,一阵猛烈的炮火击中了目标区域,爆炸的亮度瞬间让涅米图斯盔甲的自动感应装置变成了暗淡的单色以补偿曝光。然后他什么都看不到了。黑暗又回来了,飞行的炮艇机带他们进入了巡洋舰的火力范围。

以这种进场速度,炮艇机飞完一英里用不了三十秒。

三十秒内可以发生很多事情。这三十秒可能会是胜负的分水岭。就算是比即将开始的战斗规模大得多的战斗,也有可能在瞬间发生局势变化,或者在瞬间结束。

"我取得了控制权。"涅米图斯从炮艇机的占卜系统中退出,宣布道。他双手抓住制导柱。随着一声抗议的尖啸,机魂解除了它的影响,他开始让炮艇机沿着敌舰的侧翼前进:"新目标矢量,跟我进去。"

一个红色的警告符文在视频全息仪上闪过,吸引了埃斯切罗斯的注意力,几秒钟后,普拉克萨米德斯的呼叫打断了战略厅里喋喋不休的争吵。

"登舰组偏离轨道了,上尉!"

这一点已经很明显了,一条红色的虚线偏离了炮艇机既定的飞行路线,略微偏向目标舰艇的船头。在预计着陆点的周围有一簇橙色辉光,警示此处有能量聚集。普拉克萨米德斯已经意识到了这个问题,还没等埃斯切罗斯开口说话,就在公共通话器里进行了呼叫。

"突击指挥部,你们的飞行器将把你们带入敌人防御炮塔的范围。"

涅米图斯回答道:"收到,舰艇指挥部。"

又过了三秒钟,中尉没有再说什么。埃斯切罗斯与普拉克萨米德斯对视了一下,对他的沉默感到惊讶。

上尉吼道："突击指挥部，进行报告。涅米图斯，以基因原体之名，告诉我你究竟在干什么？"

"这是一个陷阱。"涅米图斯的通信时断时续，"太明显了，太容易了。这是一个伪造的侧翼。"

他认为敌人意识到了他们的危险处境，预期会遭遇登舰攻击而不是轰炸，这是合理的。

如果是这样的话，原目标点周围就会出现异常的能量读数。

埃斯切罗斯宣布："显示来自进攻区的定向测定仪数据。"他的目光在指挥甲板上徘徊了一下，最后落在勒洛克身上。这位测量官似乎被这个要求吓了一跳。

"对不起，上尉，这里没有定向测定仪的数据。"

"这是我的疏忽，上尉兄弟。"普拉克萨米德斯快步走到勒洛克面前说，"我遵循了登舰规则，但我没想过要下令直接扫描。那样去确定登舰点的话，会影响我们全舰范围的占卜扫描，或者给行动带来重大延误。很明显，在发动突击时，速度是第一位的。"

埃斯切罗斯皱了皱眉头，但中尉的回答无可挑剔。他的行为以及勒洛克的反应都有些古怪，不过现在不是考虑这个问题的时候。

他望着普拉克萨米德斯，问道："根据评估？"

"涅米图斯中尉是突击指挥官。他是评判这件事的最佳人选，我接受了他的假设。"

"很高兴听你这么说，中尉兄弟。"通话器内传来了涅米图斯的声音。

他语调轻佻，可形势很严峻，这加重了埃斯切罗斯的不安感。在某种程度上，主动出击很好，但井然有序、准备充分的作战计划比单打独斗更能确保胜利。

埃斯切罗斯问道："我们能重新规划开火方案来进行协助吗？"

普拉克萨米德斯回答说："除非突击队脱离战场，然后开始新的进攻。"

涅米图斯补充道："不行。如果我们花太长时间，敌人就会重新布置防御工事。我们如果现在进攻，就会打乱敌人的计划，打他们一个措手不及。"

埃斯切罗斯说："同意，突击指挥部。你们需要什么？"

"什么都不需要，一切尽在掌握之中。我们距离到达目标地点的时间还有二十秒。"

埃斯切罗斯盯着视频全息仪，但是他身处战略厅，什么也做不了，对任务不会有明显的影响。他再一次希望在炮艇机上的是自己，而不是涅米图斯，但这不是他的主要职责。基因原体大人对这批新的原铸星际战士的命令是少冒风险和多学习——对第五舰队而言，缺少经验和失去战士几乎一样有害。

"突击指挥部，你们如果认为合适，就放手去做吧。为了帝皇！"

"为了帝皇！"涅米图斯停止通话，关闭了通话器。他把频道切换到连队地址，直接对参与攻击的每一位星际战士讲话："敌人想用我们自己的规则来坑害我们，我们现在是时候随机应变一下了。攻击的优先顺序已经改变了。我将带领蛮勇小队和果敢小队登舰，而支援的仲裁者小队将移动到我们后方，必要时提供火力掩护。"

就在这时，警铃响了，警告敌人的雷达追踪。不出一秒钟，鲜红色的能量照明弹从目标舰艇的一个二级炮塔中射出，迅速掠过来袭的炮艇机。

"要进行规避机动吗，中尉？"飞行员建议道，提醒涅米图斯他已经接管了控制系统。

"你来飞，兄弟。直接带我们进去，"涅米图斯回答道，把手从导航系统上移开，"对防御炮塔进行火力压制。"

突击艇的众多炮手立即开火，一连串的爆矢弹和重型武器弹药从位于机翼和机身的武器中激射而出，扫射过前方舰艇的表面。当防御炮塔找准射程时，更多的炮火喷涌而出，火箭和精神制导导弹发射，爆出一连串火花。

涅米图斯继续说道："按顺序着陆，登舰时其他两架炮艇机提供支援火力，然后撤退到安全距离，直到我们摧毁防御炮塔。"

炮艇机飞行员西昆德斯通过通话器问道："撤退后怎么办？"

"我们一旦占领了战略厅，就能控制他们的系统，然后你们就可以进来了。加速，各位。速度和冲击将助我们取得今天的胜利。"

飞行员提示道："还有十秒钟，中尉兄弟。"

中尉向炮艇机主舱内的人员宣布："准备虚空空投，我打头阵。"

正当他站起来的时候，涅米图斯头顶的天棚哐当一声，突然发出了呲呲声。一阵不祥的嘎吱作响持续了几秒钟，一条裂缝在破裂的装甲玻璃上四处蔓延。

破碎的顶棚坍塌了，碎裂的窗格玻璃被抛进了真空中。

因为身着密封的盔甲，涅米图斯并没有受伤。他猛击开门的符文，打开了驾驶舱和载人舱之间的门。一阵新鲜的狂风从他身边呼啸而过，他的净化徽章的羊皮纸尾翼随风飘动。

十五个仲裁者和入侵者站起身来，他们庞大的身躯把空间塞得满满当当的。在他们身后，驾驶舱下面的突击门控制杆已经被拉开了。在炮艇机发动攻击之前，一抹冰冷的虚空显露出来，涅米图斯的视野充斥着明亮的激光和炮弹爆炸的闪光，他差点儿看不到远处那艘漆黑的舰艇。中尉的面甲显示屏闪烁着，它的自动感应装置调整了亮度，将他们的目的地更加清晰地呈现在眼前，他看到那个洞的边缘参差不齐。

阿德摩尼厄斯说："光荣地杀戮。"他举起他的凝时沙漏，黑色的沙子开始穿过两个水晶球之间的狭窄通道。他推了推头盔，许下了战斗时沉默的誓言："为帝皇杀戮。"作为一名裁决者，他的职责是用行动而不是言语来进行激励，证明他身为牧师的价值。他举起那把长长的方尖处决者圣髑大剑，转身走向敞开的突击舷梯，示意涅米图斯继续前进。

涅米图斯从十字形风暴盾牌的堆放处取回了他自用的那一块。当他启动内部的场域发生器时，紫红色的能量在它的表面流动。十个属于蛮勇小队和果敢小队的勇士拔出了他们的链锯剑，马达的转动让人感觉就像轻微的震颤穿过甲板。他们准备好了重型手枪，在涅米图斯向打开的突击舷梯行进时，突击仲裁者们走在他身后。

他的面甲测距仪的读数是七十四码。

一连串导弹突然从后面呼啸而过，那是来自同伴的火力掩护。弹头在前方爆炸，形成无声的明亮火焰云的时候，涅米图斯从炮艇机的开口中向前推进，拔出他的等离子体手枪，把风暴盾牌擎在身前。

第三章

"攻击正在进行，上尉。"

普拉克萨米德斯得到了上级确认，然后把注意力转到了占卜的控制台上。

"攻击正在进行"这六个字，冷酷无情而又超然客观，没有提及喧嚣、混乱的状态，没有提及生死之时的瞬间抉择，更没有提及火光冲天和咆哮的武器终结生命的场景。按照不屈远征军的标准，普拉克萨米德斯是个不折不扣的老兵，无论是近距离还是远距离地，他都见识过许多敌人，尽管埃斯切罗斯对他的性情颇有微词，但他确实是一个能干的地面指挥官。

不管怎样，如果这次任务不是上尉指挥，就应该是普拉克萨米德斯指挥了。

他知道不能以勇敢的行为来衡量他的职责。基因原体大人不仅以他超强的体能而闻名，还以其战略和政治才能而著称。正如《阿斯塔特圣典》所教导的那样，头脑和爆矢枪同样都是武器。普拉克萨米德斯如此渴望参与战斗，是不是因为他确实对指责涅米图斯自大感到内疚？难道他对荣耀的渴望是因为他认为自己在战略厅里的地位受到轻视了吗？

"中尉，我们应该重新校准传感器以扫描新的战斗领域吗？"这位舱面甲级船员的问题让普拉克萨米德斯有些措手不及，他看了勒洛克几秒钟，然后才做出回答："不。一旦建立起防线，涅米图斯中尉将派出他手下的渗透者。在这个范围内，他们盔甲上的鸟卜仪比我们所能使用的任何东西都更准确，反应也更灵敏。残骸云有什么要报告的吗？""中尉，没什么新鲜的，就是辐射和敌军护航舰产生的等离子体羽流。"勒洛克耸了耸肩说，"除了岩石、尘埃和气体，别的什么都没有。"别的什么都没有。普拉克萨米德斯让勒洛克离开了，但他还是忍不住在终端屏幕上打开了最新的占卜扫描仪。在浏览数据时，他启动了指挥通话器，监听了涅米图斯的进展。

速度，速度比任何武器都更致命，比任何盔甲都更能提供可靠的保护。

不仅仅是身体的速度，在涅米图斯的指挥下，星际战士以疾如闪电的反应斩杀了那群形同散沙的叛徒，他们企图堵住通道以阻止星际战士到达；也不仅仅是思维的速度，涅米图斯和他的战士们对形势变化的评估比任何沉思者都有效，对目标进行优先排序，并以无情而高效的方式完成射击；是身体速度和思维速度结合在一起。他们的攻击所带来的冲击力，以及一心一意完成攻击的不屈不挠的决心，使这些极限战士无法抗拒。他们从来没有丝毫犹豫，也没有后退一步。

完整力场的薄雾在洞口闪烁着微光，这对即将到来的星际战士来说没有障碍。风暴盾牌穿过力场时，形成了弧形闪电，但仅此而已。涅米图斯的脚刚踩到破损的甲板边缘，他就开火了，他的等离子体手枪把第一名防守者的头部和躯干烧成了灰烬。在开火和爆炸的蔚蓝闪光中，他估量着他面前抵抗的力量和抵抗者的勇气。

他们穿着束腰外衣，很像帝国的专家，不过他们身上没有效忠的标志，衣服颜色也不统一。他们男女混杂，既有青少年，也有中年人。他凭本能瞄准的那个人，如果住在泰拉上，可能已经活了二十年了。他们穿着靴子，有些人还戴着厚重的工作手套。当他们从等离子体炫目的闪光中后退的那一瞬间，涅米图斯数了数他们手枪和基本步枪的数目，他们的武器装备中还有几把激光枪和几把霰弹猎枪。

他们是民兵，武器装备比涅米图斯见过的许多行星防御部队还要好，但这对星际战士没有什么威胁。大多数人可能是从被入侵的世界征兵而来，或者是在海盗袭击其他舰艇时被扣押的契约工人，或者有些人可能天生就是干这个的，几代人都是在敌人的巡洋舰上长大的。

爆矢弹带着闪光从他身后闪电般呼啸而过，其推进剂燃烧的火光照亮了那些脸，他们脸上的神情既充满恐惧，也充满决心——但很快就被痛苦和震惊所取代，因为爆矢弹击中了他们。

涅米图斯向前猛冲，两边是果敢小队和蛮勇小队，这条通道很宽，足以容纳六名星际战士并排通过。他又一次开枪，让另一个叛徒化为乌有。走近后，他发现敌人并不全是人类。有些敌人长了点羽毛，鳞片和肿块在皮肤苍白的脸上留下了痕迹，带有额外关节的手指握着武器，尾巴在束腰外衣下轻轻摆动。

变种人。

"净化不洁者！"涅米图斯吼道。在贴身肉搏前的最后几步，他收起手枪，拔出剑来。"净化！"他的兄弟们大声叫喊着答道，他们的话几乎淹没在链锯剑和爆矢弹爆炸发出的隆隆咆哮之中。

这两支突击小队像他们的链锯剑上的锯齿一样攻击着一群群的变种人敌军，一头扎进了血雨腥风中，面对挥舞着的剑刃和近距离射击，毫不犹豫地战斗。一支霰弹枪在涅米图斯身旁轰然作响，他的风暴盾牌也应声而亮。他挥舞着盾牌向前推进，盾牌的冲击力把攻击者撞到了墙上，把敌人撞得骨头都碎了。他毫无停顿地继续进入打开的缺口，向另一个人挥剑，闪闪发光的剑刃杀死了一个长着蛇眼的女人。

中尉厉声说："干掉所有人。一个也别想活。"几个幸存者转身就跑，但还没跑几步，就被新一轮冰雹般的爆矢手枪子弹击中。

"前方安全。"涅米图斯咆哮道，停下了脚步。后面跟上来的星际战士们分开并放慢了速度，拿着武器大步走到前面通道的尽头，盔甲上的灯划破了黑暗。阿德摩尼厄斯来到涅米图斯的身旁，检查着变种人破损的遗体，寻找异端生命的迹象。

涅米图斯回过头来，看着摇摇晃晃的第二架炮艇机，舰体在最后几次防御炮塔的攻击中火花四溅。在自动感应装置的热成像中，敌人的生命之血留下橙色的斑点，散落在舱壁和天花板上。

前面的塔卢因用通话器报告道："交接处安全。"他是蛮勇小队的中士。

还有十四秒。

涅米图斯开启了远程通话器："舰艇指挥部，这里是突击指挥部。"他深吸了一口气，压抑住杀戮时席卷全身的战斗冲动，说："我们登舰了。"

普拉克萨米德斯等待着，督促机仆全面检索占卜档案。与此同时，负责测量的那些机仆正在工作，一边咕哝着，一边用机械激活的手指敲击着它们面前的密钥阵列，全面检索占卜档案。二进制的术语脱口而出，打破了它们含混不清、断断续续的信息流。只有机器之神的行家和它们大脑的创造者才能理解这些信息流。

普拉克萨米德斯告诉自己，他是在仔细考虑，而不是疑神疑鬼。等离子体读数的微小异常可能意味着任何事情。也许其中一艘逃离的护航舰经历了某种反应堆激增，或者是来自小行星带的破坏，或者仅仅是引擎操作不当。这些叛徒到达残骸云的遮蔽处几分钟后，等离子体输出就急剧上涨，这一切都是对此合情合理的解释。

但这也可能是一艘更大的舰艇能量提升的信号。

普拉克萨米德斯克制住向这位舱面甲级船员吐露忧虑的冲动。

没有必要让勒洛克因为他几乎毫无根据的猜疑而分心。

毫无根据吗？在什么情况下，经验把他的直觉变成了合理的怀疑？

还有一个更深层次的问题，这也是普拉克萨米德斯试图回避的问题。如果他把这件事告诉了上尉，他希望埃斯切罗斯做些什么呢？他粗略地看了一下视频全息仪上的图像，发现涅米图斯的突击队现在已经在目标舰艇上了。通信器的记录表明，抵抗很弱——他规避可能在原目标地点被诱捕的策略似乎得到了回报。

反思涅米图斯的行动步骤，普拉克萨米德斯清醒地意识到：他是否应该看到他的中尉同僚已经注意到的东西？原先的着陆区在各方面都很理想，这是否就意味着其中有诈呢？在战斗过程中，敌人似乎不太可能有这样的才智和手段，假装对装载坪门发动袭击，搞不好他们就会成功登舰。这一系列事件最多只能说是可疑的，认为这是敌人计划的说法更像是无稽之谈。

普拉克萨米德斯的思绪在飞速运转，即使他并没有与敌人正面冲突，在战斗增强剂的帮助下，他的认知能力大幅度提升。虽然这让他能够以堪比引擎的速度分析输入的数据，但如果他不集中注意力，过度刺激可能会创造出不存在的模式。

"舱面甲级船员，请注意。"普拉克萨米德斯说道，他需要一个发泄的机会，排遣纷至沓来的杂念。把这些话说给勒洛克听，会使他在分析时更加冷静。

"什么事，中尉？"勒洛克瞥了一眼终端显示屏，"你在重新播放这场战斗返回的占卜？"

"是的，但那不是我想谈的。请耐心听我阐述。"

"说吧，中尉。"

"假设说，敌人故意为我们的登舰突击队创造了一个有吸引力的着陆地点。"普拉克萨米德斯移到另一个控制台，调出敌舰的示意图，用一根带护甲的手指把原来的目标区域标为高亮，"结论是，敌人认为这样他们就可以控制登舰进攻的路线。"

勒洛克说："那正是涅米图斯中尉的想法，设下伏兵等敌人自投罗网。"

普拉克萨米德斯强行抑制住严厉反驳的冲动，一方面是他不想冒险引起上尉的注意，另一方面是他认识勒洛克已经好几年了，她的意见应当被尊重。

"请不要打断我。"

"我很抱歉，中尉。"

普拉克萨米德斯又检查了一下敌舰的示意图。他说："我接受你的道歉。假设——敌人认为登舰行动是不可避免的；结论——在虚空之战的某个时刻，敌军舰长承认失败，并着手尽量减少登舰的威胁。"

他注意到勒洛克在努力保持沉默，实际上她屏住了呼吸，以免插话。

普拉克萨米德斯问道："那有错吗？"

"为什么他们的舰长会相信我们会登舰，而不是简单地轰炸他们，直到摧毁他们？这是一场希望渺茫的赌博。"

"他们的反应堆在早些时候受损了，他们很快因此处于劣势。"普拉克萨米德斯把另一艘舰艇的传感器读数往回调，仿佛让时间倒流。交战大约四分钟后，反应堆甲板上出现了闪光，舰艇的许多系统几乎瞬间失去了动力。大面积的动力故障使他们无法进行有效的机动或射击。在那一刻，他们不再有威胁，登舰攻击成功的概率大大增加。结论——舰长宁愿抵抗登舰，也不愿被轰炸。"

勒洛克想了几秒钟，耸了耸肩说："这似乎挺合乎逻辑。"

"从你的态度中，我感觉你犹豫不决。"

"合乎逻辑，但不明智，中尉。我不了解在登舰行动中所有的排兵布阵，但肯定有几种不同的方式来准备登舰攻击。设置诱饵将攻击者引到预先确定的攻击点，这样的方式似乎过于复杂。为什么要执着于一种非常特殊的诡计呢？"

普拉克萨米德斯考虑着这一点，这时领头的机仆咕哝着说回顾性分析已经准备好供检查了。真的，为什么呢？

登舰攻击队是一台不折不扣的战争机器，毫不停顿地冲破一切阻力。冲锋在前的是渗透者，他们增强型的盔甲传感器让他们有了像古代神话中预言家一样的感知能力。墙壁对他们的鸟卜仪透镜丝毫没有构成障碍，因此他们可以绕过待命的敌人或者在敌人不知情的情况下抓住敌人，然后敌军会发现自己的侧翼部队被渗透者中士指挥的精确反击给截断了。

在他们的后面，仲裁者们一前一后地向前推进，突击小队在同伴的火力掩护下向前移动，然后守住新赢得的阵地抵抗反击，同时挥舞着爆矢步枪的战士们靠拢围剿。涅米图斯和蛮勇小队并肩作战，而裁决者阿德摩尼厄斯则为果敢小队提供火力支撑。

这位见习牧师是个冷酷无情的战士，他的巨剑大开大合，横扫敌军，砍得血肉横飞。许多隐居者用战吼和背诵战团的教义来劝诫战斗兄弟，这位裁决者却仅凭自身参战去激励他人。他是一个对付不洁者的沉默杀戮者。知道阿德摩尼厄斯的眼睛在盯着自己，这让涅米图斯更加努力，因为他意识到任何松懈都会被注意到，并在以后被评头论足。不用提口头规劝了，哪怕一想到会让这位伟大的战士失望，即使是一丝丝可耻的不情愿，都会让中尉的内心燃起熊熊的战斗之火。

对付那些阻碍他们前往战略厅的不成气候的杂牌军，很难证明中尉值得裁决者的赞赏。叛徒们惊得四处逃散，向星际战士发起零零散散的进攻，很轻易就被击溃了。在狭窄的走廊和房间里，星际战士的精良武器、装甲和速度拥有巨大的优势。

突击队攻入了主要背部结构的主干走廊，几乎没遇到什么有组织的抵抗。所有的一切都笼罩在一片红彤彤的幽暗之中，挂得高高的灯笼照亮了一切，窗格玻璃的颜色如同鲜血。一团团水蒸气和其他气体从破损的通风口和裂开的管道中涌出，这也许是因为这艘舰艇年久失修。身着蓝色盔甲的战士在涡流状的水蒸气和阴影中大步穿行，爆矢弹从他们的武器中疾速射出，杀死了潜伏在扶壁后和拱门中的变种人。

"向前推进！毫不留情！"

在爆矢弹的爆炸声和链锯剑的怒吼声中，回响着涅米图斯那些战斗兄弟的战吼声和呐喊誓言声。敌舰船员坚守阵地，对极限战士的无情攻击予以还击。如果不是出于这样的邪恶目的，他们的献身精神本是值得称道的。他的战斗兄弟们用爆矢弹和链锯剑砍杀敌人时，怒吼出战团誓言，而敌人发出的献身黑暗势力的呐喊，是对战团誓言的扭曲回应。这让涅米图斯想起了支持阿斯塔特修十的战团奴仆——那群未经强化的人类，几乎和极限战士同样狂热。

高高的拱顶上响起了武器还击的声音，天花板从人们的视线中消失了。

然而那里还传来了另一种声音，轻柔的吱吱声和沙沙作响的呼吸声。当涅米图斯向上看时，他看到外形奇怪的魔物聚集在塑钢支架和拱形支撑物上。

"上面有敌人！"他一边发出警告，一边开了枪。就在一只长着蝙蝠翅膀的魔物张开翅膀的时候，他射出的等离子体爆矢弹射入了它的身体。

当魔物落下时，空中爆发出尖锐的叫声，它们没有靠坚韧如皮革的翅膀拍打飞行，而是向下滑翔，锯齿状的喙发出咔嗒咔嗒的声音。一百多头魔物如云般一起落下，被极限战士齐射的爆矢弹映得雪亮，被枪林弹雨蹂躏得不成样子的尸体在人群中翻滚，鲜血漫天，如猩红的雨点般落下。

这群魔物俯冲而下，飞得很低，用剃刀般锋利的爪子和喙猛抓猛咬，极限战士的盔甲被刮擦和碰撞得噼啪作响，但陶钢镀层毫发无伤。涅米图斯用盾牌猛击，打飞了一个俯冲的魔物，他的盾牌火花四溅。趁着喘息之际，他赶紧把手枪换成了佩剑。然而就在他准备好剑的那一瞬，那群魔物已经继续前进，围绕着他身后的仲裁者发起了攻击。

涅米图斯突然意识到自己的兵力被牵制了，他提示身边的同伴做好准备。尽管魔物突袭是发动反击的理想前奏，但变种人船员并没有冒险从藏身处离开，而是继续用拙劣的枪法进行狙击。从迷雾中传来野蛮的尖叫声和链锯剑的嗡嗡声。涅米图斯高举佩剑，闪亮的光芒照亮了他那黑色的盔甲。阿德摩尼厄斯率领着果敢小队冲锋陷阵，当这些有翼魔物紧紧抓住战士，并用爪子抓挠他们的身体时，他狠劈狠砍，大杀四方。

涅米图斯对坚韧小队说："往前冲。"同时，他用剑刺向变种人，说："我们的兄弟会为我们保驾护航。"

涅米图斯一马当先地冲锋在前，沿着宽阔的通道坚定地大步前进，敌人的炮弹和激光爆矢弹汇聚在一起，火力逐渐增强，他的盾牌被自动枪的子弹打得火花四溅。有些子弹绕过他的防御，划过他的战斗盔甲，掉了下来，他毫发无伤。同时，他周围响起了爆矢弹推进剂噼噼啪啪的声音，他的战斗兄弟开了火，枪口喷射出的火焰就像指路明灯，明亮的火花陆陆续续地粉碎了前方的黑暗。

变种人坚守阵地，死在原地。他们坚定地拒绝撤退，这也许在战略上是不合理的，但他们的狂热在形形色色的叛徒中是极为罕见的。自私自利是一种引领人走向黑暗力量的特质，但敌舰上的船员们似乎愿意为他们无情的主人而殒命，也希望如此。涅米图斯带着炽热的剑来到他们面前，很乐意让这些变种人都成为殉道者。没人会记得他们的牺牲。

当他砍倒一个犬脸女人的时候，涅米图斯示意队员们停下来，以免他们与仲裁者组成的支援小队分开。对抗飞行魔兽的战斗已经分解成了几场零星的小规模战斗，大部分仲裁者现在已经重整旗鼓，向着通道里、上面架子上和夹层楼板上严阵以待的船员，再次开火。

在空中突袭开始的四十五秒内，除了少数星际战士以外，其他所有星际战士再次有目的地前进。

调整着陆点似乎完全打了敌人一个措手不及。在涅米图斯看来，敌人太过专注于他们的诱饵和伏击，这导致他们无法对真正的攻击做出一致的反应。敌舰船员们既有变种人，也有正常人，都竭尽所能、争先恐后地进行防御，但他们行动没有相互协调一致，打得乱糟糟的，无法将星际战士拖入长时间的交战，从而减缓或阻止他们的进攻势头，直到援军到来。

拉托报告说："战略厅通道已定位，突击指挥部。预计阻力最小。只会遇上零星的反抗。"

涅米图斯用他的剑尖刺穿了一个变种人的防弹盔甲，喷出来的不是血，而是黄色的液体，这让他生出厌恶之情。那个变种人长着三只眼睛，身形瘦弱。

他反手一挥砍下那个变种人的头颅，然后用盾牌将倒下的躯体击至一边，向下一个敌人扑去。

"我们注意到敌人明显缺少指挥官，中尉兄弟。据我们所知，我们没有遇到任何军官，也没有遇到阿斯塔特叛徒的高层。"

从左边传来一阵枪声，中尉转过身去寻找敌人。一个来自蛮勇小队的战士已经发现了他们，那个战士的手枪射出一颗爆矢弹，把敌人的上半身打得鲜血四溅，颓然倒向一边。

多里厄姆中士补充道："战略厅已被封死。他们可能都在里面避难。然而，尽管缺乏直接领导，敌舰船员仍然显得意志坚定，士气高昂。"

涅米图斯考虑了一下形势。他不知道缺少军官是否要紧，或者这是不是伏击策略失败导致部队转移的征兆。他必须做出下一步决策：是让每个小队以最快的速度进入战略厅，还是用后备军发起更谨慎的进攻。尽管敌人被涅米图斯的进攻计划打乱了阵脚，但他认为一直在后勤码头周围待命的敌人会重新部署。从第一次突破到现在已经过去了四分钟，但再过四分钟，这些走廊里可能就不只是几十个敌人，而会有成百上千的敌人蜂拥而至。在这种情况下，如果他没有做好准备，战略厅将很容易变成他们葬身的陵墓。

另一方面，他们要夺取的是数据，而不是整艘敌舰。极限战士停留的时间越长，就越有可能卷入长时间的缠斗。他如果想要最大限度地利用这次突击登舰所获得的优势，就必须果断地采取行动。

"所有小队，继续快速前进。各位根除者，移至攻击前列，为突破做好准备。"

普拉克萨米德斯不管如何检查证据，都找不到任何证据能支持涅米图斯的主张，即装载坪的缺口是人为设计的。在发生损害的战斗阶段，敌人唯一的动机是吸引登舰行动，以防止被远程火力摧毁。即便如此，敌军指挥官的逻辑或直觉还是极为不凡。

这是一场赌博，但与许多其他策略相权衡，这是一种非常精确的赌博，正如勒洛克所建议的那样。

"中尉！"这位舱面甲级船员手中拿着数据板，走向普拉克萨米德斯，很激动的样子。普拉克萨米德斯瞥了埃斯切罗斯一眼，看他对她过于刺耳的呼唤是否有反应。上尉全神贯注地投入到正在进行的攻击中，与遥测仪和他的机仆一起，关注着在主视频全息仪中显示的涅米图斯登舰行动的进展。中尉把他的注意力转向了在数据板显示屏上循环播放的仿真画面上。

他看到灰色的虚线穿过敌舰的轮廓，虚线随着时间标记的前进而移动和跳动。更多密集的斑点与反应堆、引擎和炮甲板相关联，他意识到自己看到的是从敌舰的能量网格中采集到的占卜数据。当能量被转移到武器电池和虚空护盾发生器上并被使用时，这些区域有的变得稀薄，有的变得密集。

大部分的虚线消失了，只剩下这艘步履蹒跚、毫无防御能力的舰艇，现在就飘浮在几千英里外的虚空中。

"很全面，但我看不出有什么紧急的。"他想把数据板还给勒洛克，但她没有接过去。

"仔细看看时间标记，中尉。我查了射击资料和测量仪读数。在我们第一次开火后，仅过了四分七秒他们的虚空护盾就垮了。五秒钟后，埃斯切罗斯上尉直接向舰尾开火，五分十七秒后提出了一种针对性解决方案。"

普拉克萨米德斯对她无意识的责备感到很恼火，但没去责备她。她的激动不安和一时失态表明她有理由这样坚持。他又检查了一下数据板。

他以较慢速度推进时间标记，边回顾边说："这似乎是一致的，交战五分三十秒后，主反应堆被击中，其动力输出中断。"

"是的，但考虑到发射命令下达时间和我们的弹药飞行一万五千英里用时造成的延迟，甚至在我们的炮弹击中之前，反应堆就关闭了。"

"占卜数据也有延迟，这在误差范围内。"

"假如最开始的撞击以某种方式直接穿透敌舰的装甲，并立即击中反应堆的话。"

"那就将是我所见过的最幸运的一击。"普拉克萨米德斯承认道，同时再次观看定时循环。他沉迷于揭示真相，过了几秒钟才意识到它的重要性。他看着勒洛克说："敌人故意关闭反应堆？限制损害吗？这可能救了这艘舰艇。如果反应堆在被破坏时是全面运作的……"

勒洛克未加思索就脱口而出："这是假的！"她用手指戳了戳普拉克萨米德斯手中的数据板，放大了反应堆所在甲板的近距离示意图。一股热羽流（大概是等离子体）从被破坏的舰艇中向上喷射。

或者说看起来是这样。现在，在较慢的时间轴中，普拉克萨米德斯更清楚地看到了先后顺序。当伊斯拉卡之复仇号开火时，管道被关闭了，多余的等离子体被排放到虚空中。这不是一项安全措施，而是敌人为了重现反应堆破裂的假象而刻意为之的。

勒洛克说："这如果是假的，那就意味着整个装载坪门损坏的诡计是一个更大计划的一部分。这就是我想不通的地方。敌人冒着被炸到深渊然后再回来的风险，就为了引诱几支星际战士的小队登舰，值得吗？"

"上尉！"普拉克萨米德斯转身背对她，心中突然充满了不安，然后又回过头来，各种想法充斥脑中，彼此碰撞，形成了一个令人气馁的推测。"军官卡特里奥利斯，对碎片分布场内的等离子体踪迹进行完整的占卜扫描。如果整个交战过程是事先安排好的，那么我们不得不假设，交战地点同样是预先确定好的。"埃斯切罗斯问道："怎么了，普拉克萨米德斯？涅米图斯即将攻破敌人的战略厅了。这可是个关键时刻。""我们得让他们撤出来，上尉兄弟。"普拉克萨米德斯一反往日谨慎行事的风格说，"整场交战都是精心设计的陷阱。"

第四章

热熔步枪刚刚开过火，散发的热力使他们面前的空气变得扭曲，根除者向阻挡他们进入主战略厅的装甲门移动。仲裁者驻守在阵地周围的重要入口，随时准备抵御任何反击。两支渗透者小队驻守在更远的地方，他们原本的任务是进行侦察，现在他们变成了巡回的警戒哨，以便监视敌人的部署，提供早期预警。

涅米图斯从入口后退时对他的战士们说："记住，我们需要占领完好的沉思者库，避免间接损害。在开火前，标记好每一个目标。"

当这支小队面对大门停下脚步时，他们的中士回答说："明白，中尉兄弟。谨遵您的命令。"

"果敢小队，和我一起上，突破。"涅米图斯说。身后的动静把他的目光吸引到了裁决者拉狄格斯身上，后者举起了圣髑大剑。拉狄格斯说："很荣幸能和你并肩作战，兄弟。"

涅米图斯花了一会儿工夫，确信一切都安排妥当了。这是他所知道的最直接的一次遭遇敌人——尽管他在前线的经验有限。即使是现在，也没有迹象表明敌人要合力阻止他们进入指挥舰桥。

不管先前指挥这艘舰艇的是军官团还是叛徒阿斯塔特，现在他们都已经消失得无影无踪了。他们完全有可能是在伊斯拉卡之复仇号逼近时逃走的。一艘小型的炮艇机或救助艇可以很轻易地躲避远距离的探测，利用舰艇本身的能量特征和体积来掩护它退出战场。

这是以后要解决的问题。尽管如此，登舰如此轻易还是让涅米图斯疑惑不已，就像开放的装载坪引起了他的怀疑一样。当敌人的圈套失败后，他们是否又耍了一些他没看出来的花招？

阿德摩尼厄斯向前迈了一步，头歪向一侧。涅米图斯能感觉到这位裁决者的不耐烦。

根除者中士说："等您下令，中尉兄弟。"

涅米图斯看了看精密计时表，从根除者就位到现在已经过去了五秒钟。客观上来说，这点儿时间不算太长，但对一个星际战士来说，这算得上是很长的犹豫不决的时间。

"多里厄姆、拉托，报告情况。"他说着，向两位渗透者中士打了个手势。这是另一个承诺的时刻。一旦他们进入战略厅，极限战士的位置就会被锁定。他可以想象，普拉克萨米德斯在指挥舰桥上监视登舰行动，很可能会考虑到他如何以不同的方式行动。涅米图斯不打算让其他人有机会指责他漫不经心或准备不周。普拉克萨米德斯会看到他既勤勤恳恳，又足智多谋。

正在掩护战士接近右舷的拉托报告道："侦测到大规模移动，突击指挥部。运动数据和热能记录迅速增加。"

多里厄姆补充说："就在刚刚过去的几秒钟里，左舷的活动迹象也明显增加。我想这是反击，中尉兄弟。"

"我同意。大规模行动，敌军数量有数百人之多。没有检测到动力装甲特征。你们的命令是什么，突击指挥部？"

涅米图斯感受到了阿德摩尼厄斯对他的注视，以及埃斯切罗斯和普拉克萨米德斯更为遥远的审视。

突击还是撤退？

"渗透者小队，向我们的阵地后撤。仲裁者，战术、行动自由。向前推进，支援渗透者的撤退，然后负责周边防御。"

涅米图斯准备好他的盾牌和等离子体手枪，看着这些根除者。

"突击！"

热熔步枪的呼啸声变成了被闪光蒸发的分子发出的嗞嗞尖叫。战略厅大门的外层在蒸汽巨浪中向外炸开，闪耀在涅米图斯的风暴盾牌上，在他同伴的盔甲上覆盖了一层分子厚的闪闪发光的金属。门在冒泡，扭曲的塑钢和钛合金发出的尖鸣淹没了热熔步枪发出的噪声。战略厅和通道内过热空气之间的压力不平衡导致了爆炸性的破裂，最后一道金属光泽从指挥舰桥上喷薄而出，熔化的塑钢液滴像子弹一样散布在炽热的空气中。

涅米图斯向前猛冲，他的盔甲咯吱作响，发出报警声，在穿过入口处的辐射云时，他的面甲显示屏上全是琥珀色和红色的色块。热熔步枪残余的能量使他的自动感应装置模糊了半秒钟，面甲显示屏随着灰色静电的散射而变得清楚，露出了战略厅的内部。

他大范围地扫视了一下指挥平台和数十名等待的敌人，仅仅一秒钟之后，报警声就再次响起，他把视线扫向了导弹发射器的炮口。

他举起风暴盾牌，向右边走去，隧道中火光四射，子弹从枪管里快速射出。导弹击中了盾牌接近顶部的地方，爆炸的威力足以折断一个较弱战士的手臂。尽管他被强化过，力大无穷，但涅米图斯还是无法阻止盾牌被掀翻，撞到他头盔面罩的格栅上。这一击使他踉跄了一下，他的视线模糊起来，蓝色的疾驰残影从他身后涌进视野，他的战斗兄弟们在敌人的炮火中奋力前进。

埃斯切罗斯在试图了解目标舰艇上的情况，他很难听懂普拉克萨米德斯在说什么。埃斯切罗斯的副指挥官谈到了等离子体流和测量仪的读数，但上尉不确定这是否与此有关联。与此同时，登舰部队已经闯入了敌人的战略厅，从通信器传出的声音此起彼伏、彼此交叠，上尉根据传来的声音判断，涅米图斯可能会受伤或死亡。

"停！"埃斯切罗斯举起一只手打断了普拉克萨米德斯的话。

他立即照办了，而上尉则在通信器上切换到了指挥频道："突击指挥部，这里是连队指挥部，回答并报告。"

通信器咝咝作响了几秒钟，每多过一秒钟，埃斯切罗斯就多一分忧虑。

"这里是突击指挥部。在战略厅里，敌人有备而来。"涅米图斯听起来上气不接下气，"要尽力不破坏环境使交战情况变得错综复杂。不过我们对胜利充满信心。"

通话的连接中断了。埃斯切罗斯知道他们最好不要再让中尉分心。他把目光转回到另一个下属身上。

"我突然想到，你在倒着讲你的故事，普拉克萨米德斯。"上尉说道，每一个音节都很平静。如此慌张，不像是普拉克萨米德斯的作风。"我相信你的观察和计算是正确的。我不需要推测。只要报告实际结论就可以了。"

中尉点了点头，花了一点儿时间把上尉的注意力引到预卜控制台上的一个显示屏那里。它显示的是一幅与敌舰交战的图片，时间是静止的，它们的航线和交锋都用线条和符号做了记号，近五分钟的冲突都显示在了一张图片之中。

普拉克萨米德斯解释说："整场交战都被设成了诱饵，上尉兄弟。如果你还记得的话，我们能够发现敌人的战斗群，是多亏了他们的能量信号产生的奇怪透镜效应。我们认为这可能是之前交战留下的残骸，但没有进一步质疑。我相信这是一个蓄意发出的信号。在我们逼近的过程中，敌人有很多机会采取另外两种行动方案中的一种。他们可以提前撤退到恒星碎片中去，也可以收拢队形，并直接与我们交战。"

"我们的反应速度弄得他们措手不及吗？"

"我不这么认为，上尉兄弟。在交战过程中，护航舰没有试图接近伊斯拉卡之复仇号，也没有开火。没有证据表明它们是军舰，我们只是根据它们的信号猜测它们是军舰。"

埃斯切罗斯说："假的驱逐舰吗？我想，它是为了阻止攻击，但是没起作用。"

"不，它们是信使，上尉兄弟。我相信这艘巡洋舰也和那些护航舰一样，不过是一个空壳子，几乎没有船员。再看一下读数，这种规模的舰艇上，只有大约百分之二十的正常生命迹象。通常情况下，这意味着这艘船已经到处都是亚空间栖息者。但除了一些变种人以外，涅米图斯中尉没有发现任何亚空间出生的魔物存在的证据。延时摄影最终表明，反应堆的关闭和装载坪门的损坏几乎是同时发生的。这是一个精心设计的假象，有双重目的。第一，鼓励我们采取登舰行动。第二，鼓励我们通过一条已知的攻击路线来采取登舰行动，这样人数锐减的船员就易于防守。涅米图斯错开了他们的防线，打得他们手忙脚乱。"

虽然埃斯切罗斯不知道中尉接下来要跟他谈些什么，但他到目前为止还能理解其中的逻辑。他回头看了看主显示屏。争夺战略厅的战斗还在进行中。

他对普拉克萨米德斯说："我看不出有什么值得惊慌的。如你所说，涅米图斯已经用他的洞察力粉碎了敌人的诡计。他将在几分钟内控制敌人的指挥舰桥。敌舰船员人数减少了，反应非常缓慢。"

普拉克萨米德斯说："为什么呢，上尉兄弟？如果我们假设他们已经集结起来准备发动原先的伏击，那么是什么原因耽误了他们推进新的进攻路线呢？"

"我觉得你已有推测，普拉克萨米德斯。"

"整个诡计的全部目的并不是要消灭登舰部队。进攻战略厅后，他们现在已经远离出口了。这就是一个陷阱，要把他们困在舰桥里。"

"他们可以有效地守住这个阵地，对抗数量更多的敌人。通过有针对性的轰炸和炮艇机空袭，我们就可以轻松地为他们提供支援。"埃斯切罗斯再次用手制止了普拉克萨米德斯，因为他又想到了另一个问题，"计划就是那样吗？引诱我们靠近，然后从运行良好的反应堆中启动武器甲板？"

"如果我们掌握了火力控制，这将是一次相当无效的攻击，上尉兄弟。"

"真的。那么，让我们的战士滞留在敌舰上有什么意义呢？"

"诱捕伊斯拉卡之复仇号。当我们的登舰部队在外征战的时候，我们不能做什么。如果我们遭到攻击会怎么样？"

埃斯切罗斯说："我明白了，你认为这一切就像绳索拴住了我们的手脚。如果我们的战士在敌舰上，我们就不能离得太远，否则他们会受到攻击，但在火力覆盖下，我们也无法把他们救回来。这与荒芜者型战列舰有关，是吧？你编造这整个推测的前提是，外面有一艘战舰在追捕帝国战舰。"

"如果你允许我……"

"不，普拉克萨米德斯，你听我说。"

埃斯切罗斯不顾普拉克萨米德斯怒气腾腾的样子，没让他进行评论。中尉这是缺乏纪律的表现，但过于情绪化的行为并不能解决这个问题。埃斯切罗斯又看了看正在进行的进攻，他确信即使普拉克萨米德斯进展不顺利，涅米图斯也取得了良好进展。

"你是从假设荒芜者型战列舰存在的角度出发，然后对事实做出符合这一观点的解释。这不是基因原体大人的行事方式，也不符合你所熟知的教义。"埃斯切罗斯能感觉到从普拉克萨米德斯身上传来的浓浓挫败感，但他的副手这次做得太过分了。"你知道我是不会赞成这样做的，所以你在我不知情的情况下从事了这次行动。如果不是因为你的过去向我证明了你的为人的话，我会认为这是公然违抗命令的恶劣行为。我知道你并没有恶意，只是……"

埃斯切罗斯把目光移到勒洛克身上，她正试图引起普拉克萨米德斯的注意。"你在这次事件中起到的作用不容忽视，勒洛克。"

勒洛克说："当然，上尉。无论您认为合适的后果是什么，我都愿意接受。"她转过身，用手指指向其中一个占卜控制台的屏幕，继续说："我们扫描恒星碎片，探测到能量输出大幅增加。"

普拉克萨米德斯说："是护航舰返回的数据吗？"

埃斯切罗斯的目光越过他的原铸星际战士兄弟，看到了多个等离子体反应堆越来越强的信号。三个信号，并非来自不同的舰艇，它们离得太近了。

那是一艘巨大的舰艇。

"要尽力不破坏环境使交战情况变得错综复杂。不过我们对胜利充满信心。"

在进行预估时，涅米图斯并没有对他的上级说谎，但他说得可能过于简单化了。当潜伏在战略厅周围的敌人又一次开火，压制了极限战士的攻势时，他怀疑自己过度乐观了。他拔出剑，甩掉最后一丝眩晕感，带领身边的攻击仲裁者穿过战略厅的主要楼层。

"铁拳和利刃，兄弟们。"他对同伴们喊道，看到裁决者阿德摩尼厄斯飞快跑过，挥出一剑斩杀了一个绿脸变种人，用一块向上翻转的便携式全息仪做路障，"近距离粉碎他们。"

敌舰的战略厅比伊斯拉卡之复仇号的战略厅更大，分为三层，就像一个圆形剧场。正门通往中间一层，大部分敌人从上层U形的甲板上向下开火，形成交叉火力。在宽阔的主显示器和屏幕前有一排沉思者和投影仪，防守者坚持抵抗，子弹、霰弹和激光爆矢弹从那里喷射出来。涅米图斯用等离子体手枪左右瞄准，寻找目标，但是出现在他的瞄准显示屏上的敌人离战略计量引擎太近了。即使是有效命中，也有焚毁重要数据库的危险。

涅米图斯收起他的等离子体手枪，又向前走去。当他继续向前推进时，敌人从上层甲板开火，子弹射进了他的背包。

"果敢小队，垂直攻击！"中尉厉声说道，拔出剑来，指着上层甲板，同时继续前行，从下面进入敌人的火力中心。

原铸星际战士分成了两个战斗小队，向着位于上层甲板两侧的螺旋楼梯分头前进。涅米图斯相信他们能迅速干掉位于上层甲板的枪手，率领蛮勇小队和阿德摩尼厄斯继续前进。根除者们斜挎着热熔步枪，拔出格斗刀，紧随在他们后面。在他们身后，不时传来爆矢弹的爆炸声，那是几个仲裁者抓住了时机，精准开火。如果战略厅不是战利品的话，涅米图斯会让这两支小队把眼前的一切都撕成碎片并熔化，但这是不可能的。

裁决者阿德摩尼厄斯不顾敌人的枪林弹雨，翻过了隔开主甲板和下层显示屏的栏杆，落地时，大块头的他压扁了一个变种人。涅米图斯跟在后面，没那么引人注目，三步并作两步地从斜坡上下来，举起盾牌，以抵挡敌人渐渐弱下去的枪炮射击。随着链锯剑的尖声呼啸，突击小队分头行动，有的人直接跳入战场，其余人则紧随着中尉猛攻。

"瞄准目标，不要造成附带伤害！"涅米图斯又叫了一声，因为阿德摩尼厄斯的长剑险些击中一捆缆绳，这捆缆绳悬挂在两个终端机之间。他不想直接指责裁决者，所以说的话很笼统："注意向后挥剑和后续行动。"

就像从职业灭虫者手中蹿出的害虫一样，在星际战士到来后，变种人和不是变种人的普通船员成群仓皇逃窜，一些人逃向显示屏后面的凹处，另一些人则扑向了沉思者库和放置全息仪的桌子下面。

在战略厅外的多里厄姆中士发出了警告："突击指挥部，敌军大规模进攻，现在距离警戒线只有一百码。"

涅米图斯回答道："严防死守，寸土不让。估计一下敌方兵力。"

"一千五百人，人数还在不断增加，中尉兄弟。"

与战略沉思者连接需要多长时间？还要多久才能把内容载入他们随身携带的数据陷阱里呢？十分钟，还是一个小时？

"明白。坚守阵地。"时间至关重要。涅米图斯放慢了脚步，然后停了下来，举起他的盾牌示意离他最近的几个战士也停下来。他转身抬头看了看，很高兴地看到上层楼厅的肃清工作正在迅速进行："裁决者阿德摩尼厄斯和其他同伴将继续在下面进行清理。准备好拷贝数据用的数据终端。"

他解开绑在大腿上的笨重的数据陷阱，放在最近的那台沉思者的外壳上。他很顺利地找到了数据端口，并从存储设备的顶部用一条蛇形电缆将其与数据陷阱连接起来，和他在一起的那几名仲裁者在其他控制台上做了同样的事情。

赫拉克伦兄弟笑着说："不管机器教派的教条有多少缺陷，至少八千年来，他们从未改变过他们的终端连接！"

涅米图斯旁边的终端上冷不丁地迸发出一串火花，两个变种人从主显示屏和控制终端之间迷宫般的电力管道和数据电缆中爬了回来，打了一梭子子弹。涅米图斯不假思索地转过身，用盾牌挡住了下一轮射击，有几颗子弹从他的护肩甲上掠过。两支爆矢步枪在门口发出怒吼，一秒钟后，叛徒们扭曲的面容消失在血腥的爆炸中，他们身首异处，倒在金属甲板上。

链锯剑旋转的声音断断续续地从上面传来，那是果敢小队的突击仲裁者正在追捕最后的几个敌人。

涅米图斯返回数据陷阱所在的位置，打开符文板的外壳和它旁边的小系统菜单。当他启动数据拷贝时，它发出轻柔的嗡嗡声，开始识别从沉思者流向存储机的零散导航数据。

已经有好几秒钟没有传来激战的声音了，他等待着确认安全，准备向伊斯拉卡之复仇号广播战略厅已被控制。他还没开口，头盔上的指挥通话器就发出了声音。

"突击指挥部，这里是舰艇指挥部。"

当涅米图斯认出这是普拉克萨米德斯的声音而不是舰长奥洛里斯的声音时，他的身体仿佛就像受到威胁一样做出了反应——他的脉搏突然加速了，给他的身体提供了一股能量，这股能量沿着他的神经和血管流动。

"这里是突击指挥部。已夺取敌舰战略厅，数据传输正在进行中。"

"突击指挥部，终止行动。马上撤退，返回炮艇机。"

这道命令犹如一记重击，弄得涅米图斯晕头转向，他几秒钟后才予以回复。

"不行啊，舰艇指挥部。不行。我们已经完全控制了目标区域，数据传输正在进行中。"他需要更精确的时间，于是瞟了一眼数据陷阱的进度监控器，"只需要十分钟，兄弟，我们就能把他们的数据库搜刮得干干净净。"

"你没有十分钟的时间了，兄弟。一艘叛徒的战舰正冲出恒星碎片分布场。它的光矛将在七分钟内让你们进入射程。你们现在就得撤退。"

涅米图斯的心现在沉甸甸的，像坠了个铁锤，随着普拉克萨米德斯的警告，他的喉咙开始紧缩。即便如此，涅米图斯的第一直觉还是要争辩。他还不能放弃胜利的希望。

"你肯定能给我们再多争取三分钟的时间，兄弟。"

"还要加上撤退的时间。你们撤离的状态如何，突击指挥部？"

涅米图斯考虑了一下这个问题，不得不承认，即使没有敌人的阻拦，要到达一个合适的撤离点，七分钟的时间也几乎不够。

"我让步，舰艇指挥部。命令已收到，明白。"

普拉克萨米德斯说："我有个计划，兄弟，但你可能不会喜欢。"

当战斗开始的时候，在伊斯拉卡之复仇号的战略厅和里面的人身上通常会有一种能量聚焦的感觉。这种混乱不受约束，因为这意味着有事情超出了舰长、中尉或上尉的控制。每一个星际战士、舱面甲级船员、技术神甫和机仆都形成了一个更大整体的一个单独组成部分，他们突然有了一种紧张感，效率也陡然增加。从火力控制到导航，到推进器，再到测量员指挥，每一个部分都独立运作，但又与其他部分完全联动。该做的都做了。他们如果需要做决定，则会将决定传达给三位领导者中适当的一个，并将协商结果传达给那些要执行命令的人。

没有怀疑、误解或犯错误的余地了。

当然，从来没有出现过类似恐慌的情形，即使是那些仍然有生化反应能力做出这样反应的人类船员也没有恐慌。纪律战胜了任何让恐惧支配大脑而做出不明智决策的本能。战略厅里有一个指挥系统和一系列的程序来指导每个决定，埃斯切罗斯上尉是唯一拥有自由意志的仲裁者和执行者。

因此，当战略厅里并没有恐慌氛围的时候，普拉克萨米德斯努力把自己限制在直接指挥的角色中。上尉发布命令的速度比平时更快，他的话语里透出一种往常所没有的紧迫感。这在控制站周围造成了喧闹，舱面甲级船员以令人讨厌的速度匆忙前进，偶尔会妨碍彼此，不得不为进行报告、能量传递和行使其他职责而相互喊话，而这些活动本来都应该无缝衔接且无须提示。

在看占卜读数的时候，中尉监视着目标舰艇是否有为武器或盾牌提供动力的迹象，同时查看另一块显示屏，上面绘制出了小行星带能量扭曲的图表。等离子体读数已经得到验证，遥感勘测也经过了三重检查，他那可怕的推测被证明是正确的。

他真希望自己没猜对。

那艘叛徒的战舰已经放弃了所有行踪的伪装，它的指挥官相信这艘极限战士的战舰已经彻底中了埋伏。脉冲式的低能导航护盾将碎片和气体甩到了一边，形成恒星碎屑的弓形波，标志着它正在加速穿过星云。

光矛炮台激光转换引擎的独有特征证实了关于该舰主要武器装备的报告。这艘攻击战舰比极限战士的战舰还要大，有三英里长，也是一艘专业的搜寻舰。虽然它的威力不是特别大，但其副炮台齐射一到两次就足以让巡洋舰级目标的虚空护盾不堪重负。在没有保护的情况下，其猎物会被落位精准的光矛火焰切开。它的护盾发生器、引擎和环境控制都由古老的扫描器和火力计量器精确定位，比伊斯拉卡之复仇号上的相应设施更为强大。

相比之下，极限战士的战舰是专门用于登舰攻击和轨道支援的。它可以在与一两个规模相近的敌人战舰的战斗中保持优势，但其射程并没有达到真正的主力舰的射程。飞行坪比炮台占用的空间还大，而且战舰发射炮艇机后，相当一部分战斗后备队还集中在敌方的诱饵处，伊斯拉卡之复仇号几乎没什么远程攻击力。

勒洛克评论道："这是一个复杂的诡计，风险很大，成功的概率很低，但十分狡猾。你肯定动用了聪明才智，才推测出了这个诡计，中尉。"

"恰恰相反，风险很小。"普拉克萨米德斯回答说。说话有助于分散他的注意力，使他不用去想必须完成的运动机能任务。如果不得不去想手指正在符文板上移动的话，他会觉得它们缓慢而又笨拙："假设我们在这个星区的敌人有足够的资源来充分装备两艘驱逐舰和一艘大巡洋舰的船员的话，他们会这样做的。给他们一个空架子作为补给，并充当诱饵，将是最有效利用这些空物资的方法。"

随着陷阱的启动，他们没必要专门占用一个完整的传感器阵列来监测气体和尘埃云团。普拉克萨米德斯将动力关闭，将能量重新分配到火力瞄准矩阵上。

"我发现这个诡计并非出于个人的洞察力。事实上，涅米图斯中尉的直觉，即他觉察到一切不对劲的地方是第一线索。他的见解正确，但他的结论不够大胆。回想起来，我只是通过仔细观察事实才拆穿敌人的诡计的。"他看了看来袭战舰的距离，并检查了一下精密计时表，"虽然可能太晚了。"

普拉克萨米德斯来到邻近的终端，检查了遥感勘测阵列的重新校准情况。他相信勒洛克会完美地计算出这些数据，但这是他的责任，因此他有义务去确认这些计算结果。

"敌人真正的高明之处在于使用了护航舰。"他接着说，用一根手指戳在目标锁定符文上，"任何类型的通信器或窄点传输都可能被探测到。任何来自隐藏战舰的扫描波都有可能暴露它的存在。护航舰就像我们的摩托车警卫一样，它们来到尘埃云中的简单事实，就是一个预先安排好的信号，说明鱼已经上钩。有两艘护航舰就意味着，若是其中一艘被不太可能的远程火力击中或被攻击行动困住，另一艘仍能幸存下来将消息传递出去。方方面面都被考虑到了。"

"你佩服他们？"这种可能性似乎让勒洛克感到极为震惊，"这可是懦夫发动战争的方式。"

普拉克萨米德斯反驳道："这是个实用主义者的策略。我们如果能够逃避失察的后果，就可以振作起来。敌人在这个星区的实力并不像我们担心的那么强大。这样的措施表明，敌人不是不愿意进行传统的战斗，而是没有能力这样作战。"

普拉克萨米德斯转向负责推进器的军官："前进四分之一的距离，把我们带到离目标舰艇六英里以内的地方。"那位驾驶部门高级船员做了个服从命令的手势，然后转向控制装置，机仆发出咕噜声回应了他的命令。

普拉克萨米德斯问道："上尉，我来控制舰炮火控系统好吗？"

埃斯切罗斯回答说："不，我来吧，你要确保我们瞄准的目标是正确的。"

"是，上尉兄弟。"普拉克萨米德斯知道他上司的劝告纯粹是条件反射性的，而不是在对中尉的计算表示怀疑。

"就位，中尉！"导航库的军官转向武器控制站，"距离目标一万码。"

"主轰击加农炮准备就绪。"舰长奥洛里斯报告道。他已经接管了射击终端的直接指挥权。他又看向普拉克萨米德斯说："准备开火。"

"明白，上尉。"普拉克萨米德斯启动了用于命令的通信器，"突击指挥部、炮艇机指挥部，你们就位了吗？"飞行员们发出了确认信号，然后通信线路的静电声中突然插入了涅米图斯的声音。他的声音中带着听天由命的感觉："准备好了就可以了，舰艇指挥部。目标区域安全。"

"上尉，各岗位、各指挥部均报告准备完毕。"

听了报告，埃斯切罗斯点了点头，用一只手揉了揉另一只攥成拳头的手。接下来的几秒钟极为漫长，直到上尉举起一根手指向舰长发出信号："轰击加农炮，向指定目标开火。"

第五章

　　阿斯塔特修士的身体素质极为出色，这使他们成为强大的战士。他们的体形、速度、武器和盔甲使他们每个人都能够应对异形和异教徒在战斗中可能导致的最糟糕的情况。信仰使他们无所畏惧。训练和深度学习使每一个原铸星际战士都变成了战术专家，如果中士倒下了，他们就能替补担任领导职务。在帝皇的士兵之中，无论是个人还是小队，乃至整个披着战甲的超人类连队，阿斯塔特修士的通话网络、鸟卜仪和其他装甲系统使他们的协调能力算是出类拔萃的。

　　所有这些因素综合在一起，赋予了涅米图斯和他手下的极限战士最重要的品质：绝对的信任。如果一个战斗兄弟说他会守住一个路口，涅米图斯就知道无论发生什么，这个星际战士都会守住这个路口直到死亡或换岗。如果一名炮艇机飞行员断言他将在九十四秒后准时到达撤离点，那么涅米图斯就会知道，哪怕只有一丝可能，这名飞行员也一定会准时到位。

　　当普拉克萨米德斯告诉涅米图斯，他已经发现了巡洋舰背侧船体的一个弱点，并且在距离涅米图斯当前位置不到四十码的地方，用一次轰击加农炮射击就能将其轰开时，这也意味着普拉克萨米德斯绝对值得信任……

　　尽管如此，要集中精力关注正在进行的战斗着实有些吃力，这场战斗已经使战略厅上方三层甲板上的大厅和走廊陷入了一片混乱。当涅米图斯用剑刺穿了一名年轻的叛徒船员的软甲和胸膛时，有个画面在他的脑海中挥之不去：伊斯拉卡之复仇号龙骨上的一把大口径的枪转向瞄准一块开裂的钢筋混凝土板，就在他头上不远的地方。

　　多里厄姆警告说："敌人从舰尾冲上来了。扫描显示有六七百个生命迹象，距离二百码。"

　　涅米图斯不需要鸟卜仪就能想象出这种情况，他脑海中的影像更新了，显示出一批新的人类和变种人。他用盾牌猛击另一个敌人，敌人的头骨被击碎，扑通一声摔倒在地。

"收到，中士兄弟。完成最后的撤退，撤到防线。"

一道绿色的闪光从他的护肩甲上弹起，中尉转过身来，面前是一个头发灰白的女人。她双手握着一把激光手枪，用一种他听不懂的语言在尖叫着什么，眼神中充满了仇恨。他用盾牌挡住了一连串的激光弹，随后，他一个同伴射出的爆矢弹穿透了那名女子的胸膛。

这无疑是个孤注一掷的计划，但没有其他选择了。只因巡洋舰及时发出了警报，这些极限战士才得以从战略厅附近脱身。随后敌舰船员们突然聚集起来发动了大规模的波浪式攻击，把他们困在指挥舰桥周边的几十码之内，远离任何梭机坪和维修通道。

那些在走廊上猛冲、爬上空传送机轴的变种人，行为疯狂。涅米图斯回想起了他早些时候对他们行为的分析——他们不仅准备好了去死，而且似乎欣然接受了死亡。他们很可能过着可怕的、邪恶的生活，再加上应允给他们的欺骗性回报，让他们以死亡换取，从活生生的痛苦中解脱出来。

走廊里的敌人被清除干净后，涅米图斯加入了防线。他脚步沉重，踩着脚下的尸体，同时把剑换成了等离子体手枪。不用再担心附带伤害的影响，他稳稳地开火，等离子体熔融了塑钢舱壁，引发了爆炸，像手榴弹一样致命。敌人一旦来到空旷的地方，就很容易成为目标，被枪林弹雨化为灰烬和尸体残骸。涅米图斯停止了射击，手枪等离子体枪膛上的警告符文随着使用闪耀起了琥珀色的光芒。

敌人如此狂热，完全无视那些极限战士集中而有节制的开火。一轮又一轮的爆矢弹准确无误地找到了目标，尸体堆积在楼梯间和门口，反而方便了变种人爬上去翻过来，从他们自己这方的尸体堆中硬挤出来，攻击战士。

涅米图斯告诉他的兄弟们："继续开火，保持齐射。没射出去的爆矢弹都纯属浪费。"

阿德摩尼厄斯在突击仲裁者的协助下向左翼发起反攻。作为穿蓝甲的星际战士先头部队中唯一一个黑甲武士，这位裁决者挥舞着他那把致命的利剑，斩杀敌人。他默默地战斗着，但跟在他身后的战士们发泄着他们的战斗热情，不顾叛徒的哭喊声和刺耳的尖叫声。

"异端亦凡人。"

"杀死不洁者！"

"我是基里曼的利刃！"

许多变种人在出现时手无寸铁，弯腰从同伴的尸体上捡起棍棒、刀剑和枪支，从死者紧攥的手中抠出武器，或者从冰冷的血泊中捞出武器。也有不少人干脆赤手空拳地冲向星际战士，一些人或许认为他们弯曲的犄角或突出的骨节可能是有效的武器。

他们错了。无论是锋利的脊椎还是獠牙都无法威胁到这些身披陶钢镀层的巨人。星际战士用爆矢弹、利刃和拳头迅速击败了疯狂的敌人。

即便如此，敌人仍前仆后继，他们的目的并不是要杀死星际战士，而只是为了拖延他们的行动。在上层甲板昏暗的光线中，爆矢弹弹壳的闪烁和重型武器的闪光产生了一种频闪效果，似乎每半秒钟就描绘出一幅不同的画面，画面上有毁容的面孔、扭曲的身体，还有在地板和墙壁上抓挠的非人的附肢。那些背信弃义的人类和变种人决心以自己的生命为代价把星际战士困在战舰上，把这些极限战士埋在尸山血海中，好让来袭的战舰随心所欲地消灭他们。

指挥通话器启动了，传来了普拉克萨米德斯的声音。

"突击指挥部、炮艇机指挥部，你们就位了吗？"

所有炮艇机飞行员都发出了准备就绪的信号，同时涅米图斯对后备人员的定位进行了最后一次检查。

"准备好了就可以了，舰艇指挥部。"虽然撤退在战术上是正确的，实际上是必要的，但失败的感觉让中尉的心头沉甸甸的，"目标区域安全。"

他转到战斗频道对他的战士们讲话。

"正在进行撤退，检查弹匣锁和靴子，待命。"

涅米图斯按照自己发出的指令，保证动力装甲被磁力固定到了脚下的金属甲板上。零星的爆矢弹和热熔枪开火又持续了几秒钟。

上方传来爆炸声，震动了走廊，轰炸舰体外壳的冲击波让碎片和断裂的支撑梁稀里哗啦地从天花板上掉了下来。陶钢镀层上出现了锯齿状的裂缝，裂缝有涅米图斯的手指那么宽，同时船上的损坏警报呼号着响了起来，灯光忽明忽暗，最后完全熄灭了。走廊里尘土飞扬，在中尉身后的某个地方，一台还在运转的过滤风扇搅动着灰尘，弄得他和同伴的盔甲覆上了一层闪闪发光的灰色。

"破门！"

他通过通话器发布的命令传到了根除者那里，那些根除者驻守在一块密封安全舱壁旁，在主走廊上大约三十码处。在黑暗中，中尉的自动感应装置接收到了热熔辐射和舷墙传来的突然爆炸的热能。几秒钟后，这块三英尺厚的金属就消失得无影无踪了，最后的碎片因减压向外吹出，露出一片薄雾般的星光。

内部的大气变成了一场狂风，无论是尸体还是活着的敌人，都被狂风疏散得干干净净，他们奇形怪状的身体猛烈地撞击着墙壁和战士们。涅米图斯身形一闪，避开了一个变种人，那家伙长着獠牙，体形庞大。他转过头去，看到几十个变种人一起从那个参差不齐的破洞中消失了。当席卷尸体的狂风终于停下的时候，几具尸体滑落到洞口周围的甲板和远处的通道上，涅米图斯看到了等离子体引擎在黑暗的虚空中发出的明亮火花。

"炮艇机即将降落，按小队撤退！"涅米图斯往后退了一步，脚步沉重，他的靴子把他的脚拖向甲板。

士官们率领他们的部下穿过破碎的舱壁，第一批小队在一架正在下降的炮艇机的舷梯处相遇。涅米图斯看了看他的精密计时表，离敌人战舰进入射程还有三分钟。

"再快点儿！我们必须在两分钟内登上炮艇机。"他顺着走廊往下走，这时第一架炮艇机已经起飞了，机舱里载满了撤离的战士。他等了几秒钟，保证手下的每个战士都会在他之前登上炮艇机。阿德摩尼厄斯在前面等着，也选择登上最后一架炮艇机。这就是极限战士的方式。攻击时冲锋在前，撤退时掩护断后。

有几个战斗兄弟因火力过猛而受伤，但除了最基本的急救外，没人索求其他帮助。所有人都能在没有援助的情况下返回炮艇机。他们在零伤亡的情况下百分之百地完成了任务，在任何其他情况下，这绝对都是一次不折不扣的成功。

事实证明，这太好了，好到令人难以置信。

相反，有那么一刻涅米图斯勉强有几分"钦佩"之情，不仅"佩服"敌人计划的狡猾，也"佩服"他们驱动计划的坚定不移的仇恨。

他又向那个边上参差不齐的洞口走去，他们必须在两分钟内登上伊斯拉卡之复仇号。

"奥洛里斯大人，登舰情况如何？"

埃斯切罗斯轻声地问了这个问题，朝在监控台的舰长偏了一下头。舰长就是为这样的时刻而诞生的，不仅训练有素，而且是由脆弱的人类肉体和思想塑造而成的战士，能够领导阿斯塔特修士组成的精锐部队。

他感到紧张。抑制所有对冲突的反应会适得其反。在盔甲所附带的神经增强剂的帮助下，他的思想飞速运转，没遇到太多的生化障碍。他看见普拉克萨米德斯在占卜的位置上焦急不安，大概是想监督舰长的工作。作为一名从连队成立之初就在连队得到晋升的星际战士，普拉克萨米德斯这么做是很自然的事。

他的第一反应是亲身参与。而埃斯切罗斯则被反复灌输了一种观念，即有必要保持一定的战略距离。

即便如此，奥洛里斯花了几秒钟的时间才做出回答，但让人感觉要长得多。

"所有那三架炮艇机都在返回，上尉。二十秒后打头的那艘就会开始降落。"

埃斯切罗斯不需要问还有多久敌人的战舰才会进入武器射程。倒计时被附加在视频全息仪的计时显示屏的一角，上尉下意识地监视着每一秒钟的流逝。

还有六十二秒。

还有六十一秒。

"侦测到敌舰的等离子体激增，上尉兄弟。敌军正在给炮台和光矛充能。"

被分配到防御网格位置的那位舱面甲级船员补充说："虚空护盾发生器运行中。"

上尉接受了这些报告，没有发表意见，他的注意力集中在显示两艘战舰和那艘受损舰艇相对位置的示意图上。它们暂时占据了他的思绪，战略厅里的嘈杂声和视线外围的动静渐渐消失殆尽。精密计时表上的时针慢慢移动，他估计离目标的距离越来越近了。

奥洛里斯的报告声传来："第一架炮艇机停在梭机坪了，上尉。"

"收到，舰长。"

为了接应炮艇机的进入，埃斯切罗斯在轨道面坐标系上下降了三英里，虽然飞行时间稍微增加了一点，却将诱饵舰置于伊斯拉卡之复仇号和来袭的叛徒战舰之间。敌人在开火之前，不仅需要有效射程，还需要一个畅通无阻的开火方案。

"占卜控制中心，巡洋舰的反应堆状况如何？"他看着普拉克萨米德斯说，"他们的武器有没有能量提升的迹象？"

"没有，上尉兄弟。我认为他们不管用什么系统撞开反应堆来模拟缺口，都需要时间重置。目标舰艇上所有的功率输出都是最小的。"

还有四十三秒。

还有四十二秒。

通过某些近距离的机动，再加上耐心，伊斯拉卡之复仇号有可能会在巡洋舰的传感器阴影里停留一段时间，重新调整位置，以保持舰体待在极限战士的舰艇和正在追捕它们的掠夺者级战列舰之间。敌军指挥官甚至可能会沮丧到关闭射程，让星际战士有机会从掩体中突围，冒险开炮，然后撤退。

当然，那艘掩护舰如果突然恢复了武器舱的能量，就会处于近距离平射射程内，而且威力肯定强大到足以让极限战士战舰的护盾过载。对埃斯切罗斯来说，时机似乎不太有利。

"第二艘炮艇机降落了，上尉。"

埃斯切罗斯走到他的指挥面板前，启动了通信器连接。

"突击指挥部，你们的数据提取情况如何？"

"勉强完成了百分之十，上尉兄弟。"涅米图斯的呼吸似乎有些吃力，但这可能是因为通信连接的问题，"如果我们设法上传的内容中能有些有用的东西，那就堪称奇迹。"

"明白，突击指挥部。"

还有二十八秒。

让人痛心的不仅仅是放弃了战利品，尽管这足以使任何指挥官感到恼火。让人痛心的还有陷阱设下的方式和它不体面的结局。埃斯切罗斯咬紧牙关，又看了看示意图，试图找出最佳的反击方式。他们如果要全速缩短距离，从舱门关闭的那一刻起就加速——该死，在舱门关闭之前——那就要……

埃斯切罗斯哼了一声。

时间太长了。

再靠近几千码，也许他们就能抵挡住来袭的炮火。也许他们会近到足以对新的目标重新发动攻击，但他们没有理由认为这艘战列舰与诱饵舰以及护航舰一样人手不足。

他之前已经开始在心里准备给战斗群指挥部的报告了。

伊斯拉卡之复仇号的指挥官很高兴地报告，这是一场最有利和最具决定性的交战。如果可以，他要请战斗群司令部将所附情报直接转发给舰队司令部和基因原体大人。

他现在得起草一封多么不同的公函啊！

"所有炮艇机均已回舰。关闭通道，上尉。"

如果能让情况有所改变，即使要让埃斯切罗斯奉献自己的心脏作为回报，他也一定会这样做的。失败的感觉像强酸一样灼烧着他的胸口，他急切地想下达进攻的命令。与其逃跑避战，不如英勇出击，然后轰轰烈烈地倒下。

他命令道："引擎开至全速。"

浮士德战斗群指挥部很遗憾地通知主帅，这场交战损失惨重。

无缘无故的死亡并没有什么荣耀可言。与其逃避失败的后果，不如直面失败，活下来才能在未来纠正错误。

"您的命令，上尉？"普拉克萨米德斯的问题促使埃斯切罗斯看了看精密计时表。

还有八秒。

"舵手，全速前进，直接远离敌人。"他说出这句话时，嘴里像含了烫红的钉子一般，但他尽量不带愤怒地说了出来，因为他不想因为一时不必要的情绪，破坏船员们的心情。这只是他的自尊的滋味。

"让我们离开这里。"

第二部分

穿过虚空到达叛徒的巢穴。他们挥舞称手的武器对抗死神残酷的魔爪，因通过试炼而欣喜若狂，渴望正义的战争。所以点燃火焰，祈祷吧，为了那支受到诅咒的舰队的灵魂。

——第五舰队的挽歌，一首帝国海军的水手号子

第一章

"一切都在按我表哥的要求进行着。"霸主西姆特转过身来,面朝使者索洛特普的闪烁幻影。寂静之王的信使在象形石的黑色圆盘之上以蓝光显形。他的形象是一具披着官服和金色锁链的金属骷髅,很像西姆特本人。"我觉得这种没完没了的勘验没有必要,索洛特普。"

西姆特大步穿过墓穴舰的马斯塔巴指挥部,站到他的王座所在的台子前。这个舱室的结构是个巨大的半圆形,在王座前设有一面平坦的墙壁,上面全是各种影像,这些影像都是由舰艇上众多复杂的传感器转换过来的。此时此刻,影像显示的是下方这颗星球的变化景象,满天繁星下,随同的墓穴舰队和巨大的共振器运输舰,正降落到这颗星球上,在这个星球浅灰色的地表的衬托下,它们乌黑发亮的负载成了黑暗碎片。

一共有七块象形石,排列在这堵墙的前面,一字排开,前三后四。索洛特普的幻影出现在第一排中央的圆盘上,跟本体尺寸一致,很明亮,尽管他与西姆特之间隔着难以想象的距离。在王座后面,弧形的墙体内设置了一条心灵回路,它的轨迹围绕着二十一个石棺壁龛。

墓穴舰的能量从下面照亮了每个壁龛,除了中央的壁龛外,每个壁龛里都有一个霸主的死灵卫士。他们目前一动不动,像沉默的哨兵一样站在那里,一半人胸前挂着战镰,另一半人手持相位剑,手臂上挂着盾牌,严阵以待。中央站着身形魁梧的皇家典狱长阿基米迪恩·菲托斯。霸主的副官手持一件大型的双管高斯武器,其能量膛反射着周围大厅里的碧绿色光芒。

王座设置在一个台子上,那个台子几乎和西姆特一样高。西姆特只有通过前面那一段狭窄的台阶才能到达王座。这是一把镶嵌着水晶线条的金色椅子,将坐在椅子上的人与墓穴舰的能量宝库联系在一起。导管从王座底部延伸出来,形成了复杂的图案,穿过台子和马斯塔巴大厅的地板。椅背向外张开,像大鸟的翅膀一样,闪耀着思想的光芒。西姆特的战刃被放在一个爪状的支架里，放在王座旁边，支架和西姆特一样高。战刃那长长的刀锋暂时处于休眠状态。在这把大椅子的另一边有个钢架，上面放着一套躯干外装甲，肩膀和脊柱上的铠甲都是雕有花纹的，高斯电缆悬挂着，随时准备为霸主的武器补充能量。

使者回答道："寂静之王萨雷赫要求按照他的意愿实施计划，我有责任确保他的命令得到严格执行。"索洛特普的影像向西姆特伸出一根手指表示指责，指尖在星体投影仪蔚蓝色的光线中闪闪发亮，说："你比预定计划晚了，西姆特。我不能再容忍你的迟到了。"

"迟到？"西姆特经过人工调制的声音变得高亢起来，"我以寂静之王的名义征服了野蛮人和不洁者，而其他人则是在空荡荡的星球上安装了共振器高斯炮塔，那对萨雷赫来说根本算不上荣耀。如果说我前进得比较慢，那是因为我走的道路更加艰难。"

"你确实很努力地完成了分配给你的任务。"

"索洛特普，跟我说话的时候，客气点儿。你最好记住我是皇室成员，是萨雷赫的嫡系后裔。"缕缕能量从这位霸主身上迸发出来，在他周围抖动，这表示他很不高兴，他的眼睛里闪烁着同样的碧绿色能量。

"我是霸主西姆特，冬季群星风暴之鹰号的司令官，安瑟提克斯和阿卡普里斯的统治者。"

"你的装腔作势并不能让寂静之王减少对你的不满。"虽然索洛特普的语气明显流露出讥讽之意，他那张样式抽象的死亡面具上的嘴却纹丝不动，"你声称你们之间有明显的亲缘关系，但这无关紧要，你们的世界是不被重视的。"

"虽然如此，但我是霸主，而你不过是个传令官。你对我的无礼是对寂静之王血脉的蔑视。"

"听好了，霸主西姆特，寂静之王萨雷赫的意愿很明确。如果再拖延下去，你就会被换掉。逆向－灵焰漩涡矩阵必须按计划扩展，不要再找借口了。"

西姆特还没来得及回应，索洛特普的影像就闪了一下后消失了，留下霸主盘踞在自己的能量形态中，沉思着，愤怒着。他阔步走上通往王座的台阶，坐到王座上，手指紧握成拳，又松开来。在他周围，马斯塔巴大厅里能量闪烁着，回路上的能量锋芒重叠在一起，邪恶力量引起的涟漪在布满显示屏的墙上泛起微光。

在西姆特后面，其中一个壁龛亮起了生命之光，壁龛里的占有者完全苏醒了。那位皇家典狱长踏着金属般铿锵的脚步走到台子周围，在霸主面前停了下来，单膝跪在台阶脚下。他献出武器，把高斯炮放在最低的台阶上。

"我等待您下命令，萨雷赫之刃、王朝的太阳勋爵、希洛基群星的旭日之光。"这位皇家典狱长吟诵着，眼睛短暂地变得黯淡，以示臣服，同时他的皮层场与西姆特的意志相连。

"菲托斯，起身吧。"西姆特用一只金属爪做了个手势。皇家典狱长拿回他的武器站了起来。"召唤等离子体术士。我想知道为什么我们还没有完成逆向－灵焰漩涡共振器的安装。"

西姆特本来可以直接访问通信系统的，这很容易，但对他而言，执行一个如此卑微的任务是不够体面的。菲托斯引导风暴之鹰号旗舰将官专用艇的能量，将一束看不见的超光速粒子光束横跨真空送到等离子体术士阿－霍特普那里，西姆特感觉到有股力量短暂地涌入了这位皇家典狱长体内。

在等待他的臣民到位的时候，霸主让传感器墙聚焦于下方的世界。

他把他的墓穴舰的注意力转向了最大一片大陆上的一座城市，在那里地穴技师的建构勘测已经确定了高斯炮塔需要矗立在哪里才能发挥最大的作用。而那个地方正是人类世界上人口最多的居住地，这是巧合吗？还是说这是一个迹象，表明凡人不知不觉地聚集在这个节点处，被灵焰漩涡的痕迹所吸引，就像有些生物盲目地追随磁场或信息素的痕迹一样？西姆特以星舰霸主的眼光仔细观察和研究，对那些在众多星球上成群结队、繁衍生息的生物感到着迷。

当在这个外星城市中飘荡的时候，阿－霍特普觉得自己正在穿越矩阵的阈值区。能使灵魂迟钝的共振器搏动着，西姆特手下被植入了太空死灵石的战士们置身在建筑上，等离子体术士无机的感官像死亡般平静。这是一种完全、彻底的静止状态，思想或情感没有丝毫骚动。当她和她的萨雷赫王朝武士保镖向最后的抵抗区前进时，静止状态逐渐消失了。在他们周围，城市居民无精打采地游荡着，有时对金属骷髅和幽灵般的等离子体术士感到惊愕，皱起眉头。但他们的反应仅限于此了。大多数人几乎根本没有注意到太空死灵的存在。他们要么瘫倒在路边，要么站在那里凝视着高处共振器上的黑色尖状物，目光被支配思想和压抑灵魂的高斯炮塔所吸引。

有时太空死灵战士不得不把四处游荡的人类推到一边，被推开的人要么踉跄离开，要么坐下来，或不知怎的，摇摇晃晃地走几步才能再次达到无意识的平衡。其他人会在这个全是骷髅脸的密集队形面前暂时退却，迷迷糊糊地拖着脚离开原来的道路。他们张大了嘴巴望着活动的金属士兵列队向前行进，金属士兵的步调完全一致。玻璃表面的尖顶塔和用大瓷砖装饰的墙壁把他们的脚步声反弹回来形成回声，每个反光面上都闪烁着高斯能量翠绿色的光芒。

阿－霍特普似乎已经很久不曾好好关注周围的物质环境了，只是草草度日而已。她花了一点儿时间端详那些彩绘瓷砖，想知道那些光滑壁画上的人是谁，他们的手伸向墙顶上的一只鸟。

这似乎无关紧要。随着时间的推移，这座城市将荡然无存，只剩下它的第二相粒子，被巨大的虚空吞噬，散落在恒星风中。

她那飘浮着的结构体心中有种空虚挥之不去，纠缠不休，从而引发了一个念头。在灵魂力量的支撑下，阿－霍特普首先将宇宙视为相互关联的能量。她能感觉到电力仍然沿着街道下面的电缆输送，能感觉到电磁波在星球周围脉动。每个人类身上都闪着生物电活动的光芒，缓慢呼吸散发出的热量释放着微弱的辐射。

她把注意力转向其中一个外星人，那是一个矮个子男人，徘徊在小巷的角落里，一边肩膀靠在墙上，一只手半举着，好像是在指着列队向前行进的幽灵。她可以看到那个人细胞层面上的构造，那些把他的身体连在一起的小小的粒子键，很容易被太空死灵武器的高斯效应分开。那些粒子形成了血管，热量和活力在其中奔腾不息，为器官和强壮的肌肉提供养分。

阿－霍特普试着回想起肉身，试图记起肉身包裹着灵魂的感觉，但她再也想不起来了。现在，她是一个栖息在人造躯体中的智者。她不再像有肉身时那样行走了，而是以她渴望的能量来保持飘浮。一条人造脊椎骨挂在她的躯干上，嘲笑着曾经的一切。她的肩膀和背部布满了冥工气化器，它们在吸收她周围新生的能量场时，闪耀着绿色的能量。

她垂下自己正式的法杖，指向那个没精打采的人，用法杖的高斯线圈来扩展自己的生物电场。绿光从线圈顶端射了出来，罩在那个人类身上，就像野兽趴在水潭上饮水一样舔舐着粒子键，一个个剥离每一个细胞层面的分子。

这零食少得可怜，并不能让她感到满足。阿-霍特普可以吸干整个城市的能量，但她还想要更多。她看着那个人类解体成为微风中的尘埃，散得干干净净、了无痕迹。

前方，那些尚未被压制思想的人类发出噪声，在她的意识边缘出现了静电的嗡嗡声。她能感觉到巨大反应堆的振动，这些反应堆维持着防御屏障的运转，并为武器提供了动力。

这些武器已经开始向西姆特的军队投掷以化学物质为动力的简陋炮弹，弹如雨下。他们的能量武器喷出粗制滥造的浓缩光束，虽然效率极低，但威力足以粉碎太空死灵用活体金属铸造的身体。

就是在这里，逆向-灵焰漩涡矩阵的影响被抑制了。这并非完全出乎意料，这个世界的星卜术领域被证明是最能抵挡虚空牢笼灵魂迟钝效应的地方，但这很不方便。已经有数百名西姆特的战士被强行运回墓穴舰进行重组。防御屏障以一种星卜术的频率振荡，模拟突破进入永无海。它们吞噬了攻击者的粒子光束和高斯射线，并在其作用范围内阻止了移形换位，所以阿-霍特普来到这个星球，亲自上阵去消耗敌人要塞的力量。

她喜欢这样的声音，那是远处无人值守的机器发出的混合环境波，很宁静。她再也听不到她有肉身时听到的声音了，但她现在的生物电场能捕捉到最轻微的声音发出的振动，因此对她来说，附近人类跳动的心脏会产生一种背景声，在他们的身体表面上舞动。一股更有侵略性的湍流从位于定居点中心的要塞中散发出来，在那里，发电机的能量和武器的撞击声制造出阵阵干扰，像涟漪般扩散开来。

敌人的防御工事位于城市中心，是一座宏伟建筑，高于周围的建筑物。透过显示屏闪烁的微光，阿-霍特普看见了层层叠叠的城垛和扶壁，每隔一段距离就设有炮台和炮眼。许多城墙和地面大门楼上方的浮雕刻的是帝国人类的双头鹰装置。他们竟敢称他们分散的殖民地为帝国，这是对太空死灵的一种侮辱。太空死灵不再拥有一个星系，就像海洋里的微生物不能声称自己统治着海洋一样。假以时日，太空死灵将恢复统治，而这些附属种族要么被合理剥削，要么被诛除灭绝。

通往主要外堡的道路上到处都是尸体，这证明守卫者不愿屈服，尽管只要撤退一小段距离就可以远离要塞星卜术留下的痕迹的影响。人类很早就学会了，他们如果偏离防线太远，就会完全屈服于虚空牢笼令人衰弱的阴影。这就是防御的弱点，西姆特迄今为止还未能利用这一弱点。他派出了麾下伟大的战争机器和精锐方阵，以一次壮观的攻击彻底击溃了要塞。这直接消耗了敌人的力量，给太空死灵部队提供了可以远距离摧毁的宝贵目标。

阿－霍特普还有另一个计划：用损耗来取得胜利。西姆特的三千名战士跟随她沿着三条交叉的路线行进。以如此多的数量向敌人发起攻击，他们会彻底突破防御屏障。一旦攻入内部，阿－霍特普会剥离守军的生命能量并追杀那些能够对抗虚空牢笼力量的星术师。一旦这些思想强者被杀死，共振器就会迷惑幸存者的思想，他们在等离子体术士关闭武器和防御系统的时候就会无法自卫。她的军队就可以占领要塞，完成共振器的安装了。

要塞的大炮再次开火，以应对太空死灵族军团的逼近。爆炸毁灭了前进中的人造战士。在发生爆炸地方的附近,阿－霍特普释放了她精力充沛的灵体，抽走了不稳定的反作用力，将能量引导回西姆特麾下战士支离破碎的身体里。这个过程比她率领自己的军队要困难得多，但霸主总是嫉妒或怀疑身边的人，禁止阿－霍特普在她的奴隶战舰上集结方阵。

填充了恒星物质的爆矢弹如雨点般朝这些战士落下，阿－霍特普仅凭意志力的延伸进行了生命转移，让他们进入了新的躯体。在她周围，战士们不会死，这不仅有赖于他们自身超强的构造，还有赖于这位等离子体术士的能量运用能力。一个翠绿色的幽灵光环在她和最近的梯次编队周围跳跃，前进中的骷髅士兵被包裹其中。

在其他地方，这些武器造成了更大的损失，但这对这位等离子体术士无关紧要。被击杀的战士并没有真正死亡，而是被传输回他们的墓穴舰进行重组。他们所承受的任何短暂不适都可以忽略不计。他们的形体死亡消耗了人类很大一部分的防御力量，分散了人类对等离子体术士构成的威胁。

阿－霍特普已经几乎进入第一台护盾发生器的范围，这时她感到自己皮层精髓的核心处传来一种刺痛。这是轨道上的墓穴舰在联系她，但她没有理会。她召唤出自己的生物电场，开始扩大自己对人类动力源的影响。

通信器中传来的耳语声变得更加迫切。

阿－霍特普停顿了一下，然后弯曲了一个皮层场的阵列，使自己与输入信号保持一致。她对通信器的信息不屑一顾，并把注意力重新集中到要塞上。

片刻之后，一阵麻痹性的痉挛折磨着她的身体，霸主的召唤信号在她的记忆印迹中散开。在召唤信号生效之前，阿－霍特普刚好有足够的时间把她延伸出去的精髓抽回人造身体的外壳里。位移烧穿了她的活体金属骨架，将物质转化为能量，再转化为物质，把她的存在移形换位到西姆特战舰的指挥中枢。这种体验只持续了瞬间，但它的后遗症令人不快，当她试图修正巨大的引力位移时，她的精髓扭出了，就像凡人罹患了眩晕症一样，她感觉天旋地转。

光波潮水般涌入阿－霍特普脸上戴的单边目镜中，她看见了霸主西姆特的影像。他坐在指挥王座上，一圈皮质电缆在他的肩膀上绕了一圈，插入他胸部侧面的一个插座里，直接与墓穴舰相连接。他一如既往地面无表情，像戴了面具一样，但他皮层场的光环传递出他的恼怒之意。一缕缕翠绿色的能量在他的法衣上闪烁，跳跃到这位军队指挥官侧面的盔甲和剑上。菲托斯站在台子的底部。

西姆特的权力是有限的——她这位等离子体术士是萨雷赫亲自下令分配到矩阵部队的，并得到了神秘莫测的权威科技修道士的支持。在可接受的误差范围内，她确信西姆特不会让她解体的。尽管如此，他恼羞成怒的时候还是很不讨人喜欢。

"我是在执行你的意志，霸主，就在你联系我的时候。"

"你的借口无关紧要，等离子体术士。寂静之王萨雷赫只要求结果，我也一样。"

"敌人抵抗的残余力量就要被消灭了，霸主。"阿－霍特普想了想，觉得最好还是设法将早些时候的延误归咎于西姆特，"您筹备的进攻为我的方阵播下了可以收获的种子。"

"那是我的方阵，等离子体术士。"西姆特在王座上坐了下来，他周身的光环渐渐暗淡下来，阿－霍特普的奉承显然平息了他的怒气。"不过，你的努力是多余的。一旦共振器就位，人类就会变得无害。这只是个时间问题。"

"大人，那种策略过去对我们很管用，但我认为它在这儿行不通。"阿－霍特普不知道该从何说起，以说明在敌人还没有完全臣服之前就试图引入共振器是多么不负责任，"如果您允许我……"

"见证我们下一个胜利的诞生吧。"西姆特命令道，一只手指向那面影像墙，能量的微粒沿着手臂噼啪作响。

当然，这种炫耀行为纯属矫揉造作，西姆特只是在模仿他和阿－霍特普曾经拥有的生理感觉罢了。这是不必要的，显示屏上显示的数据可以被作为纯粹的皮层场输入信号进行处理。这很浪费，事实上，这是一种奢侈，而这正是问题的关键。尽管如此，阿－霍特普不得不承认，看到舰队在人类世界的上空列阵，在当地的星光下，舰艇闪闪发光，共振器的巨大黑暗推力被调试到指定位置，以便最终降落到地面，这一切既庄严又令人欣慰。

显示屏上有一小部分画面显示了要塞周围激烈的战斗情况。在没有等离子体术士打破能量防御的情况下，太空死灵的方阵被密集的火力击溃，战士们无法在防御结构的范围内取得立足之地。

西姆特宣称："凡人对虚空牢笼的抵抗令人恼火，但也只是一时的障碍罢了。"

"这个世界的组织结构似乎与以前有人居住的星球有所不同，大人。"阿－霍特普把她的皮层场精髓与墓穴舰短暂地结合在一起，放大了要塞图像的尺寸，"敌人把军事、民事和星卜术力量集中在这个地方。如果我们把共振器安在其他地方，他们的威胁就可以忽略不计。不幸的是，他们已经布置好最强大的防线定位，这与我们必须利用的地方几乎完全一致。"

"而这将是他们毁灭的原因，看着吧。"

舰队的显示屏被放大，画面聚焦于共振器。这块黑色的石头碎片悬挂在两艘起重机架式吊臂船之间，当地恒星的反射光令它的表面不会显得黯淡无光。巨大的方尖碑的表面并不平坦，而是经过了精心雕琢，切面上有太空死灵星卜术电路留下的痕迹。更确切地说，那是反星卜术电路，它扩散了永无海的力量。

阿－霍特普说："人类的星术师被聚集在目标区域。"她看着共振器舰艇毫不费力地加速进入低轨道说："我们必须假设其他的防御工事……"

人类要塞的子显示屏上亮起了一抹耀眼的白光。

第二章

　　一种震惊和恐惧交织在一起的感觉传遍了西姆特全身。来自星球表面的能量之矛出现在主显示屏上，通过大气层的轻微衍射，黑石共振器呈现出了彩虹般的斑斓色彩。防御激光的威力不足以破坏这个星卜术装置，但光束从坚硬的表面偏转，穿透了一艘火力支援舰。

　　两块被整齐切断的星舰碎片与共振器分离，并以芭蕾舞般的优雅坠入重力井中。另一艘舰艇立即停止了无惯性引擎，但为时已晚。共振器已经旋转成一个衰变的轨道环。不一会儿，它就掠过上层表面，炽热的火焰沿着它锋利的边缘翻腾。其他的舰艇惊慌失措，要求制订紧急救援方案，脉冲穿过墓穴舰的皮层场。在那宝贵的几分钟里，西姆特茫然不知所措，无法将显示屏上发生的事情与他对胜利的愿景联系在一起。

　　他最终做出了回应，确认了救援方案，并将处理权限移交给了舰队中的几名下级军官。一队舰艇向前猛冲，重力连枷紧缚住正在离去的共振器。

　　墓穴舰感觉到了超空间引擎的脉冲，这些引擎在地下球体深处挖掘以获得牵引力。脉冲调制的命令和响应在四艘太空死灵战舰之间激荡。在西姆特的皮层场界面中，这种交流被解析成了可理解的语言。

　　纳塔伦之星 4 号三桅战舰：重力离合器递增，为尾翼的稳定器提供动力。

　　纳塔伦之星 2 号三桅战舰：维度抓力不足，重新校准。

　　纳塔伦之星 1 号三桅战舰（战队主舰）：需要平衡，努力稳定，停止争论。

　　纳塔伦之星 3 号三桅战舰：进入了二次维相位，启用动机牵引。

　　纳塔伦之星 1 号三桅战舰（战队主舰）：全力开动，进行重力牵引。

　　纳塔伦之星 2 号三桅战舰：重力滑移至临界点，大气相互作用不可避免。

　　西姆特眼睁睁地看着这艘用于攻击的三桅战舰在这个世界的大气层中燃烧，成为坠落的火花和一连串的传导过来的自动测量记录。当活体金属在一波波的银色闪电中脱落时，最后一组数据流沿着皮层场飞快回到了墓穴舰。

三桅战舰的记忆印迹融入了复活核心中，等待地穴技师重新塑造其物理形式。

其他舰艇设法减缓了黑石共振器的下降速度，用重力叶轮的爆发力来帮助升降机舰艇。

阿－霍特普报告说："幸运的是，人类的防御加农炮似乎还在重新充能中。"

西姆特确信自己觉察到下属有些沾沾自喜，仿佛这并不是她的失败。事实上，如果她早些时候把攻击坚持到底的话，整个局面就可以避免了。

霸主说："现在不需要你了，对我们计划的阻力将被消除。"

"如果你允许的话……"

西姆特厉声道："我不允许你有机会再让我失望了，等离子体术士。"绿色的能量耀斑穿过他的身体，沿着墓穴舰的脐带缆旋转。"我已经别无选择，只能用荒蝎领主佐扎尔来取代你了。"

一阵真正沮丧的脉冲滑过他们的皮层场连接。

阿－霍特普抗议道："寂静之王已经下令，让我们尽可能地保护低等生命体，大人，他们以后可能会被证明是有用的，能够用作潜在的生体转化容器或契约劳动力。"

西姆特不屑地说："你竟敢用我表哥的名字来吓唬我？"索洛特普的话在霸主的记忆中循环，刺激着他。"我想，也许是你内心关于肉身的记忆太强烈了。你对这些生物还怀有残存的感情。"

"一点儿也不！"等离子体术士飘得更高了，尾椎骨因愤怒而抽搐，"我……"，阿－霍特普的抗议在皮层场的静电短路中消失了。

"你会怎么做呢，等离子体术士？从我手中夺去我的权力吗？篡夺我的统治权为己所用？我可没忘记你是怎么把自己卷入这次尝试的。不要滥用你的有用之身。"

等离子体术士来回飘荡了几下，才落到了房间的地板上，她的精髓发出安抚的咕噜声。

"再给我一次机会，我可以在不完全毁灭人类的前提下占领要塞。"

西姆特不会再给她操控的机会。

"我已经下定了决心——我的意志现在就要付诸实施！"西姆特从王座上站起来，向阿－霍特普甩出一只手。他的手掌上射出一道碧玉色的光线，上面带着免职协议。一接触到她的皮层模式，协议就激活了等离子体术士移形换位的场域。阿－霍特普因绝望产生的刺痛感逐渐消失了，她的身体变成了一团绿色的薄雾，然后消失了，在没有空气的指挥部——马斯塔巴，留下了短暂的余辉。

西姆特承认，这也许是一种恶意的行为，但他需要不时地提醒那位等离子体术士她的地位。他对她的无能和不服从正在失去耐心。

"菲托斯，为佐扎尔和他的军团开启冥工重生的进程。"

皇家典狱长转向他的领主，一股强烈的反感在皮层场上四处蔓延。

菲托斯吟诵道："受协议驱策，我请求确认该命令，七星的天体领主。我提醒您要小心，不要惊醒毁灭者。一旦重生开始，最终的结果是不可预知的。长期暴露于荒蝎军团中，会增加所有高层贵族记忆印迹退化的风险。"

"照我说的做吧。"西姆特把注意力集中在下面的要塞上。在显示屏上，它变得越来越大，抹去了其他所有图像，一座人造山被噼啪作响的能量和不断绽放的火焰包围着。"告诉佐扎尔，把他们都杀了。"

当命令被灌入皮层场连接的时候，皇家典狱长的眼睛紧紧盯着他的主人。

"他不需要这样的鼓励，大人。"

自从苏醒以来，阿－霍特普还从未如此敏锐地意识到，她那艘墓穴舰里无比空虚。作为西姆特指令协议的附庸，它的休眠舱一直处于休眠状态。

西姆特的话有点儿深奥，但这并不是因为他说的是真话。她对下面那个星球上生涯短暂的凡人毫不在意。她只是对他们所拥有的能量起了一时的兴趣，但对他们的存在毫不放在心上。

但说到肉身……

他们都受到了诅咒，不过大多数人假装这是礼物。向人造形体生体转化的技术被誉为划时代的伟大创举，而不是星神们最卑鄙的欺诈。然而，他们都以各种不同的方式渴望再次死去。用永恒来换取统治权，代价太高了，而她的许多贵族同胞没有能力支付这个代价。阿－霍特普对能量的渴望，或许只是一种退而求其次的欲望。她总是无法得到满足，但她仍然渴望获得能量。她终究还是像个凡人啊。

她悬浮在空荡荡的走廊里，环绕皮层场的幽灵微光照亮了她。她可以移形换位到舰艇上的任何地方，那被诅咒的肉身却像锁链一样沉重地挂在她身上。一个人如果不再在乎形体，那么除了沿着星云状的皮质螺旋矩阵移动的预定的记忆印迹，还能剩下什么？死亡的影响由来已久，而太空死灵也没有逃脱它的控制，尽管他们的肉身已经在宇宙中存活了不可思议的漫长岁月。

阿－霍特普飘在空中，经过了士兵的宿舍，那里很宽敞，有五千名士兵在等待激活的命令。那是她无法发出的命令。无论置身何处，她都能感受到萨雷赫王朝的等级锁，被西姆特的意志所奴役。

她的愤怒——一种物质的、热血沸腾的东西，使她那幽灵般的身体再也无法完全容纳——因为想到那个无能的霸主而激增。去迎合一个生前虚荣而愚蠢的贵族，在来世却失去了如此稀少的能力，是一种耻辱。寂静之王用坚定不移的专制统治着那些在来世受制于他的意志的人，他们的命运通过不可避免的皮层场纽带来遵守他的协议。

她进入了里面的大厅，周围都是她的精英守卫，他们就像失去了灵性火花的惰性岩石一样毫无用处。一个需要指挥的军团，在偏执和嫉妒的祭坛上虚度光阴。

但有一个地窖开着门，门上的防护装置被解除了，入口的石块被分解了。阿－霍特普在里面走过，封印因识别出她的存在而闪耀着能量的光芒，在萨雷赫王朝内无人知晓的神符中短暂地燃烧着。

她是神秘的科技修道士的仆人，这已经不是什么秘密了。事实上，正是她与死灵族高级工程师的关系，才让她受到了寂静之王萨雷赫的关注。为赢得他们的青睐，同时也是看到了她的潜力，寂静之王欣然同意她加入矩阵探险队。她不知道仅仅是因为运气不好，还是由于寂静之王某种程度上狡猾的周密考虑，才使她被安排到了西姆特的墓穴舰队里。难道是萨雷赫故意不让她参与主要工作吗？她没理由相信寂静之王对她有任何怀疑。如果是这样的话，他不会纵容潜在的叛徒，即使那些叛徒带着科技修道士的封印。她更愿意相信的是，寂静之王因为知道他的表弟无能，所以把她安排在西姆特的手下。

要是萨雷赫可以给她访问指令协议的全部权限就好了。

但她一无所有。她访问了科技修道士的维度电波发射器，处理了一份新的信函。没有什么值得报告的事情，而且像往常一样，她没有收到任何答复，甚至没有得到她的信号已被接收的确认信息。

怀着对无关紧要的未来的无可奈何，她关闭了维度电波发射器，重新回到了指挥室。抵达后，她启动了舰艇的远程传感器，准备观看即将上演的令人不快的场面。

红日淡淡的残光照在克莉奥芬蒂亚的瞳孔里，长时间驻留在她的眼眸中。佐扎尔惊叹着这份美丽，动用他全身的每一个细胞牢牢记住这景象，仿佛这样就能让这种感觉永远持续下去。

克莉奥芬蒂亚的快乐很有感染力。即使在这样动荡的日子里，她也能让他精神振奋。她让人们很容易忽略身体的病痛。她目光清明，没有病态。

他们一起站在永恒山的斜坡上，俯瞰着首都，似乎就这样站了很久很久。赤色的光萦绕着下面城市中的金字塔形建筑，像激光一样照射在塔尖，像有生命般在一个又一个尖顶之间跃动，像单色的和风一样沿着废弃的街道奔流。现在万籁俱寂。暴乱者已经不再嚣张，叛乱者已经畏首畏尾，这些被剥夺了权利的感染者已经无力再惹出什么乱子了。

佐扎尔并不想跟他们一样。在绝望中浪费最后的生命时光有什么意义呢？生命的终点终将到来，克莉奥芬蒂亚教导他，与其带着怨恨和敌意勉强数着日子过，还不如去拥抱生命本身。

他的外衣被拉扯了一下，这让佐扎尔的注意力转移到了他的女儿阿泽拉和伊苏里斯身上。这对双胞胎姐妹抬头看着他，她们如此单纯，还没有因太阳诅咒而吃过苦头。

伊苏里斯问道："爸爸，会疼吗？我是指生体转化。"

佐扎尔还在琢磨着这个问题的答案，克莉奥芬蒂亚就已经给出了回答："亲爱的宝贝儿，它会让我们不再痛苦。"

他这才意识到，答案是否正确其实并不重要。他的女儿只是在寻求保证，而她们的母亲很快就向她们保证了。佐扎尔真希望自己也能有那种轻松的情绪，用心去感受，而不是用头脑去思考。但是克莉奥芬蒂亚说她爱他复杂的聪明头脑，被他们之间的差异所吸引，当然也庆幸他们的不同。她的脉脉温情传递给了他，所以有时候，只是有时候，他那工程师的头脑能挣脱逻辑的桎梏，在欢乐的时光中随心所欲，比如此时。

阿泽拉说："会不会很疼呀，爸爸？"她向来都不满足于母亲的回答。她更像他，不过性情比他宽容多了："你帮忙造的，你应该知道呀。"

他抬头看了看永恒山和耸立在山顶的巨型生体熔炉。

的确，他设计了一些成几何角度的墙壁和凸出的天线，它们伸展出去，就像很多只手伸向冉冉升起的太阳一样，对于它们真正的工作原理，他却知之甚少。

"我想会发痒吧。"他边说边给两个女儿挠痒痒，逗得她们因为惊吓和开心而发出一连串尖叫声。克莉奥芬蒂亚露出了更加幸福的表情，她赞许的目光让佐扎尔知道自己做得很好，自豪感让他的心悸动不已。

身为贵族，尽管等级不高，但他们将是第一批进入生体转化大厅的人。佐扎尔牵着女儿们的手，领着她们走上大理石铺成的小径，其他的家庭还聚集在大门前等候。他意识到自己激动得发抖，他的两个女儿也能感觉到。痛苦的终结近在眼前。佐扎尔简直不敢相信，他在救赎他们的过程中，也发挥了小小的作用。

一种奇怪的感觉打断了他的遐想，这种感觉就像他手握沙砾。他捻了捻手指，意识到自己再也抓不住孩子们的手了。这感觉就像沙子从他的掌心滑落。

佐扎尔低头看向两个女儿。她们的身体在崩溃瓦解，慢慢化为了暗淡的赤色晶体。血肉变成了尘埃，从下面闪闪发光的金属骨架上滑落。

他看向自己的双手，那粗糙的、长满恶性肿瘤的手指在微风中分崩离析。异样的感觉爬上了他的手臂，刺骨的寒意滞留了片刻，然后只留下了冰冷的麻木感。

克莉奥芬蒂亚惊恐地喘息着。

他把目光投向心爱的人，但她回望过来的不是充满爱意和温暖的目光，而是红色光学目镜冰冷的凝视。

四个人都变成了活生生的雕像，这正是他努力想要逃脱的死亡化身。巨型生体熔炉应该让他们从肉体的负担中解脱出来，但不是以这样的方式。

他自己的身体最终熔化消失了，只留下了没有知觉的活体金属。

佐扎尔的意识苏醒了，他仍然经受着梦境的创伤。他内心的尖叫在发声前就停止了。他花了片刻使自己脱离睡梦状态，摆脱可怕的幻象。

随着理解能力的恢复，他意识到自己在休眠舱内的身体状况：一具三足的躯壳，骷髅骨架上披着盔甲，有多条手臂，每条手臂上都配有枪或利刃，由仇恨转化而成的能量脉动着。这位荒蝎领主没感觉到肉身和器官，他躯壳构造的深处，本应是他记忆飘忽的灵魂所在之处，如今却只有种空虚感。

关于至亲至爱之人的最后的记忆碎片在他的思绪中飘忽不定，内心的虚无以另一种力量膨胀——狂怒。被漫长岁月放大的失落驱动了狂怒。只有亲手毁灭所爱之人才会有这种负罪感，而这种负罪感又激起了愤怒。

愤怒和仇恨在金属骨骼间肆意流淌，弄得金属骨架咔咔作响。他愤怒的地狱之火会将一切生灵焚烧殆尽。过去的一切都已化为乌有。

他的绝望亟须宣泄，否则就会吞噬自身。

毁灭者佐扎尔已经苏醒了。

第三章

　　毁灭者在休眠甲板的中心创建了一个空白区域，就像在西姆特延伸的皮层场上有了个伤口。为了防止使毁灭者成为执迷不悟的屠夫的病症四处传播，他们被隔离在地穴技师网络的其他部分之外。西姆特不愿多想，在他和佐扎尔及其追随者的意识的边界地带之外，有什么伪情绪在翻腾。

　　一群专门的冥工结构体参加了唤醒仪式。它们被隔离在西姆特手下的主要成员之外，并将伴随毁灭军团来到星球地表。只有通过几层安全的冥工节点，通过三重冗余的清除协议，再经过菲托斯子系统的最终检查，数据流才会到达霸主那里。

　　当一切准备就绪后，西姆特收到了佐扎尔的猝发脉冲信号，那信号要求西姆特解除最后的隔离束缚。

　　在观察了一段时间的显示屏后，西姆特宣布："给移形换位的阵列充能！"他在王座上就座。命令的脉冲通过菲托斯，进入了墓穴舰的计算库中。维度抓力沉入球体之间的子空间，汲取无限的能量供应。在巨大舰艇的内部层次深处，金字塔形的变压器搅动起来，将维度之间因漂移而产生的原始力量转化为能量，能量沿着马斯塔巴的回路激荡，让霸主和他的皇家典狱长沐浴在碧绿色的辉光中。

　　毁灭者的墓穴因释放的能量而噼啪作响，类似闪电的电芒从一个墓室跳到另一个墓室，沿着走廊奔驰，从一个冥工侍从刺向另一个冥工侍从。不一会儿，整个区域就充斥着扭曲的分子，时空的边界在西姆特的意志下坍塌了。

　　这就是成为太空死灵族领主的意义。他因控制的感觉而欣喜若狂，存在的原子被他的意志撕裂并重塑。西姆特停顿了片刻，觉得自己无所不能。他的子民曾经崇拜过星神，但他们已经奴役了狡诈的西坦并窃取了这种力量。多亏了萨雷赫和他的王朝，现在是他们发号施令了。他们已经成了神！

　　现在释放我，开始清除生命吧。

即使隔着多层防御规则，佐扎尔的要求还是化作一股热流涌进了西姆特的皮层场。突然意识到自己一时的念头变成了狂妄自大的妄想，霸主被恐惧所征服。这就是许多太空死灵精神死亡的道路。这有可能是他们最后一次放弃寻找肉身。虽然并没有其他人目睹他的虚弱时刻，因为他已经脱离了与菲托斯的直接接触，但西姆特很尴尬，启动了移形换位的阵列。

佐扎尔和他的军团变成了一团团微粒物质和信息，沿着维度之间断层线运行的载波一闪而过，迅速来到了星球地表，将他们的数据流重新组合成合乎逻辑的人工数据，几乎是在瞬间进行了移形换位。

几乎是瞬息之间，但又不完全是。作为现在部分存在于量子世界的生命，即使是最微小的时间片段也能被分离出来，让人感觉像是永恒。西姆特鄙视移形换位，选择亲身降落到他所征服的世界，而不是忍受原子分散和重新结合的不体面和风险。他并不完全了解这个过程，也始终无法摆脱这样的疑虑：在载波另一端被创造出来的实体会不会真的是他？让他成为冬季群星的风暴之鹰号司令，安瑟提克斯和阿卡普里斯大统治者的一切，怎么能在移形换位中幸存下来呢？

菲托斯吟诵道："移形换位完成了，虚空之鹰，无尽星辰的主人。"他走到那面屏幕墙前，头歪向一边，说："屠杀已经开始了。"

这位皇家典狱长的话语和皮层的行为举止中，都略带抗议的意味。虽然他的人格协议确保了他绝对忠诚于萨雷赫，并且通过这种忠诚与西姆特联系在一起，但也有一些子协议允许他在需要的地方提出批评和建议。西姆特已经尽可能地压制了那些推理回路，但不可能完全消除它们。为什么会有人想要一个奴才来对他们的命令进行事后评论，这对他来说是个谜，但显然，他的一些贵族同僚并不像他那样，可以依赖绝对可靠的才智。

"有个问题，菲托斯。"

西姆特向前俯身，放大了墙壁上的影像。他看到靠近人类基地中心的几座建筑已经冒出了浓烟。佐扎尔手下被毁灭者感染的战士已经毫不迟疑地开始了他们的攻击。佐扎尔带领队伍前进，他的武器喷出带着高斯火光的爆矢弹，他的三足护卫队紧随其后。其他战士则将自己变成了飘浮的怪兽，完全摒弃了机动肢体。高斯步枪和加农炮噼里啪啦地发射着可瓦解敌人的碧绿色光束，光束穿过移动的人类群体，进行着近乎连续的攻击。在佐扎尔的阴谋组织中被改造得最厉害的成员身后，出现了一个由被奴役的骷髅战士组成的方阵，他们和他们的主人一样，被杀戮冲动所驱使，丧失了个体的自我意识，这种意识驱使其他毁灭者将自己的身体改造得脱离了太空死灵的规范。他们分成几支小队，被荒蝎领主的杀戮冲动赋予了权力，在街道和建筑物中随意游荡，杀戮他们所遇到的一切生灵。

"这些毁灭者正在屠杀普通民众，大人。"

西姆特回答说："在要塞的能量场和星卜术透明圆形罩中，我们不可能让佐扎尔移形换位。一些附带的损害是不可避免的。"

"不用遗憾低等生命的损失，大人。虽然寂静之王萨雷赫已经下令保护低等生命，以免给远征造成不必要的耽搁，但他们的数量很多。我担心的是，佐扎尔的军团似乎正在远离要塞，而不是朝着要塞前进。"

西姆特看到情况确实如此，疑惑自己怎么没有立即醒悟过来。肯定是菲托斯让他分心了。破坏的总路线最多与所需的攻击轴线垂直，而在某些地方，毁灭者离他们的目标越来越远。

"我现在就需要与佐扎尔建立一个安全通信连接！"

他继续观看影像，而菲托斯则分开维度，在墓穴舰和佐扎尔的皮层场之间创建一个零点－空间的联系。要塞的大型武器正在向那些毁灭者开火，但收效甚微。他们对人类最强的重武器装备有很强的抵抗力。即使被直接击中，他们也只是暂时丧失行动能力。冥工侍从在伤员间来回穿梭，重新连接支离破碎的身体，把活体金属的碎片拼在一起，复原倒下的毁灭者。

其他人类开始以一种模糊的、类似兽群的方式对威胁做出基本的反应，这种反应由脑干中未被抑制的化学反应所驱动，即使是虚空牢笼效应也无法根除这样的反应。大多数人反应太慢，无法避开频闪的高斯光束，但作为一个群体，民众正从攻击地点向外移动，就像一块石头落入池塘中，激起了缓慢但不可阻挡的涟漪。

屠杀已经开始，没有幸存者。所有有知觉的生灵都会被灭绝。

"不！"西姆特将一只手重重地砸在王座的扶手上，这个动作在通信连接上变成了斥责的脉冲，"你要攻击要塞！调整你的攻击方向，你这个满脑子只知道屠杀的傻瓜！"

必须毁灭一切，佐扎尔就是那个毁灭者。

"攻击引文已传送完毕，大人。"皇家典狱长报告说，数据脉冲从连接上流过。"佐扎尔，要塞里的敌人逃不出你们的手掌心，但他们会试图与你们战斗。他们必须被毁灭。一切抵抗都必须被镇压下去。"

抵抗必须被镇压下去，必须清除要塞里的生命。

西姆特如乌鸦般嘶哑地喊道："是的，毁灭要塞的守卫者，杀掉他们所有人！"

理应如此。

在领主新意志的指引下，毁灭者们立即改变了方向，从攻击中撤退，集中精力对付被盾牌包裹的防御工事。在奔忙的冥工盟友的陪伴下，战士小队和毁灭者小队回到了佐扎尔附近。

西姆特看着菲托斯，说道："看哪，他们现在准备好了。依我的意志，要塞会被攻陷。"

皇家典狱长回答道："太能干了，大人。您肯定会取得胜利。"

等能量屏障倒塌的时候，这座要塞就完蛋了。佐扎尔带领最后一波军队冲锋进入人类装甲巢穴的中心地带。受他驱使的战士们围绕着要塞基地前进，切断了所有出逃的门道，同时反重力毁灭者们沿着城墙升了起来，拦截任何试图离开的飞行器。

里面的走廊由不稳定的电路照明，因不规则的能量流而闪烁不定。激光的冲击波和化学武器的闪光明晃晃地扫过佐扎尔的感官，每一道闪光都会带来一丝短暂的回忆。他在反光的表面上看到了克莉奥芬蒂亚的脸，她的脸被敌人像冰雹般落下的等离子体照亮。他甚至在他们那臃肿不堪、毫无价值的身体上也看到了她的脸，他们那令人厌恶的面容变换成了她美丽的容颜。

这全是假的。为了保存铭刻在记忆印迹矩阵里的记忆，这一切都必须被摧毁。那是事实真相，其他的一切都是谎言，是对她的纯洁的侮辱。

他向他们的肉体发射了压缩能量脉冲，将黏合在一起的分子转变成辐射耀斑，并散布物质。他那充满能量的剑刃分解了他们的有机成分，毫无阻力，冲击从伤口处蔓延开来，并毁掉他们的身体。脉冲被定相到不同的维度共振，而不是被他们的肉身所占据，即使是那些披着盔甲的人类也无法抵御这致命的扫荡。

生命之血泼洒在墙壁上，散发着炽热的气息，但佐扎尔从屠杀中得不到任何快感，杀戮没有艺术性。

只有愤怒，没有快乐。当记忆最终安全的时候，就会有和平了。在那之前，不会有任何仁慈，佐扎尔将成为所有有知觉生命苦难的根源。

他手下的毁灭者是他仇恨的外延。每个毁灭者都被他的悲伤所触动，并发现自己的损失，从而埋下愤怒的种子，他的意志可以通过这种子注入他们的思想。自从失去了自己挚爱的亲人，自从他们被羞辱，自从他们被星神和自己贵族的承诺所愚弄，他们的世界已经绕着星辰运转了数百万次。昔日的自己永世长存，由于窃取灵魂的诡计，他们进入了不死的睡眠。

空虚。空虚支配了一切。失去的东西再也无法失而复得。他们的肉体不再是血肉之躯，他们就像穿上了一件新袍子一样。承载着他们生命和意义的神圣灵魂，已经被夺走了。但只要生命还在，记忆就不可能被遗忘。

一束高能脉冲击中了佐扎尔的手臂。恒星的热量短暂地照射在人造骨头上，熔化了这段肢体。

他转过身来，把加农炮的怒火集中倾泻在那个使用武器的人类身上。超能感官探测到了来自枪膛的磁脉冲和辐射脉冲。

这是一颗被捕获的微型恒星。

这个提示让佐扎尔的皮层场里重新涌起了一股愤怒的浪潮，从他的武器中迸发出一股瓦解的力量。人类消失了，身后的墙壁上留下了他们奔跑身影的模糊轮廓。

只有最基本的进攻策略。防御墙变成了陷阱，完成歼灭只是个时间问题。反击和更顽强的抵抗决定了毁灭者的前进方向，但他们并没有费心保护自己，只想着彻底毁灭会因他们的死亡而推迟。那些可能会阻碍屠杀的反击遭到了迎头痛击，并被压倒性的力量击溃了。抵抗的小股力量被包围并消灭了。

佐扎尔隐隐感觉到，他爬得越高，要面对的敌人的等级就越高。那些倒在他攻击之下的人类，其盔甲和武器装备都有所改善。好几次他都被迫停下来，寻求冥工的援助，他的假身遭受了越来越多的临界破损。

每一次的延迟都能激起他的愤怒。

一切都必须被毁灭。

他来到一个宽阔的大厅，大厅里布满了不规则的星卜术符号。自从生体转化以来，他就没有了灵魂，他的意识被生体转化到活体金属结构，他的灵魂被这种手段切断了。这种金属结构支撑了他几十亿年。他为丧失灵魂而感到悲哀，他想不起拥有灵魂是什么样的感觉了。窃取灵魂的法则把他逼疯了。

因此，他纯粹用冷漠的智慧，审视着圆顶舱室上的铭文，顺着它们的符号和螺旋看向天花板顶上的一个多面水晶透镜。与要塞的其他部分相比，传感器显示的读数表明此处缺少热量。光探测阵列捕捉到高波长发射的杂乱火花。他推断也许一个有灵魂的生物会对环境有点儿感觉。

当他第一次醒来的时候，佐扎尔花了相当多的时间去绑架有知觉的人，分析他们的灵魂构成。他详细询问了他们的感受，探索了系统生化反应之外深层的真实情感。这是工程师的方法，把问题拆开来理解，希望它能包含自己重建的解决方案。

他得出了一个令人发狂的结论。这种生体转化没有任何方法可治愈。无论萨雷赫等人有怎样的计划和梦想，佐扎尔知道他们再也无法驾驭失去的灵魂，就像他们无法抓住真空本身一样。没有什么可以被抓住。

他停止了走神，注意到大厅里有两个占用者。人类，中等身材、中等体形、中等质量。他们从头到脚都穿着长袍，头藏在蒙头斗篷下面。一闪而过的记忆让他回想起自己结婚那天的情景，公断人也穿着类似的服装。不过比起面前蓬头垢面的这两个人，公断人更精心地打扮过自己。

那两个人紧紧地抱在一起，脑袋来回转动，仿佛在扫视着整个房间。放大数倍的图像显示，没有生物电数据从他们的眼窝流出。他们是瞎的。

佐扎尔记录了这两个人发出的声波。他启动了一项翻译协议，很想了解一下人类在生命的最后时刻会说些什么。也许他们的死亡忏悔会揭示一些关于灵魂本质的秘密。

"金属外壳的死灵已经来了。受精神感染的灵魂的萎靡状态在民众中传播开来。一切将不复存在。这就是结局。只有力量……星卜术……灵魂让我们在这个正义……建筑物……给予保护的……飞地……避难所中活着。不复存在，这就是结局。没有救世主。警告……保护他人……警告……保护他人……金属中的死灵在我们的人民中间行走。我们的赞美预示着天堂之主……统治者……向导……保护者……复仇之鹰的力量。"

佐扎尔领悟到，这不仅仅是对他们的神性——帝皇-存在——的祈祷，也是一种构建的信息。整个房间就是一个星卜术的放大器，也许是一种信标，或者是一种通信装置。

他关闭了音频输入，弯曲了一下剑身，下定决心，几个大步就穿过了大厅。

所有有知觉的生灵都要灭亡。

阿－霍特普觉得很奇怪，有一些失败居然可以被伪装成胜利。从人类要塞的废墟上，她看着黑石共振器下降到靠近外墙的休息处。地面已经被夷为平地，几近镜面，由冥工的附庸团队奠定地基，这样这个巨大的建筑物就能整齐地安放在那里。即使被停用，黑石共振器也在进一步拉开虚空牢笼的边缘，按萨雷赫计划的那样，将存在的真实与噩梦的不真实分开。这是又一个被伟大计划征服的星系。人类现在完全没有头脑了，然而，荒蝎领主及其下属毁灭者的屠戮仍在继续。到目前为止，霸主试图制止这场暴行的努力都被忽视了，但霸主似乎并不在意。

在不远处，西姆特也观察到了整个过程，身着全套战甲，在死灵卫士的陪同下。菲托斯离接触点更近，为霸主提供了对这个场合的二次体验。地穴技师的保镖和冥工激活者列队参加，在他们身后则是萨雷赫方阵按等级排列的强大力量，由西姆特指挥。他们站在要塞的瓦砾堆里，周围是守军的尸体，这些尸体已经残缺不全、臃肿膨胀，苍蝇和其他以腐肉为食的食腐动物正群聚于此。月牙形的攻击机在头顶上围绕着即将到来的黑暗之针进行着胜利的飞行，而在更高的轨道上，墓穴舰队则见证了其主人的征服时刻。

表面上看，这是一场庆典，但阿－霍特普知道，实际情况并非如此。常规军团和毁灭者的伤亡数目已经远远高于必要的牺牲数目。如果西姆特没有对她指挥的战役横加干预，那么要塞会以最小的代价沦陷，但霸主完全没有意识到自己的无能。佐扎尔的屠杀是这种无能的必然结果，而且毫无意义。她不知道探险队的其他分支是否也由类似的庸才领导，是否因为寂静之王需要将可信赖的心腹安插到要职上，从而阻碍了更多称职将领的前程。

这是一个可利用的弱点，这一点是肯定的，但阿－霍特普还不确定该如何利用。萨雷赫的铁腕统治和西姆特的无知偏执，让她不可能夺取任何军事资产。由于被迫利用霸主留给她的这些残缺的权力和物资，就算尽她所能，阿－霍特普也仍处于不利地位，无法改变他们的战略，也无法在王朝的等级制度中崭露头角。她被指派到这样的领主手下，阻碍了她在科技修道士行列中为真正的领主发挥更大的潜力。

随着声波轰隆隆地穿过城市，共振器进入对接港并向星球表面降落。它滑落到准备好的结构中，卸下了下降器的降落伞背带，在完全分解之前，活体金属飘落形成闪闪发光的蓝宝石缎带。

在它的底座与星球地表接触的那一刻，黑石共振器的状态发生了变化。以前它仅仅是漆黑的，是一种绝对的黑暗，不反射任何光线，而现在它闪耀着光芒。实际上，它似乎成了现实空间中的一个洞。不过，事实上，它并非通道，它已经成了一道屏障。与星球的星卜术轴对齐后，共振器进行了重新设定，平面和板块以复杂的宇宙测量模式移动，扭曲了从附近其他共振器投射到恒星系统中的虚无力场。就像一个寻找磁极的简易导航设备，共振器通过多维现实空间进行调整，以呈现一个节点形态，接收并广播虚空牢笼的信号。

翡翠色的光环包裹着高耸的针状物，废墟和活体金属战士组成的队伍都被笼罩在它的绿色辉光中。脉冲能量环攀上逐渐变细的锥状建筑物，在到达顶端时加速，成为一场猛烈的风暴，参差不齐地跃入天际。

在物理层面，共振器似乎运转正常。在灵魂方面，阿－霍特普不得不相信萨雷赫维度使者的专业知识。像所有的太空死灵一样，在生体转化的过程中，她的灵魂已经从她的肉身中分离出来了。她没有任何感觉，因为虚空牢笼的入侵让物质世界和永无海彼此分离。然而，人类，为数不多的幸存者，应该知道这种滋味。在他们最后残存的灵魂中，他们会感受到冰冷，赋予他们知觉的灵性火花渐渐消失，化为乌有。

西姆特宣称："另一个世界匍匐在了萨雷赫王朝的荣光之下！"他举起他的战剑，仿佛他亲自征服了这个世界。

事实上，这并没有什么荣耀可言。围住或杀害被虚空牢笼弄得浑浑噩噩的他们眼中的低等生命，只能勉强算是一场战争。阿－霍特普对此并不在乎。征服者和国王可以定义他们自己的成就，只要有充足的能量供应就行。

当军团开始移形换位回到轨道，准备前往下一个将要被并入虚空牢笼的星系时，阿－霍特普飘向了要塞的中心，她的感官告诉她，那里有一个热反应堆仍在运行。一切都被抛在脑后——王朝的政治、寂静之王的伟大宇宙计划，以及她的忠诚和野心，与补充能量的欲望相比，这些就显得微不足道了。

第四章

　　当普拉克萨米德斯进门的时候，上尉房间里的氛围很阴郁。埃斯切罗斯在里面，还有涅米图斯和伊斯拉卡之复仇号上的导航者安托万萨尔·科莎·德菲达斯。这两名星际战士，像普拉克萨米德斯一样，穿着他们的长袍——右胸上别着银色的极限战士标志，镀金的袖口和领口表明了他们的军衔。

　　科莎也穿着正式的法衣，材质轻薄得多，颜色也明亮得多——淡淡的黄色，与画在她金属头饰带上的眼睛符号的虹膜颜色相匹配。她的头饰带盖住了额头，遮住了整个前额，最重要的是，遮住了前额上的第三只眼睛。她的面部器官——鼻孔、耳垂、嘴唇，都穿有小小的金环，在这狭长房间的流明光照耀下，她的整个面容熠熠生辉。她的手指、手腕和手掌上都戴着金色的戒指、手镯和链子，这让人想起了古代时期的人们通过炫耀财富来彰显身份，这些财富都是难以获取的珍稀矿物。即使到了现在，黄金对那些想炫耀自己地位的人仍有吸引力，尽管这或许正是因为黄金没有其他用途。

　　科莎个头高挑，其身高是人为的，这是她基因工程的另一个副产品。但与原铸星际战士的庞大体形相比，科莎瘦弱得像芦柴棒一般。战士们的肱二头肌把他们的袖子绷得紧紧的，他们的手臂几乎和她的胸膛一样宽阔。当她迅速而紧张地将注意力从一个星际战士转移到另一个身上的时候，她长长的脖子让她看起来有几分像小鸟。

　　她没坐在椅子上，而是踱来踱去。这些椅子为星际战士而设，尺寸超大。这位导航者在这些大件家具中显得充满了孩子气。毫无疑问，她感到不自在，希望自己还待在孤零零的壁柱里，她与另外两名被分配到巡洋舰上的导航者共享那里。

　　房间里的家具很实用，一头有一张圆形桌子，另一头有张小床，旁边有一个书架，书架上放着加了注释的《阿斯塔特圣典》扩展卷和其他战团教义卷。金属床头板上方有一尊基因原体大人的肖像，小小的，是用金箔做的。由于经常擦拭，它的外层亮闪闪的。在肖像的两侧放着几枚勋章，上尉盔甲上涂装的都是这些真品的仿制品——铁质光环、指挥部的桂冠、不屈远征军的战役徽章和他在塞特米亚潮汐受伤时留下的一滴血，血滴镏了金边。普拉克萨米德斯意识到，在任何指挥官的宿舍里几乎都有这些荣誉，没有什么特别值得注意的。

埃斯切罗斯瞪着这位导航者说："我们走得太慢了，已经确认了最新的空间转换点是欧米茄四－七－赫库勒斯星系。"

"一个死掉的星系，荒凉的空间。"涅米图斯向前倾了倾身子，拳头放在上尉桌子的倒角金属上说，"没什么好打的。"

普拉克萨米德斯在脑海中绘制出这一星区的地图，说："我们距离克拉里昂－西格玛还差七光年。按经验航行了十七天之后，我们才勉强到达此处，离目的地还有一半距离。"

埃斯切罗斯补充道："实际时空转移还花了三十九天。"

科莎说："你们必须明白你们要求我们完成的任务规模有多大。我之前告诉过你们，你们不能使用在诅咒瘢痕出现之前计算出来的航行测定。鉴于我们一直经历的亚空间环境，我们能穿越任何空间距离都是了不起的。"

埃斯切罗斯说："噢，你想要的是赞美吗？也许你想让我为你的努力向总司令致敬？"

科莎什么也没说，只是对上尉的建议怒目而视。

普拉克萨米德斯说："你保证过，随着逐渐适应环境，我们空间跃迁的距离会加大。"他坐在舰长和涅米图斯之间说："这保证似乎出了错。"

科莎说："不，我信守了承诺。我们正渐入佳境，但您得明白您对我和我的亲人提出了什么样的要求。整个星系正处于这样的混乱中，我们的星图几乎毫无意义。甚至帝皇这位神圣星矩的光辉，有时也会被席卷帝国的强烈风暴所掩盖，让我们看不到他。"

涅米图斯说："我们并不是唯一有这种经历的人，但其他战斗群、远征军舰队比我们的通行速度更快。"

埃斯切罗斯说："你太谨小慎微了。我们进展甚微，因为你们在进行距离很短的空间跃迁之后，就把我们从亚空间扔了回去。"

科莎苦笑着，用一根手指拨弄着她左耳垂下的耳环。她用那双黄色的眼睛把每个人都看了一会儿,然后将目光定格在上尉身后墙上的某个地方。

"谨小慎微?"这位导航者的语气中流露出嘲讽的意味,普拉克萨米德斯头一次听她这么讲话,"我们穿越了自那以来发生过的最大的空间动荡到达亚空间……导航者家族的编年史的确可以追溯到很久之前,那是帝国唯一一次四分五裂的时期。它是最邪恶巫术的产物,被称为'毁灭风暴',预示着帝皇的领土几近毁灭。五百代以来,横渡彼岸海从未像现在这样危险。如果你认为我们很谨小慎微的话,埃斯切罗斯上尉,那我很乐意承受这样的指责。"

这艘舰艇的指挥官咆哮道:"谨小慎微并没有让我们赢得对付异端的战争。谨小慎微不会击退现在围攻帝国的武装力量。谨小慎微将见证我们陷于困境和被孤立,而我们的敌人却紧紧抓住了他们希望从帝皇那里窃取的所有东西。"

"不过,我也不愿意为了节省几天时间而一头扎进最快的航线,同时冒着舰艇根本无法到达目的地的危险。"

普拉克萨米德斯补充道:"我们如果不谨小慎微,也不必鲁莽行事。希望在我们的需要和你们的顾虑之间能找到折中的办法,导航者之主。"

那位导航者颤抖着吸了一口气,双手颤抖着慢慢地合拢成拳。

她望着天花板,望了好一会儿,才把目光转回房间里的其他人身上。

"我们在彼岸海停留的时间越长,就越不能确定自己的位置和目的地。我们跟随的时空湍流越快,我们被冲走或错过空间转换点的风险就越大。在这波涛汹涌的潮起潮落中,每一次操控都充满了危险。如果我们在错误的关头失去了与泰拉灯塔的联系,那将是灾难性的。我对此发出的警告无论如何强烈都不过分。"

涅米图斯说:"但是,有更快的时空湍流可用吗?这样我们每进行一次空间跃迁就有可能走得更远。"

科莎一言不发。

埃斯切罗斯说:"我们所有人都必须努力为远征尽心尽力。没有一个人可以免于劳心劳力。我命令你取得更迅速的进展,导航者。"

科莎抚平了她袍子上的褶皱,说:"命令?您会怎么下命令呢,上尉?如果你看不到我们所能看到的东西,怎么能由你来判断我们的决定呢?你会和你的首席工程师辩论等离子体驱动器的本质吗?"

埃斯切罗斯平静地回答道:"如果我认为他们的操作有缺陷的话,我会的。"

他把宽大的双手放在桌面上，把手掌平放在金属上说："你的家族因为参与了这一事业而赢得名声和奖赏。我想，你如果受到司令官大人的责难，会让你的族人受到精神打击。被撤职是一件很严重的事情。也许你的名声将再也无法挽回了。"

"这是威胁吗，上尉？"

"你的不情愿，迫使我说出了平时没有说出口的话。你的家族和战团之间的联系可以追溯到几代人以前，但如果你们不能提供我所需要的东西，这样的联系就毫无价值。我不怀疑你的忠诚，导航者，但你想保持安全的心愿太强烈了。"

科莎突然说："我们这是在拿所有人的生命冒险，而不仅仅是拿那些导航者的生命冒险。"

"这是一艘战舰。它的存在是为了冒着风险获得回报。除非你们的导航者表现得更出色，否则我的战士们无法履行我们的职责。如果你们做不到的话，我会在停靠的下一个码头给你们找一艘民用飞船。"

普拉克萨米德斯密切注视着导航者。他在指挥甲板上跟那些没强化过的人类一起待过足够的时间，能辨别出影响科莎思想的情绪变化。她望着上尉，从他的目光中没有看到任何的退缩。她又望向普拉克萨米德斯，想从他那里寻求短暂的同盟，但他没有流露出任何支持她的迹象。上尉是对的，导航者前进得太小心翼翼了，战士们无法采取有效行动。

最后，导航者的目光落到了她的双手上，她的手紧紧地握在腰间。

她平静地说道："就照您的吩咐吧，上尉。在下一次空间跃迁时，我们将更努力地向目的地前进。我们将寻找更快、更湍急的航道，相信凭我们的力量，我们会挺过去的。"科莎这时抬起头来，态度再一次变得强硬起来："但只是在保留抗议的情况下。我的誓言是引导这艘舰艇安全地通过亚空间，并向光之主宰献上这样的祈祷，我会这样做。我希望在记录中注明，如果不能安全到达战场，就无法赢得战争的胜利。"

"如你所愿，导航者。"埃斯切罗斯站起来说，"我是上尉，所有的责任最终都由我来承担。这是我的意志，要让人们知道这一点。"

导航者点了点头，快步离去，神情酸楚。

埃斯切罗斯狠狠地呼出一口气。直到这时，普拉克萨米德斯才看出，对他的上尉来说，合情合理地对待科莎需要多大的耐心。自从经历了掠夺者级战列舰上的溃败后，埃斯切罗斯一直在寻找新的挑战。距他从那灾难性的插曲中抽身而退，已经过去了九十二天的时间。在这九十二天的时间里，他从一个无生命的星系跃迁到另一个无生命的星系，一直在寻找似乎已经消失得无影无踪的敌人。

涅米图斯向后一靠，说道："我不明白发生了什么事。我们的星语者告诉我们，当脱离主舰队时，这个星区到处都是敌人，但现在他们好像都消失得无影无踪。"

普拉克萨米德斯回答说："星语者和导航者一样，对亚空间风暴感到不安。谁知道有些广播是多久以前发出的？自从新的入侵开始以来，许多广播一直回荡在亚空间的时空裂痕和顶峰中。"

埃斯切罗斯说："这里还有别的东西。噪声和敌人的行动突然停止了。我不相信他们就这么简单掉头了，所以我们必须假定他们有所隐瞒，他们在集结力量。我们的任务是找到那些威胁在哪里，我们会找到他们的。帝皇不缺敌人，我们很快就会找到一个。"

战略厅的门嗞嗞作响，引起了普拉克萨米德斯的注意，他意识到是埃斯切罗斯上尉来了。现在还没到中尉值班结束的时间，距离埃斯切罗斯作为指挥官值班还有将近三十分钟。当他的上司开始缓慢地巡视各个岗位，逐一检查时，普拉克萨米德斯什么也没说。有几个舱面甲级船员向上尉投去了目光，被他出乎意料的检查弄得一头雾水。

埃斯切罗斯要么不时嘟囔着发出一些评论，要么就对终端的工作人员稍微指责几句。近来，他变得孤僻起来，吹毛求疵，对最微小的错误都严厉批评。他出现在战略厅，就像一场从未真正完全爆发的暴风雨即将来临，制造了一种永远无法释放的紧张情绪。舱面甲级船员都很勤奋而忠诚，但普拉克萨米德斯可以看出，不必要的详细审查和压力开始造成损失。

在这艘舰艇的其他地方也是如此。上尉的情绪虽然很克制，却影响着伊斯拉卡之复仇号上的一切，从指挥舰桥到引擎，再到炮台，以及它们之间所有的一切。缺乏行动使他苦恼不已，这也让战斗兄弟们开始感到恼火。自从遭遇掠夺者级战列舰之后，他们没有遇到过任何对手，这很不寻常。普拉克萨米德斯没有因为彼此单调无趣的陪伴而有所松懈，也不像埃斯切罗斯那样，寻找任何微小的违规行为来暂时摆脱单调乏味。

普拉克萨米德斯从指挥座上走了下来，在他的上司到达通信器控制台之前把他拦了下来，说："上尉兄弟，有什么不妥吗？"

"没什么。"埃斯切罗斯咆哮道。他愁眉苦脸地望着普拉克萨米德斯说："除了那些显而易见的。"

"很令人费解啊，上尉兄弟。"中尉向指挥位置后退了几步，埃斯切罗斯也跟着他移动。

"你可以放心，如果有什么重要的事情，我会立刻报告给你。"

"我宁愿在这里消磨时间，也不愿在那个舱室里腐烂掉。"上尉叹了口气，交叉双臂放在桶状的胸前，"我在通信器中听到费杜阿里斯要做报告了，是吗？"

"星语者正在路上，可能只是例行的通信吧。"

埃斯切罗斯在喉咙里嘟囔着含混不清回答了一声，不置可否。

普拉克萨米德斯觉得上司留下的沉默令人沮丧，有必要填补说话的空档，于是说道："积极的一面是，导航者正在加快速度。他们说我们正在接近阿列克谢拉星系，进入海波里奥－普赖姆星区。"

埃斯切罗斯咕哝了一声，接受了这个说法，但没有提出其他意见。他坐在指挥座上，虽然他还没有正式解除普拉克萨米德斯的职责。中尉想知道自己是否应该主动提出这一事实，但决定不这样做。虽然他不像他的上司那样受到灵魂迟钝的影响，但他也不是完全不受影响。

在这样的闲暇时间里，普拉克萨米德斯重新阅读了他的《阿斯塔特圣典》抄本，整理了自己对文本的注释。

在整理注释和武器训练的间隙中，他努力保持思维活跃。有几次他和涅米图斯一起进行了战术模拟，但那位中尉总是对自己的失败耿耿于怀，抱怨正统的战斗系统不像实战那样让他有充分的选择。他在最后的评论中措辞相当尖刻，尽管涅米图斯后来道歉了，但普拉克萨米德斯还是决定不再与他的中尉同伴进行任何演习。

门又开了，普拉克萨米德斯松了口气，迎接了星语者尼瑞姆·费杜阿里斯的到来。他那绿色的正式长袍刚好掠过地板，兜帽被拉了起来，遮住了他那光秃秃的、满是皱纹的头皮。

他的眼窝光秃秃的，眼球在与帝皇灵魂结合的仪式中烧坏了，却像能正常视物一样凝视着那两位军官。他迈着短促的步子快速走过了战略厅。

"啊，上尉，幸亏您也在这儿。我正想让中尉派人来叫您呢。"星语者用沙哑的声音说着话，似乎总是想努力喘口气。他从未表现出健康状况不佳的迹象，普拉克萨米德斯认为这只是某种先天性疾病或在儿童时期所患的病症，或者是因通灵所产生的另一种副作用。

埃斯切罗斯急忙站起来说："有敌人的消息吗，穿过风暴的信息？"

"是的，既有敌人的信息，也有朋友的信息。"星语者说道，"更准确地说，是来自大舰队司令部的一封公函和对可怕事件的一个设想。"

埃斯切罗斯用手背蹭了蹭下巴："我想你最好先把指挥部的消息告诉我。"上尉说："是战斗的号令吗？"

他们一边说着话，一边朝前厅走去。前厅是一个较小的房间，与右舷的战略厅相邻。他们走了进去，门在他们身后关上了，主舰桥的噪声被隔绝在外。

这个房间是浅灰色的，里面有二级通信器、控制和占卜库，因此指挥部可以完全独立于主战略厅而运作。普拉克萨米德斯坐在射击指挥控制台旁的一张高凳子上，埃斯切罗斯则站在那里，依然交叉着双臂。

这位星语者走到长方形空间的尽头，转过身来，用空荡荡的眼窝紧紧地盯着上尉。

"这是来自战斗群指挥部星语者频道的直接广播，该频道目前位于多米努斯·阿卡斯泰号上。"

费杜阿里斯极为松弛地站着，长袍显得松垮垮的。他脑袋向后仰着，眼窝开始闪耀着金色的光芒，把他的兜帽里面照得亮堂堂的。他的双手垂在身体两侧，他摇晃了几秒钟，看上去好像要晕倒了。

金色的光芒增强了，星语者的姿势也稳当了。他嘴里开始吐出话语，起初几乎让人听不清。在普拉克萨米德斯看来，这就是一连串的胡言乱语，但他知道，这些无意义的音节实际上是主要信息前面的识别码和校准术语。

这位星语者的神态举止发生了变化，他挺直了腰板，脸上呈现出更加专心的神情。当他说话时，声音是他自己的声音，但好像是别人在用他的声音说话。他的思想服从于通灵广播的内容，所以他的嘴唇和舌头变成了许多光年之外另一个人的嘴唇和舌头。对普拉克萨米德斯而言，更了不起的是，现在星语者接收到的信息是由发送信息的那位傀儡大师在几个小时或几天前发送的。激活费杜阿里斯肉体的意识是一种超然而客观的思想，它自行穿过了亚空间的波动，被吸引到接收信息的星语者的头脑中。

"战斗群指挥官雷格斯·诺尔直接发来消息。请极限战士战团的埃斯切罗斯上尉或伊斯拉卡之复仇号的指挥官亲自处理，撤销目前的工作职责。伊斯拉卡之复仇号要以最快的速度在杜里姆六号与即将到来的帝国舰队会合。一旦会师，伊斯拉卡之复仇号将与舰队指挥官保持联络，指定达卡迪斯指挥组。上尉和船员将在维'达格上将的主持下，专心负责即将到来的舰队的所有支援需求，直到有另行通知为止。我在此谨代表战斗群指挥官雷格斯·诺尔，向虚空推荐这条被证明是忠实的、星语者顶级的信息。"

随着信息的消失，费杜阿里斯颤抖着身体，他的眼窝再次变得黯淡。普拉克萨米德斯把目光移到他的上尉兄弟身上，上尉正凝视着星语者，下腭紧缩，眉头紧锁。

"护航舰和联络员……"上尉嘶声说出了这句话，"由帝国海军上将指挥。"

普拉克萨米德斯说："如果需要一艘完整的巡洋舰参与其中的话，那肯定是一次规模宏大的进攻。"

"你没有听到我听到的内容吗？"埃斯切罗斯摇摇头，觉得难以确认这广播的内容，"杜里姆六号比主力前锋落后至少一千光年。这是个后方梯队的空间站。"

"就像大多数补给港一样，上尉兄弟。"普拉克萨米德斯说道，仍然不明白他的上司为什么会有这样的反应，"新任海军上将的到来可谓意义重大。"

埃斯切罗斯脱口而出："向帝国海军致敬！我们是极限战士，为基因原体和帝皇而战。你离开指挥层的时间太久了，导致当你面临指责时，意识不到。"

这回轮到普拉克萨米德斯摇着头，默默地张开了嘴巴，没再发表什么意见。他不想跟上尉争辩。

"他们正在剥夺我的独立指挥权，中尉。"

突然，一切都清楚了。普拉克萨米德斯曾掌管过一年的快速反应护航舰，但除此之外，他一直没有到达舰艇等级制度的顶峰。他没有想到，上尉在常规的舰队指挥系统之外指挥作战，也有一定程度的自豪感。埃斯切罗斯决心做出重大贡献，就是为了证明自己配得上这种独立指挥权。

"你又看见了新的幻象？"中尉说，看着费杜阿里斯，想改变谈话的话题。这样可以让上尉有更多的时间来接受他们有新任务的事实。

星语者一直沉默地看着他们交流，因努力释放通灵信息而紧张。他被这个问题难住了，过了一会儿才回答。

"啊，是的，它在断断续续地爆发。在我们周围的气泡和波动中，我几乎错过它。"费杜阿里斯摆弄着他的袖口说，"它令人不安，但不确定。"

埃斯切罗斯问道："来源呢？"

"我想是卡斯帕里尔星系。就像我说的那样，它相当不稳定，与其说是刻意的广播，不如说是共同的梦境。"他继续说着，脸上的生机似乎消失了，"它结束得很突然，也就是说，它的来源很有可能在传输过程中被切断了。"

普拉克萨米德斯问道："那个星语者被杀害了吗？"

"星语者们。"费杜阿里斯纠正道，用力吞咽着，"他们有两个人。他们在绝望中进行了灵魂连接。奇怪的是，这不是个完整的唱诗班。我能同时感觉到他们两个人，但他们有一种奇怪的平淡感，没有质感，就像看到装甲玻璃上的倒影一样。"

埃斯切罗斯说："但那是求救信号？"他走得更近了些，隔了一会儿才注意到他们的谈话："你刚才说，是卡斯帕里尔星系。"

"大约在那附近。"星语者回答道，有些拿不准，"这更像是一个警告。事实上，吓坏了。"

埃斯切罗斯走向二级导航终端。

"距离我们最后确认的位置还有九十光年，上尉兄弟。"普拉克萨米德斯说道，猜到了上司的意图。对这个主动提供的信息，埃斯切罗斯显得很惊讶。普拉克萨米德斯短促地笑了几声："我花了不少时间仔细研究了邻近星区的图表……"

"上尉，这种变形可不是什么好兆头。"费杜阿里斯走到空白的全息仪小桌前，把双手放在玻璃表面上。他把双手向外移动，好像是在把水分开："这也许是映象。卡斯帕里尔可能根本不是信息来源所在的星系，信息只是在那里遇到了某种亚空间透镜，然后以一种奇怪的方式反弹出来。"

埃斯切罗斯说："我需要听一听。"

"没有什么实质性的东西，上尉。"星语者被这个建议吓着了，从这位星际战士身边噔噔噔地后退了几步，"它可能有几百年的历史了。"

"或者几天的历史，我想亲耳听听，你能做到吗？"

费杜阿里斯看起来会拒绝似的，但后来态度软化了，肩膀下垂。他向普拉克萨米德斯投去恳求的目光，眼窝里空空如也，但仍然充满了感情。但中尉无法对他施以援手。

"很好，上尉。"

房间里的室温下降了，在这位星语者挖掘自己的心灵潜力时，他周围的空气直接结成了霜。普拉克萨米德斯摆出警惕的姿态，敏锐地意识到他们正置身于亚空间中。盖勒力场标称，但他已经听过太多入侵和影响渗透的故事了。中尉想象了一下，一旦有任何不对劲的迹象，他将如何抓住并扭断星语者的脖子。

费杜阿里斯颤抖着，他双手的颤抖传到了身体的其他部位，变成了痉挛，使他的头左右抽搐，手臂向外抽搐。他的舌头舔着黑色的牙龈，在牙根上翻转，他那布满皱纹的喉咙随着反复吞咽而颤动着。普拉克萨米德斯感觉到上尉在看他，但并没有把目光从星语者身上移开去回视上尉。

费杜阿里斯尖叫一声，向后倒在铺着瓷砖的甲板上，脚后跟重重地撞在地板上，双手在面前空空如也的空气中胡乱地抓来抓去。他的手势在他们身后留下了淡淡的阴影，给人一种错觉，让人以为什么东西跟着他。他的动作中有种令人不安的东西，甚至经过心理训练的星际战士也不能完全消除这种不安感。看着那摇摇欲坠、阴森可怖的场面，普拉克萨米德斯很想介入，想捏碎那人的头骨，结束眼前的这一幕。他抑制住这种冲动，意识到了是什么让他如此不安。星语者的动作似乎是在向相反方向倒转，就像视频被倒回到起点。

伴随着咯咯的声音，费杜阿里斯扑腾着站起来，喘着粗气，松开紧咬的牙关。一个声音从他身上发出，虽然似乎不是从喉咙或嘴巴发出来的，而是从空气中发出来的。事实上，有两个声音，一男一女，说话并不齐声，但不知怎的，这两个声音都是费杜阿里斯的声音。

"异形已经到来。一种精神病毒或亚空间畸变已经几乎传染了星球上的所有人。最后的进攻开始了，我们无法抵挡。只有星语者的唱诗班用法务部管辖区和防卫部队的枪来保护我们，阻止了这种影响。没有更多的了。除了两个人以外，其他的所有人都死了。没人会来了。当心，保护好你们自己。当心，保护好你们自己。异形正在窃取我们的思想，毫无抵抗地入侵。

当星语者说话的时候，一团雾状的稀薄物质从他身上渐渐散开，在空中形成各种形状。袅袅的雾气在他周围勾勒出两个人影彼此紧紧相拥的景象。外围半成形的剑刃相交，越来越近。普拉克萨米德斯紧张起来，做好了准备，一旦幽灵导致任何人身伤害，他就会采取行动。爪剑猛击，撕碎了雾气，道道流光飞舞在费杜阿里斯周围，普拉克萨米德斯最后看到的是一张张尖叫的面孔在星语者周围旋转。

当光环消散时，它在空气中留下了最后的景象。一个脸部棱角分明的骷髅头，完全不似人形，赫然出现在一切之上。

通灵的光芒消失了，星语者跪倒在地，被哽咽啜泣折磨得喘不过气来。

上尉喃喃地说：“离卡斯帕里尔星系还有九十光年……”

中尉听出了他上司的意图，条件反射似的回答道：“在上一次进行现实空间的空间转换时，我们接到了舰队司令部的命令，上尉兄弟。我们如果不能与帝国海军舰队会合，就可能会打乱整个战斗群的攻势。”

“你看到了。”埃斯切罗斯朝那位星语者挥了挥手说，“你认为我们应该偷偷溜去会合吗，普拉克萨米德斯？”

“这不是我个人的意见，上尉兄弟。这是《阿斯塔特圣典》的指示。我们没有受到直接威胁，这个召唤也不可信。我们收到的命令很明确。”

“不可信吗？”埃斯切罗斯扶着那位星语者站了起来说，“那是什么？演戏吗？”

“我们不知道它是否真的来自卡斯帕里尔星系，甚至不知道它是否是最近发生的事件。没有任何迹象表明，等我们到达时，在那里会存在异形的威胁，或者在那里曾经存在过异形的威胁。”

“费杜阿里斯，你需要向战斗群指挥部重播这个幻象。要由他们来决定一个合适的对策。”

埃斯切罗斯说：“你要向战斗群指挥部广播，伊斯拉卡之复仇号正在应对卡斯帕里尔星系的突发威胁。”他从费杜阿里斯身边退开。星语者望向上尉，又望向普拉克萨米德斯，然后又望向上尉。

"您不明白,上尉。这是一个警告,不是寻求援助。如果是卡斯帕里尔星系,那我们就无能为力了。我感受到了星语者的绝望。他们即将死去,知道自己的世界在劫难逃。"

埃斯切罗斯说:"其他世界可能会受到威胁,等我们向指挥部发送信息并收到新命令,或者另一艘不同的舰艇被派出时,另一个帝国世界可能已经落入异形之手了。我们是星际战士!这就是我们参加远征的原因,我们参加远征就是为了击退这些黑暗势力!"

普拉克萨米德斯想说的是,阿斯塔特修士的作用比过去几十年要复杂得多。他们是大规模进攻力量中的一部分,这场进攻不仅牵涉到许多战团,还牵涉到数百艘帝国海军战舰和数百万星界军的人员。伊斯拉卡之复仇号并不是属于上尉私人所有的骏马,要被用来去追逐任何在星光中闪过的阴影。

他想这么说,但他知道不能这么说。相反,他鞠躬表示默许。

"我会通知导航者新目的地,上尉兄弟。"

"好的。"埃斯切罗斯转过身去,把注意力集中在费杜阿里斯身上说,"你准备好广播了吗,星语者?"

费杜阿里斯急促地吸了一口气,认命地点了点头。普拉克萨米德斯向战略厅走去,在门关上的时候,听到了舰长的开场白。

"我是伊斯拉卡之复仇号的埃斯切罗斯上尉。我们得到了一个机会,突击……"

门在中尉身后吱吱嘎嘎地关上了。他站了几秒钟,试图弄清自己的思绪。他很难将星语者传送的最终影像驱逐出脑海,死亡的阴影笼罩着那些注定死亡的灵能者。

太空死灵。

第五章

　　埃斯切罗斯站在他的武装室里，进行伴随着穿甲仪式的精神仪式。当技术专家和机仆在他周围忙忙碌碌的时候，他在重复着极限战士的祈祷，嘴唇随着脑海里的文字无声地翕动着。棘轮驱动和连接钻头发出呜呜声和嘎吱声，一片片的铠甲被连接到下面的甲胄上。随着每一块弧形塑钢和陶粒镀层的添加，他在自己的灵魂中叠加了一层盾牌，以解锁他在训练和强化中所经历的精神教化过程。

　　舰艇上这个小小的舱室，不同于他第一次穿上原铸星际战士盔甲的军械库大厅，但是穿甲仪式的每一个步骤——无论是身体上，还是精神上——都被复制得一模一样。技术神甫们在他盔甲关节处涂抹的油性软膏闻起来也是一样的味道，两种声音向机器之神祈祷发出的咔嗒咔嗒的声音，和埃斯切罗斯心中涌动的仇恨颂歌节奏一致。

　　他们一块一块地给他组装盔甲，他一块一块地穿上星际战士指挥官的全副装备。

　　他感觉到一丝冰冷的触感，神经感应连接装置连接到他黑色头胸甲的出口，与皮下接口同步。这个皮下接口帮助他完成了他向后人类战士的转变。

　　他的感觉和神经系统与战甲上的人造肌肉和卜仪阵列连接在一起。在他体内生长的异人器官对选择性刺激做出了反应，他的第三个肺和第二个心脏接收到了动力盔甲监测系统上的信号。

　　熏香炉在上尉周围留下了有刺激性味道的赤色云团。仪式烟雾使他想起了星语者结束视觉共享时的精神迷雾。

　　他的盔甲并没有停留在他的皮肤上，而是深埋在他的灵魂深处。他并不惧怕即将到来的战斗，而是渴望战斗。这不仅仅是因为前几年的挫折助长了他对胜利的渴望，从他开始参加速成指挥培训的那一刻起，这种渴望就已经根植于他的内心。他需要指挥，需要指导胜利。其他一切似乎都是空洞的替代品。

埃斯切罗斯听出了普拉克萨米德斯话语中隐藏的疑虑，也听出了涅米图斯所明确表示的热切。他没有责怪前者的沉默寡言，也不能纵容后者的鲁莽冲动。他们俩都不了解现实，对这艘舰艇和舰艇上的所有人而言，自己才是唯一的权威。更重要的是，他们两人都没有被灌输压倒一切的迫切愿望，不需要去推进战争的边界，不需要去成为远征军精神的化身。

普拉克萨米德斯从后勤的角度思考着，涅米图斯总是关注个人行为。事实是另一回事：远见。基因原体大人创造了银河一万年来最高效的战斗力量，但在应对威胁帝皇领地数不清的危险时，仍然捉襟见肘。罗保特·基里曼不可能领导每一支舰队，也不可能指挥每一场战斗。基因原体大人的灵性内核，他的基因种子，连同他最重要的原则，都被安放在了埃斯切罗斯身上。

《阿斯塔特圣典》是开始，而不是结束。埃斯切罗斯是总司令大人意志的化身，同样，他也是帝皇意志的化身。

一种不久就会显现的意志。

上尉发现自己的思想已经偏离了既定的教义，但这无关紧要。他自己的精神之旅把他带到了一个充满灵感的地方。他渴望报答那些把他提升到这个位置的势力。

突然响起的三声爆炸般的警报，打破了他的遐想，他的肠胃里涌起了一阵恶心的感觉，即使他的生理机能经过改造，他也无法完全抑制这种感觉。一种他十分熟悉的恶心感使他难受了好几秒钟。

亚空间跃迁。

机仆发出响而刺耳的声音警告道："紧急亚空间转换生效。现实空间过渡完成。"

"战略厅军官！"他吼道，启动了房间的收音装置，"发生了什么事？"

"不知道，上尉。"涅米图斯回答道，他的声音从埃斯切罗斯身后墙上的格子窗里传了出来。停顿了几秒钟，中尉才继续说道："导航者家族小队请求你到他们的住处去。"

埃斯切罗斯低声咆哮起来。他的装甲仪式还没有结束，但他觉得他需要立即处理这种情况。

他宣布道："叫导航者到我的武装室里来找我。"

有一段延迟时间，通信发声器发出嗞嗞声，当它调到一个新频道时又发出响亮的噼啪声。

"上尉，我是导航者科莎。我的一个亲人因突发事件丧失了行动能力。我们不能离开他。请你尽快到壁柱这儿来。"

埃斯切罗斯忍住了反驳的冲动。即使内部通话系统有所失真，导航者的悲痛也显而易见。在执行任务的过程中，导航者遇到的威胁数不胜数。科莎的含糊其辞让人感到不安，因为他们要面对亚空间带来的潜在危险。

"那好吧，我马上就来见你，"埃斯切罗斯回答，"等我到了，我需要得到一个完整的解释。"

在谈话中，机仆和专家都停了下来，有些还用爪子抓握着一片片的装甲板，有些手里还拿着油，准备给他的战甲涂油。他的战甲只安了部分武器装备，功能还不齐全，但取下已经连接的部分比继续装甲花的时间更长。

埃斯切罗斯命令道："完成装甲。"他重新站定，不偏不倚。

技术神甫发出了肯定的噼啪声，机仆又开始了它们舞蹈般的动作。

经过十一分钟的耐心等待，埃斯切罗斯的左护肩甲刚被放置在反应式肩架上，上面的战团标志被重新漆上颜色，这一过程就完成了。技术神甫伸出一根机械手指，机械手指的尖端是一根闪着光的阀式触针，在弧形装甲板安放就位之前，技术神甫将最后一团圣洁的雾状润滑油喷进了制动器。

一个穿红蓝两色军械库服装的奴仆为上尉献上了头盔，上尉用右手接过头盔，抬起左手摸了摸胸甲上凸起的装置。埃斯切罗斯闭上眼睛，向他的盔甲之灵和指导其制作的人类之主献上了几句话。

"我的盔甲护卫着身体，我的决心护佑着灵魂。他在泰拉上的意旨，使我变得完整。我愿为了他的荣耀而战。我愿为了他的胜利而奋斗。我愿为了他的权力而舍弃我的生命。"

他向技术神甫点了点头表示感谢，戴着金属护手的那只手伸出两根手指，在递过来的金高脚杯里蘸了蘸。杯里的东西黏糊糊的，他收回时扯出了一条线。他把油抹在前额上，粗略地画了个圈，然后标记出基点。

"我向战神的神甫们致以谢意，也向指导他们技巧的机器之神致以谢意。"

他用尽全部的意志力完成了这个仪式，在他的头盔内侧用同样的油膏做了标记，这象征着他的灵魂和盔甲精神之间的联系。他很想赶到导航者所在的壁柱前，看看他们遭遇了什么危机，但当技术神甫进行赐福，把这盔甲嘉奖给他永恒的主人时，他只是默默地等待着。不管是得罪他的随从还是冒犯他的战甲，都不是明智之举。

随着嗡的一声，各个系统完全启动，埃斯切罗斯感觉充满了力量。血肉与盔甲合为一体。

仪式结束后，他不再逗留，而是以最快的速度向传送带走去。当他走到导航者塔的大门口时，他做好了应对任何挫折的准备。他的盔甲很可能会徒劳无功，因为这艘舰艇无法完成去卡斯帕里尔星系的航程。暴风雨切断了所有的通道，这已经不是第一次了。

他不相信受到诅咒的舰队的传说，这个绰号现在困扰着第五舰队，但他还是带着些许悲观的情绪来到了导航者宿舍的大门口。

四名戴着金色头盔、身穿猩红色外套的家族卫兵护送埃斯切罗斯进入导航者圣所。他穿过宽大的双扇门进入一个设施齐全的起居室，卫兵从两侧护卫着他。他的目光立刻被三个人吸引住了，在房间中央的长沙发上躺着一个人，另外两个人正俯身去看那个人。更多的红衣侍从在附近等候，一个拿着华丽的水罐和杯子，另一个拿着丝绸手帕，用手帕轻拭仰卧着的导航者的嘴。

三个导航者都把他们的第三只眼睛藏在金属带后面，在仆人或外人面前他们总是这样做。因为如果不这样做的话，可以观察亚空间暗流的第三只眼会让所有看到它的人发疯。

科莎转向埃斯切罗斯，直起身来。她看上去比平时更加憔悴，一只手的手指在紧紧围住她脖子的高领上忙乱地来回摸索，另一只手挥了挥，把卫兵打发走了。

埃斯切罗斯本以为受尽折磨的导航者会发出尖叫声或呻吟声，但当上尉越过看护人看向沙发上的身影时，他发现她似乎完全昏迷了。她穿着一件紧身的束腰外衣，前面的衣襟被打开了，露出里面一件明黄色的衬衫，她的双手放在身体两侧，仿佛已经死去。他能看到她的胸口在轻微起伏，还能听到她缓慢得令人痛苦的心跳，她还没有死，但也不算完全活着。

科莎走开了，歪了歪头示意埃斯切罗斯和她一起到隔壁房间去。上尉又徘徊了一会儿，被那位有紧张性精神症的导航者的目光吸引住了。她紫罗兰色的双眼凝视着如同华丽画卷般的天花板之外的某个地方，看着只有她才能看到的东西。

科莎咳嗽了一声，把他的注意力引回到自己这位首席导航者身上，正等在隔壁房间的门口。埃斯切罗斯钻了进去，发现自己身处一个更简朴的房间之中，房间里摆着一张桌子和几把椅子，一边还有一个小柜子。他意识到当值的侍从会在主人和女士们无须侍奉的时候在这里等候。门在他们身后旋转着关上了，身着厚重盔甲的埃斯切罗斯艰难地挤在家具和墙壁之间，他的头几乎要碰到天花板了。

上尉问道："为什么我们已经掉出了亚空间？是不是有什么东西袭击了你的同伴？"

"不，不是那样的。"科莎回答道，坐在一把直背的椅子上。

她把手放在光秃秃的木桌上，花了几秒钟仔细检查了一下自己的指甲，然后继续说下去，没有看向他："多瑟露娅的第三只眼睛失明了。她被弄瞎了，启动了紧急空间转换，然后就变成了你现在看到的样子。盖勒力场没有被破坏。"

埃斯切罗斯一边想，一边用一根手指敲着椅背："没有任何东西通过盖勒力场的禁区，你的同伴却莫名其妙地瞎了眼。那怎么可能呢？"

"我认为她的反应是她潜意识的产物。她目睹的东西实在太令人望而生畏了，这导致她的大脑决定将一切都屏蔽掉。"

"在亚空间风暴里的某种东西？"

"恰恰相反，上尉。"导航者抬起头来注视着这位星际战士，"亚空间已经渐渐平静下来了。当我们向卡斯帕里尔星系前进时，最糟糕的漩涡和时空湍流似乎已经平息了。"

一阵敲门声传来，另一位导航者库里乌斯来了。他比科莎和多瑟露娅年轻得多，看埃斯切罗斯的眼神就像人们观察貌似温顺的食肉动物一样。他在讲话前匆匆瞥了科莎一眼。

"多瑟露娅醒了，导航者超级领袖。她在找您。"

他们回到主室，发现多瑟露娅坐了起来，她挥手赶走了一帮面带关切之色的奴仆。她挣扎着站了起来，双腿摇摇晃晃。

她声音嘶哑地说："我们必须往回走。"她步履蹒跚地走了一步，双手伸在前面，好像要抓住什么东西来保持平衡："前方的路被堵死了。"

"表姐，风暴正在减弱。"库里乌斯说，急忙上前挽起多瑟露娅的胳膊。

尽管她肯定已经感觉到了他在靠近，但当他碰到她时，她还是缩了缩："它已经回来了吗？"

多瑟露娅说："那儿什么都没有。"她的视线从她表弟身上滑落，回到了埃斯切罗斯身上，她额带后面的皮肤皱了起来，说："上尉？"

他逼问道："你看见了什么？你在亚空间里看到了什么？"

"没什么，上尉。"她喘着气说道。她的手移到眉心，好像要取下保护带。库里乌斯抓住她的手腕，阻止她展示她第三只眼睛毁灭性的力量。

最年轻的导航者说："你有点儿反常，表姐。你经受了一场残酷的折磨。"

"我什么也没看见！"多瑟露娅厉声说道，猛然推开了库里乌斯。她一把摘下了她的额带："什么也没看见！"

埃斯切罗斯移开了视线，他很清楚直视导航者的第三只眼睛会导致发狂，即使是星际战士也不例外。他质问道："帝皇在上，你在做什么？"同时他遮住了他的眼睛。

"它现在很安全，上尉。"科莎的语气有些尖锐，充满恐惧。

埃斯切罗斯透过他的手指缝窥视着，尽管科莎做出了保证，但他的手能给他安全感，让他无法完全放下手。然而，当他的目光落在多瑟露娅的前额上时，他只看到了一个黑乎乎的圆球，黯淡无光，毫无生气。

"你怎么会这样？"他问道，一只手垂到身侧，"是什么力量使你的第三只眼睛受到了这样的伤害？"

"什么也没有。"多瑟露娅再次说道，怒气越来越重，"什么都没有。没有波峰，没有波谷，没有时空湍流，没有漩涡。亚空间消失在绝对的静止中。没有任何东西可以折射出泰拉之光，驱散它的力量，有那么一瞬间，我见识到了星矩的全部威力。"

"我从来没有听说过这样的事情。"科莎说道，走到多瑟露娅身边，挽着她的胳膊，把她引回到沙发上，"你确定你不是先瞎了眼，然后什么也没看见？"

"我是个骗子还是个傻瓜？我当然看到了我所看到的东西。或者说我什么也没看见！"多瑟露娅又站了起来，阻止科莎试图安慰她的行为。她激动不已，站都站不稳了："就在我们破出现实空间之前，我看到了另一个幻象，那是我看到的最后一幕。前方什么也没有。"

"那我们为什么不能继续前进呢？"埃斯切罗斯问道，"如果没有风暴，我们应该迅速前进。"

"恐怕我们不能继续前进了，上尉。亚空间已经死了，我们也会死的。"

"休息吧，表姐，我去跟上尉谈一谈。"科莎说道，把她托付给库里乌斯照顾。科莎眨了眨眼睛，把埃斯切罗斯引到了大门口。

"怎么了，导航者？"上尉问道。他们俩都走了出去，受伤的导航者和她的表弟被留在了紧闭的大门之后。

"我不知道为什么多瑟露娅的反应如此糟糕，但她说得有道理。"

"我们如果处于亚空间的间歇期，可能就无法继续前进了。只要盖勒力场的叶轮运动，就会把我们带入更深的平静地带，我们可能需要几个月的时间才能捕捉到一股时空湍流把我们带出去，如果有的话。"

"我们可以利用空间转换本身的运动，在亚空间中创造出一些动量。"

"弹弓跳吗？"科莎抿着嘴想了想，"这有可能。但我们更有可能要进行一系列的弹弓跳。我们一旦无法前进，就不得不回到现实空间，重新给亚空间引擎充能，然后再进行弹弓跳。我们可能要经过十几次空间跃迁才能度过亚空间的间歇期。"

"你认为我会同意放弃我们的任务吗，导航者？"

科莎看着埃斯切罗斯的眼睛，然后叹了口气。

"不，当然不会，上尉。"她吸了一口气，"我想你会毫不耽搁地继续下去，对吧？"

"你的想法是正确的。"

"那我就亲自指挥空间跃迁吧。"导航者对这一前景显得并不热心，"我们还有去卡斯帕里尔星系的正确航向。要进行弹弓跳空间转换的话，我大概需要九十分钟来重新校准。"

"就这么办吧。"

埃斯切罗斯不等进一步确认就转身离开了。他要让伊斯拉卡之复仇号到达目的地，哪怕需要进行一百次空间跃迁。他不能再失败了，没有退路了。

第六章

  坐在墓穴舰队中心的王座上，这使西姆特记起了权力在他的掌控之下。那面投影墙被分割成了几个部分，每一个部分都展示了来自不同舰艇的传感集合，每个舰艇集合都是依次由它自己的同伴组成的舰队，通过从内部弹射出的攻击舰群累积而成。画面有种分形之美，类似于令人吃惊的马赛克。他依稀记得，或者说在他的想象中，那些马赛克曾经装饰过他的宫殿，当人们徒步穿过宫殿时，马赛克似乎可以显示出百变的图画，但人们只有在高处才能真正地观察到其整体之美。霸主可以随心所欲地选择要展开的视图，一会儿通过传感器观察舰队最左边的一艘收割舰，一会儿变成一名镰刀级战士在中央墓穴舰周围巡逻。实际上，他无所不知，无所不能。

  然而，他并不是要让这头复合魔兽舒展每一块肌肉。古老的协议是在太空死灵族统治的鼎盛时期制订的，决定了他的下属的行动。他的意志驱使舰队进入新的星系，但在最低层次上，这是一种程序化的本能，让他们参与征战。如果需要，他可以将自己的意志强加于人，寂静之王萨雷赫已经为他提供了必要的神码。

  然而，这不是他的职责。不同于支撑金字塔的地基，他是那光芒四射的顶峰，被下面按等级排列的太空死灵高高举起，是让一切都黯然失色的皇冠。那些低级别的存在，只是为了把他抬到顶峰。

  月牙形舰体的攻击舰艇成群结队地冲向星系的外围防御系统，它们的俯冲飞行体验起来颇有乐趣。即使是最基本的观察，也显示出这里有更多的人类。他们舰艇的引擎喷出的星际燃料羽流和他们在探险之初遇到的沼泽人散发出的恶臭一样独特。

  新的共振器运输舰还没有到达星系，被西姆特扣留了下来，以免招惹敌人。在上一个星系，他的部下在防御敌方要塞时犯下了可笑的失误，所以在没有确定通往目标星球地表的路线之前，西姆特是不会将黑石方尖碑托付给他们的。在没有黑石方尖碑的情况下，虚空牢笼的效果会大打折扣，但这对西姆特的计划并不重要。人类在各个方面都比不上他们，太空死灵部队击溃或绕过人类的防线只是时间问题罢了。

"菲托斯，开始进攻吧。"他命令站在台下准备好的皇家典狱长。西姆特伸出一只手，说："释放我军的威力。全力攻击！"

信使光束在舰队中来回闪烁，沿着协议－等级制度上升和下降，激活了由来已久的回应。最快的舰艇加速进入外围的警戒线，形成机动的特攻队，在敌舰机动时随机应变。它们的任务是击败任何试图形成的坚固战线，夹击孤立的舰艇，而较慢的收割机则带着压倒性的武器进入射程。如果受到反扑的重大威胁，它们就会退回到主舰队，躲在主力舰的远程武器后面，就像以前的散兵一样。

人类的思维维度是可怕的四维。由于他们的星际运输完全依赖于永无海，他们的防御结构被置于轨道范围中，与星卜术穿越太空船相协调。

太空死灵战舰的驱动器没有受到这样的限制，并且已经以人类空间站环的缔造者意想不到的角度，退出了跨星系飞行。三支人类舰队正从带外行星轨道上的防御平台集结，速度还在加快。他们争先恐后地拦截敌人，那些在他们看来奇迹般出现在星系边缘的敌人。

西姆特在第一次星系攻击中就已经了解到，如果目标星系有防御，那么减速过头地进入目标星系是不明智的。他的舰队在轨道上受到来自外星系舰艇的攻击，这迫使他推迟了共振器的安装。现在他更加小心谨慎了，先消除了虚空威胁，然后才就位，把共振器移到指定位置。即使有了惯性减震器，太空死灵战舰在星系内穿越星球距离的速度还是有限制的，而在把抵达的舰队带到战场上之前，人类战舰肯定还需要一些时间。

由于害怕无聊，当整个外部星系开始改变位置时，西姆特溜进了一个时光编织，他的意识超然于外部时间的流逝。对西姆特来说，宇宙好像在加速。卫星以绕着它们的行星疾驰，小行星环在天空中疯狂地旋转。如果他还能有这样一个简陋的器官维持自己的存在，这个星球世界只消须臾就能完成百分之一的恒星轨道运行。敌军编成中队，而他的舰队则分成四波，迎击来犯的敌人。

西姆特脱离时光编织，感到精神一振，在那不可能的一瞬间，似乎整个宇宙都静止了。当他的意识被转移到他的人造身体里时，这感觉似乎和他在生体转化时的感觉完全一样。在那一瞬间，所有的生灵都屏住了呼吸。

这种感觉一出现就消失了，但再过一会儿，舰艇在虚空中穿行的速度显得沉闷缓慢。西姆特很想再次加速他的感知速度，但最终决定不这么做——在敌人离得这么近的情况下，他如果分流进入时光编织，就有可能完全错过这场战斗。

他没那么做，而是自娱自乐地把自己的意识从一艘舰艇转移到另一艘舰艇，时常从外面观赏自己这艘墓穴舰的雄伟线条。舰艇的底部是一个巨大的月牙形水平平面，在尾部形成了一个双头舰艇首。在曲线的最宽处，立着一座石棺似的上层建筑，上面伫立着指挥金字塔，在星光的照耀下金光闪闪。这是一座有台阶的金字塔，被从西姆特为永眠者建造的收容所中搬了出来，现在被赋予了翅膀，可以像狩猎的猎鹰一样飞翔在虚空中。舰艇的机翼上装有大量武器，能够抹杀其他舰艇，还有粒子效应系统，可以从高轨道上消灭地面目标。

像西姆特的人造身体一样，这艘舰艇达到了太空死灵族工程的巅峰水准，这是最高水准的统治者应该拥有的。

正当他欣赏自己意志的延伸之时，一连串的数据信号让他注意到了第一支敌军舰队的接近。其舰艇数量和他舰队的一样多，平均质量却小得多。扫描仪根本没有检测到任何星卜术读数。这些可怜的、发育不良的东西甚至无法摆脱其出生星系的引力！西姆特突然想到，也许这些人类并不是他之前遇到过的能跨越星系进行星际统治的那部分人类，而是一些退化的分支。

通过使用最近那几艘舰艇的传感器库，西姆特意识到这种评价是错误的。来袭的舰艇是钝头的，船体外形像砖块一样，看起来更像是虚空中的城堡而非星舰。双头鹰是他们已经四分五裂的帝国的象征，装饰着一座像守护神一样的上层建筑。它们的侧翼布满了武器炮塔，包括强大的光基武器，在他的豺狼级侦察船刚进入射程的时候，这些武器就迅速启动了。红蓝两色的光束在虚空中闪耀，却没产生什么效果，人类舰艇粗糙的追踪系统几乎无法跟上豺狼级侦察船的速度。

三艘侦察机在散落的小行星周围急剧地倾斜转弯，利用恒星碎片作为掩护，绕过移动能力较差的对手。喷射器熊熊燃烧以阻挡其冲力，人类的舰艇在转向时尽力将武器瞄准，对着飞驰而来的新月形太空死灵飞船频繁发射火箭和爆炸弹，爆炸产生的云团在弧形的舰艇后方形成了一片火海。

豺狼级侦察舰队急速转向，以闪电般的弧线攻击最近的敌人。它们的行动引起了扭曲时空的涟漪，席卷了整个舰队。储存的恒星能量如矛般激射而出，三道噼里啪啦的光束笼罩着一座虚空城堡，就像一张铺开的电网一样，在能量分流场突如其来的辉光中闪闪发光。目标舰艇深处的继电器过载，爆炸时船体碎片被抛入了真空中。

豺狼级侦察舰队以完美的队形俯冲而去，一艘更大的敌舰在监控舰后方启动，鹰喙状的船头喷出了一连串鱼雷。太空死灵的舰队被迫分开，避开炽热的导弹，半数舰队被迫进一步向星系内移动，西姆特的墓穴舰也是其中一员。

菲托斯在最低的台阶上宣布道："星辰之主，胜利之鹰，等离子体术士阿－霍特普发来通信请求。她已经分析了敌人的攻击，希望提出应对措施。"

"通知等离子体术士，我不需要她的建议。"西姆特看着战斗升级，一连串的爆炸随之而来，激光与闪电耀斑形成交叉火力，回答道，"我们的胜利即将来临，我们已经胜券在握了。"

"遵命，我的霸主。"

不需要西姆特的干预，舰艇就能引导舰队进行机动，对抗不断增加的敌人。在过去的岁月里，曾为最伟大的国王出谋划策的战略头脑已经制订了合适的行动计划，计划详尽到连中队编队阵形和攻击模式都已设定。云集的小型飞行器从航母舰艇上源源不断地出动，拦截新一波的鱼雷，而太空死灵舰队的侦察舰则脱离了航母，空出一定的距离，让它们可以绕到猛冲过来的敌人身后。

"等离子体术士阿－霍特普恭敬地请求觐见阁下，大人。"菲托斯报告说，"她认为敌人企图拖延我们的时间，他们在为进一步的进攻做准备。"

"她错了，我的皇家典狱长。"西姆特的意志中滚动着整个舰队显示屏上的画面，画面在不同的扫描阵列和感官检测系统中移动，"那三条轨道内都没有隐藏的敌人。"

菲托斯说："她认为目标星球正在做准备工作，大人。我无法充分阐述她的建议。也许她应该当面来陈述她的建议？"

"不，我已经受够了她的指手画脚。"

"如您所愿，大人。"

西姆特对这种入侵感到恼火，几乎没有确认战斗的持续状态。他被等离子体术士篡夺控制权的企图打断了兴致，允许舰队按照协议要求继续进攻，并花时间试图想出一个办法说服他的表哥把等离子体术士从舰队里赶走。

他定期收到协议主导的交战许可请求，没多加考虑就做出了回应。他没有必要亲自出面干预。他的几艘舰艇有所损伤，但敌人撤退了，留下了近一半的攻击舰队。追击宣言在信号网络上来回传播，他全都允许了，并派出最快的舰艇不断袭击撤回基地的手下败将。

战斗所花的时间比预期要长一些，但是西姆特的墓穴舰没有受到任何威胁，这一直是他的首要任务。没有他，舰队就一文不值。他正准备下令召唤载有共振器的舰艇开始接近，却想起了阿－霍特普的通信尝试。现在他可以抽出一点儿心思想一想了，也许她的建议中有一些值得注意的东西。

"菲托斯，让阿－霍特普在她方便的时候尽快来见我。"他说着，回到了他的王座上。显示屏一片漆黑，由于冲突的高峰期已经过去，在他们遇到下一支舰队前，上面的内容已经没有了意义。

"遵命，星辰之主。"

引渡板几乎立刻嗡嗡地响了起来，露出了像幽灵一样在单色光线下盘旋的等离子体术士。

"西姆特大人，"她边说边弯下身子，草草鞠了个躬，"我们必须全速前进。"

西姆特回答道："你应该还记得，在早些时候与敌人的交战中，我们因为过于匆忙而损失惨重。我们不能让敌人在我们的背后追踪。"

"我们也不能让他们去寻求援助。我们的星卜术探测器能感觉到目标世界周围有集结的迹象。我相信他们正准备派遣星际飞船到邻近的星系寻求援助。"

西姆特回答道："所有敌人都会姗姗来迟，来不及帮助他们。在这些动作迟缓的傻瓜带着援军回来之前，虚空牢笼就会生效。"

菲托斯插话道："大人，这种虚空牢笼的效应只能通过我们的接近而传播开来。目前它还没有包围目标星球。我们每声称拥有一个星系，敌人在我们完成任务之前到来的风险就越大。"

"我明白了。"西姆特身子前倾，本能地抚摸着下巴沉思起来。

"我清楚地看到，你们俩都缺乏真正领导阶层的耐心。你们想让我们冒着遭到敌人反击的危险，来驱散你们的恐惧所幻化出的遥远的幻影。"

阿－霍特普说:"彻底成为星系主宰,并非在每个星系中都是最优目标。如果我们能迅速部署共振器,虚空牢笼将挫败所有的抵抗,并防止穿越永无海的到达者的到来。"

西姆特并没有对她的出言不逊做出回应,而是耐心地等待等离子体术士纠正他的疏忽之处。

"大人。"她补充道,意识到他沉默中隐含的指责。

西姆特答道:"我会考虑你的请求。"

他举起一只手,墓穴舰切断了通信中继设备,等离子体术士的影像散射成落下的静电。霸主把注意力转向了皇家典狱长。感受到他的失望,菲托斯单膝跪下,避开了他的视线。

"我的存在是为了服务,大人。"

西姆特向后靠在王座上,回答道:"的确如此,记住这一点。"

第七章

总会有某个时刻，不平凡会变成平凡。普拉克萨米德斯不确定伊斯拉卡之复仇号何时越过了弹弓跳的临界点。当他看着主显示屏上的精密计时表倒计时到了下一次空间转换时，他断定，那很可能是在第八次到第十次之间的某个时间。

在他的研究中，他曾读到过，在泰拉战争时期，出海航行的船是靠风驱动的，用巨大的风帆捕捉风力。这虽然让古泰拉人得以利用这种取之不尽、用之不竭的自然能量，但也让他们任由变幻莫测的天气摆布。当这样一艘船因无风而停止前进时，指挥官可能会命令船员把小艇推出去，把长绳子系在船上，然后由船员划船。对划船的人来说，这是一场缓慢而痛苦的折磨，让人筋疲力尽。他们这么做的目的是把船带到一个可能会再次捕捉到风的地方，使船能够依靠风力再次前进。

伊斯拉卡之复仇号的动力靠的不是水手们弯腰划桨，而是它的亚空间引擎在启动瞬间所获得的物理角动量。这需要精确的时机，以确保最大程度上持续惯性，进入亚空间。操纵弹弓跳不仅使剩下的两名还能工作的导航者不堪重负，而且还需要技术神甫的计算和指挥人员的纪律约束。为了尽可能长时间地保持运动，能够捕捉到舰艇周围真实气泡的盖勒力场直到最后一刻才会被激活。任何延迟都意味着把舰艇暴露在原始亚空间中。而过早的激活会排出已经获得的动量，缩短空间跃迁的距离。

在试图回到现实空间时，情况也差不多。如果等离子体引擎在盖勒效应的作用下启动，现实气泡的递归特性可能会将等离子体流重新引导回舰艇上，或者伊斯拉卡之复仇号可能会从它自己的保护舱里挣脱出来。然而，舰艇需要一些相对运动来提供牵引力，以通过亚空间和现实空间之间的平移空间。通常情况下，牵引力是由亚空间本身的运动提供的，在穿越一个既不存在时间，也不存在空间的维度时，导航者在近似的空间运动中会利用时空湍流。如果没有了类似于亚空间的运动，唯一可以利用的运动就是舰艇自身的惯性递减。尽管亚空间几乎完全被压扁了，但剩余的粒度刚好足够巡洋舰在通过盖勒力场时产生摩擦力。这种作用是不可预测的，对于科莎和她的表姐来说，空间转换回到现实空间的时间既是可以计算的现象，也是可以根据本能和经验推测的问题。如果返回现实空间的时间太迟了，他们就会从技术神甫所称的"不可能的边界"反弹回来，并在亚空间中慢慢地漂移到静止，搁浅到时空湍流恢复为止。另一方面，即使把空间跃迁的时间缩短几个光周，在再次到达易于驾驭的亚空间之前，空间跃迁的整体次数也会增加。普拉克萨米德斯不喜欢猜测，但也不再试图去理解物理学与形而上学相遇时所产生的纷繁难懂之处，像上尉一样，他现在依靠的是对技术神甫和导航者的完完全全的信任。

如果他们计算错了，星际战士无法解决这些错误。

看着精密计时表快到零的时候，中尉真希望他没有在他们的困境上纠结这么久。当他仔细考虑了一下他们在做什么的时候，那些弹弓跳空间跃迁就变得不像表面上那样平凡了。

他们每次空间跃迁所面临的风险并不是那种通过练习就能降低危险性的风险。重复只会增加疏忽或误时的机会。

他清了清嗓子，宣布一分钟倒计时已经结束了。

"亚空间引擎准备就绪。"

"准备转向导航者控制。"

"盖勒力场标称。"

其他的确认声回荡在战略厅中。埃斯切罗斯上尉站在指挥座前，双拳在身体两侧紧握，双目注视着显示屏上满天星斗的景象，仿佛这空旷的虚空会泄露一些有关即将发生之事的秘密似的。或者，令上尉咬紧牙关的是纯粹的沮丧。位于读数显示中心的星球是他们的目的地——卡斯帕里尔。经历了十二次空间跃迁之后，他们走过了近四分之三的距离。

还需要四次空间跃迁，也许五次。

涅米图斯在亚空间引擎控制室等待，而普拉克萨米德斯则监视着盖勒力场。这种工作需要耐心和勤奋，涅米图斯可不喜欢。普拉克萨米德斯曾花过一些时间向他的同僚解释说，每次空间转换过程中必须发生的事件的顺序只允许最小的误差存在。拖延一点儿时间，或者敦促技术神甫从反应堆中获得更多的动力,或者遵循本能进行微小的航向修正,都是被禁止的。涅米图斯曾抗议过自己没有任何这种想法,值得庆幸的是,到目前为止,他一直信守承诺,没有临时改变任何一个环节。

普拉克萨米德斯宣布:"还有三十秒。"

上尉宣布:"把核心动力重新定向到亚空间引擎。"

涅米图斯确认道:"重新定向。"

舰艇的振动发生了变化,几乎令人难以察觉。

埃斯切罗斯一直等到倒数二十五秒才开口。

"把发动机输出降到百分之七十五,全速前进。"

导航的军官照命令做了,这艘舰艇背景噪声的音调又发生了变化。

涅米图斯宣布:"将亚空间引擎控制转移到导航壁柱,所有系统标称。"

普拉克萨米德斯深吸了一口气,吸气时间比正常情况要长一点,就像他之前在每次空间跃迁前所做的那样。他不想改变任何一件事,站在完全相同的位置上,每个船员都被分配到相同的位置。当精密计时表倒数到二十秒的时候,他开始说话了:"盖勒力场的生成器接通了,准备开始。"

舰长奥洛里斯确认道:"所有甲板都准备好进行亚空间的空间转换。虚空护盾失效,导航盾失效。"

他说话的时候,主要的视频全息仪突然一片空白,转向了墙上的一块蓝灰色的平板。整个伊斯拉卡之复仇号外部端口的亚空间遮板都响了起来,同时视觉转播被禁用。任何可能干扰盖勒力场或亚空间引擎的能量输出都被削减,传感器灵敏性下降,操纵推进器也减弱。这是空间转换前的脆弱时刻。

"激活盖勒力场。"埃斯切罗斯命令道,同时朝普拉克萨米德斯点了点头。

中尉不需要传达这项命令,他的随从知道该怎么做。控制系统在他们的触摸下嘎嘎作响地启动。盖勒力场被激活后,占卜库陷入了黑暗,位于舰艇深处的生成器传出精神波的脉冲。它的影响很轻微,却在现实空间中造成了瞬间的紧张,就像咳嗽前喉咙有点儿发紧。在什么都看不见的情况下,伊斯拉卡之复仇号在自成一体的现实空间中,奋力穿过虚空。

"五秒钟后亚空间降落。"涅米图斯喊道,手悬停在激活开关上。他拨动启动杆,眼睛死死地盯着控制装置内的小型倒计时显示屏。

他轻轻按了一下最后的信号开关。在引擎甲板的中心,技术神甫们用等

第七章

离子体反应堆的能量填满了亚空间引擎。就像盖勒力场一样，这与其说是一个物理过程，不如说是一个通灵过程，舰艇上的人几乎对那些技术一无所知，甚至连导航者也不了解。能量的锋芒从巡洋舰中跃出，撕裂了现实空间的结构。现实空间被万花筒般的色彩分割开来，闪烁着奇异的彩虹，纵然置身于战略厅的封闭范围内，普拉克萨米德斯也只能感觉到而不是用肉眼看到。几声低语打破了寂静。即使是最守规矩的船员，也不可能消除所有的不安或不适感。

就像蛇蜕去旧皮一样，突击巡洋舰抛弃掉最后的时空残余，穿过张开的裂隙猛然插入亚空间。自然法则让位于不受约束的情感，情感被赋予了实质，肉身背离了灵魂。

"亚空间空间转换完毕。"一个机仆在普拉克萨米德斯旁边沉闷地宣布，它那被净化过思想的大脑体会不了这一时刻的重要性。

当科莎在导航者的塔楼发出通告时，内部通信器响了起来，舰艇被从背甲板向上推入亚空间，就像暴风雨中的避雷针。

"我已经——"导航者开口说道，话还没说完就被一声恐慌的喊叫打断了。警告的咒印在普拉克萨米德斯前方的亚空间引擎控制装置上闪光，机仆们开始用干涩的声音齐声尖叫。

"负面亚空间牵引！负面亚空间牵引！负面亚空间牵引！"

非语音报警伴随着警告，在整个通信器网络上发出喧闹的声音，直到普拉克萨米德斯按下一个按钮将警报静音。

他对机仆们说："住口。"

"科莎，汇报你那边的情况！"埃斯切罗斯咆哮道，大步走到亚空间引擎的控制装置前。显示屏使随从和机仆沐浴在红光之中。

除了控制台发出的警报，大家根本不知道发生了什么。普拉克萨米德斯只能从读数中大致了解情况，但这些读数变化太快，他无法单独关注。

中尉宣布道："我们在滑行，上尉。"他的手指在符文板上移动，他在读取最后几秒钟的数据，说："速度很快。"

"上尉，亚空间效应……"科莎的声音越来越低，最后变为隐约可以让人听到的喃喃自语。然后导航者继续说道："这是不可能的！这里没有亚空间。"

上尉愤怒地咆哮了起来："胡说八道！你这是什么意思，导航者？"

"我们已经越过了'不可能的边界'，但我看不见那个星矩。"科莎低声说道，她的声音因敬畏而绷得紧紧的，"亚空间被压扁了，甚至没有反射，像真空一样，空空如也。"

普拉克萨米德斯说："检测到旋转动量。我们在旋转，上尉。"

"盖勒力场还是标称，兄弟们。"涅米图斯说着，离开了他的位置，加入了他们，"事实上，它正在以百分之一百四十的效率运行。"

普拉克萨米德斯说："怎么可能？它怎么会产生负面的现实空间呢？"

埃斯切罗斯后退了几步，提议道："没有亚空间压力。"他环视了一下战略厅，但只有亚空间引擎的显示屏在占卜库上没有显示绿色。他说："如果科莎是对的，那就说明已经没有任何东西可以对抗盖勒力场了，所以它仍在扩张。"

"把输入盖勒力场的能量减少百分之四十。"涅米图斯对控制装置前的那些军官说。他们把命令传给了舰艇内部的技术神甫。当读数继续攀升时，他们惊讶地互相瞥了一眼。"继续减少能量输入，维持目前的覆盖范围。"

"上尉，我们正在高速移动，没有任何改变航线的手段。"科莎急忙通过通信发声器告诉他们，"据我所知，我们稍微偏离了航向。如果我们不尽快进行空间转换回到现实空间，我们离预定目的地的距离将会有几十光年远。"

"明白，导航者。您有权限进行空间转换回到现实空间。"埃斯切罗斯弯了弯手指，显然很沮丧。但普拉克萨米德斯看得很清楚，他们别无选择。他很高兴看到上尉谨慎行事。

"你不明白，上尉。"科莎回答道，声音颤抖，"我不是在请求许可。我们正在穿越亚空间，同时缺乏可以用来闯回现实空间的牵引力。自从我们进入亚空间后，我已经尝试两次空间转换了，但都没有成功！我们被困住了！"

我们有时候不得不接受，事态的发展只能顺其自然，我们没有任何方法可以改变它们的进程。自从被派到西姆特的舰队后，阿－霍特普就对这个现实习以为常了。她无法判断，他对她的建议不认可，究竟是出于骄傲，是对她作为等离子体术士的不信任，还是他真的认为不需要担心这些，而且知道得更清楚。

她的墓穴舰系统被霸主的指令协议所奴役，这极大地阻碍了她试图切断人类使用他们星卜术能力的打算。作为一名等离子体术士，她敏锐地察觉到了贯穿整个星系的微妙的宇宙能量流动，从恒星狂暴的放射性火焰，到居住在目标星球上及其遥远前哨的成千上万的人类生物场。

她无法直接探测到星卜术能量的存在，但她研究过黑石和被俘获的人类星术师，从而充分了解到，永无海能量的存在总是会产生残留的物理效应。非自然的力量在现实空间中投下阴影。

因此，她能感觉到，在环绕他们星球运行的主要卫星上，人类正在聚集他们星卜术的强大力量。它的能量特征表明它是一个人造物体——一个巨大的空间站，高悬在一个人烟稀少的星球之上。即使在几个轨道的距离之外，能够与永无海互动的人员聚集的情况也十分明显。

与一个人口众多、防御严密的人造卫星相比，他们之前交战过的要塞似乎只是一个小小的障碍。尽管阿－霍特普很想看到西姆特因失败而低声下气，但他彻头彻尾的耻辱必须以这样的方式发生，即在他遭受屈辱的过程中，她没有受到牵连，也没有遭到诽谤。更重要的是，她认为通过西姆特的仁慈要求复活是一种存在不可接受的风险的策略。如果不利用这个机会彻底抹去她的意识，他很可能会拖延这一进程，以解除她的指挥权。

由于她的永恒存在有不确定性，阿－霍特普的身体健康至关重要。

所有这一切都意味着，当她的舰艇探测到人口密集的卫星表面辐射能量显著下降时，这是一个集中的求救信号。唯一的方法是将她的舰艇缓缓靠近，利用它将西姆特的一些护航舰向前牵引，这样虚空牢笼效应就会进一步延伸到星系中。小幅度的调整，只针对大约半边轨道，完全在她的命令矩阵上的叠加协议所允许的参数范围内。

在开始操控一段时间后，她感觉到菲托斯表明了身份，他希望让自己知道他的存在。她允许这位皇家典狱长进入象形石。

菲托斯的影像在投影仪板的上方显现出来，金光闪闪。她说："你好，菲托斯。我想是霸主派你来告诉我，让我回到指定位置上去吧？"

皇家典狱长回答道："虚空之鹰还没有发表意见要怎么处置你，等离子体术士。我注意到了你所在位置与指定位置不一致，并以他的名义要求你做出解释。"

"要求吗？你的权力可太大了，菲托斯。即使你狐假虎威，倚仗着霸主西姆特，我也不回答你。"

"舰队正在拆分,阿－霍特普。"皇家典狱长从他的皮层场中发出安抚的脉冲,继续说道,"四分之一轨道内有人类舰艇,他们可能会看到这一点,并在我们拆分时选择与我们交战。"

"这些舰艇是我们最不担心的。把你的皮层场和我的皮层场结合起来,看看我看到了什么,菲托斯。"阿－霍特普通过皮层场向皇家典狱长发出了邀请,在她舰艇的传感器系统中打开了一个小小的窗口。当菲托斯接受连接时,她感觉到一阵摩擦,"这是寂静之王的意愿,要我们在不让敌人察觉我们的工作性质的情况下继续工作。虚空牢笼实验正处于微妙而脆弱的阶段。人类或其他种族的任何积极反击都可能使整个项目受挫。"

菲托斯说:"我只看到舰艇逃跑,仅此而已。"

"一直逃跑,直至他们的星卜术能力达到极限。如果我们允许的话,他们会闯进永无海的。"

"你认为我们能抓住他们吗?"

"不,当然不能。但我们可以利用虚空牢笼的边缘来阻止他们脱离物理宇宙的企图。如果你现在能说服霸主把共振器带来,将大大有助于我的努力。"

当菲托斯收回他的皮层矩阵时,一种疏离感随之而来。这位皇家典狱长保持沉默,没有透露他个人的任何想法。

过了一会儿,他说道:"很好。霸主已经被说服了,通往目标世界的道路是畅通无阻的。共振器很快就会到达。我还没有告诉他你参与了这件事,但请按照你的计划继续前进。"

"感激不尽,菲托斯。"

菲托斯说:"这是我的职责,仅此而已。"他的影像开始晃动,然后消失了。

受此鼓舞,阿－霍特普进一步加速,又引出几艘舰艇,形成舰队的外围,直指目标星球。她的能量传感器狠狠刺出,所有波长和振动能力飙升,预示着黑石共振器的到来。

运输舰减速进入星系,落后主舰队三分之二的轨道,亚球波先于主舰队进入星系内部。尽管共振器还没有完全激活,但虚空牢笼立即增长,从萨雷赫王朝的舰艇上洪水般向外涌出,就像古老的烽火在旷野上蔓延开来。在它到达后不久,阿－霍特普就感觉到了反冲力对虚空牢笼效应的冲击。她用射程最远的阵列搜索星系，寻找干扰。有一艘舰艇几乎处于恒星引力和外星系废墟之间的边界点，在那里它可以安全地启动引擎。

她立即做出反应，通过紧急程序短暂地篡夺了指令协议的掌控权，让她的舰艇和附近的舰艇向前跃进，瞬间覆盖了近四分之一的轨道。虚空牢笼也随之流动起来，像潮水一波波涌上海滩一样，向逃跑的舰艇猛然冲去。

"等离子体术士，你在干什么？"西姆特直接广播了这一消息，一个声音通过通信网络闯进了她的意识中，就好像她在对自己大喊大叫一般。她没有隐藏对指令协议掌控权的篡夺，现在霸主已经做出了反应。阿－霍特普可以感觉到重新启动的指令协议正在牢牢控制舰艇的导航和推进系统，就像把她的手指从控制装置上一根接一根地撬开一样。

她只需要再多片刻就大功告成了。人类舰艇正在以指数级的速度积蓄星卜术能量，准备突破现实空间。

阿－霍特普让皮层能量的净化波淹没了她的系统，释放了个人的能量储备让矩阵超载。绿色的弧线在指挥室周围闪耀，接连到她的蒸发器上，沿着她的四肢噼啪作响。

在她失明前的最后一刻，她的传感器捕捉到了虚空牢笼的膨胀，与正在离开的战舰的星卜术涟漪相连接。黑石的力量与亚空间引擎的脉冲相遇了。就在那一瞬间，等离子体术士感觉到了能量的灾难性释放，然后一切都变得黑暗，她的舰艇被困在了虚空中。

第八章

科莎的话落入埃斯切罗斯的耳中,只激起了细小的回声,却比大声吼叫出的警告都要响亮。

"我们陷入困境。"

这不可能。他们一直在前进,虽然缓慢而曲折,但经过一次又一次的空间跃迁,他们已经离目的地越来越近了。通过坚持不懈的努力和运用专业知识,极限战士们随机应变,克服了种种困难。理论已被付诸实践。

甲板上有些船员发出了抽泣声。

上尉责备道:"安静!在甲板上保持安静!"现在笼罩在战略厅里的紧张气氛让大家顾不上关注他尖刻的言辞。

他的目光首先移到了在盖勒力场控制装置前的涅米图斯身上。

中尉告诉他:"没有入侵,上尉兄弟。"

接着,他将询问的目光投向了普拉克萨米德斯,唯一得到的回应是对方摇了摇头,这像丧钟的钟声一样,让人有种不祥的预感。

埃斯切罗斯咽了口唾沫,深吸了一口气,知道自己需要说些什么。这是一个可以表现他领导力的时刻,就如同以往那样。他接下来的命令将决定近两千名星际战士和奴仆的命运。他要对他们说点儿什么呢?

让他们不要害怕吗?他们是极限战士,既是人类,也是后人类——他们不需要关于勇气的演讲。让他们满怀希望吗?希望解决不了无所作为。

那么他们该怎么办呢?

他拖延着时间,等待着科莎更多的消息。埃斯切罗斯不愿意询问更多关于他们困境的详情。总结和它所暗示的一切已经够让人难受的了。

"我们陷入困境。"

这六个字会让下级军官悲伤到几近疯狂。这六个字是每一个恐惧亚空间的灵魂都害怕听到的。已经有太多舰艇迷失在虚空中的事件发生过了。每个人都曾听过这样的事件或读过这样的报告。更糟糕的是那些回来的人所描述的情况：舰艇上空荡荡的没有人，或者满是船员的尸体，他们被逼疯了，互相杀戮而且自相残杀。物质支持系统可以让他们存活一段时间，但最终会耗尽食物。然后怎么办呢？伊斯拉卡之复仇号虽然库存很多，但人员也过剩，如果需要的话，船员预计可以超期服役独自生存多年。这让情况显得更加糟糕。他们在无用状态中坚持的能力，只会让他们所面对的困境更加残酷。

战略厅的大门轰隆隆地打开了，打破了紧张的寂静。

一个身穿黑色盔甲的人走了进来，是裁决者阿德摩尼厄斯。他没戴头盔，表情严肃地看着这一幕。他用目光扫视着船员们，最后看向埃斯切罗斯。在宣布消息后这么快就到了，阿德摩尼厄斯一定是火速向战略厅赶来的。埃斯切罗斯知道裁决者在此的原因——确保在这个关键时刻，领导力和勇气都不会松懈。上尉尽量镇静地迎着裁决者的目光。这仍然是他的舰艇，虽然从道义上而言，阿德摩尼厄斯算是他的上级，但实际上，阿德摩尼厄斯被临时借调到埃斯切罗斯的连队，受他指挥。

埃斯切罗斯说："你来得可真是时候啊，裁决者兄弟。"他觉得他最好是主动开始谈话。他的话听起来很空洞，但他竭力不让声音流露出他的苦恼："这种情况令人不安，我们必须让全体船员保持警惕。"

"埃克斯尔洛里亚牧师兄弟正在留心关注队伍的情绪。"裁决者平静地回答。他再次用严厉的目光扫视了一下战略厅说："我来这里是为了确保挫折不会变成灾难。"

"你的力量总是能鼓舞士气，兄弟。"埃斯切罗斯说着，回到了他的指挥座。

由于大多数系统没有运行，战略厅里安静而又沉闷。但亚空间引擎的显示屏还是给一部分甲板和船员罩上了赤色的光环。在科莎宣布消息后，他的思想一度被束缚住，陷入停滞状态。裁决者的出现打破了这种停滞状态，现在他又可以自由地思考了，开始把注意力转向舰艇困境的细节。

"导航者，你能确认我们根本无法调整航向吗？"

"就像一块石头划过虚空，上尉。"科莎的声音已经濒临崩溃。她的语气中有种深深的听天由命的意味，传达出她在静止的亚空间中所看到的空虚。

"当然，我们的命运不至于像被暴风雨困住那样可怜吧？"涅米图斯说，"最终，我们会遇到一些时空乱流或时空湍流，它们会给我们提供冲破困境的方法。"

"我不认同你的乐观主义，中尉。"科莎回答说，叹了口气，内部通信器噼啪作响。她说："我们不是一块石头，滑过结冰的湖面就能到达对岸。在方向上，亚空间并没有你所理解的上下左右。我们同时向四面八方漂移，距离'不可能的边界'越来越远。我们更像是被困在一个玻璃球里，在内部滑动，直到脱离表面，一动不动地行进。我们不可避免地被拉向底部，进入亚空间的更深处。我们待得越久，对我们越不利。"

导航中继设备前的一名随员靠近传出科莎声音的通信发声器，发出一声喊叫，然后开始哭泣，对着控制台的金属板低下了头。

"离开。"阿德摩尼厄斯厉声喝道，大步走到那位士气低落的军官面前，"到船头的隐修室去，反思一下自己的弱点，直到你可以心无旁骛地履行职责为止。"

这位舱面甲级船员没有提出任何异议，激动得浑身发抖，逃到了门边。

埃斯切罗斯保持声音平稳地对其他船员说："其他人现在退下吧。我们必须充分有效地利用任何转机。你们的当务之急是不要妨碍我们。"

另外三个人也从控制台上转过身来，跟了上去，眼睛里闪烁着压抑的泪光，充满了恐惧，动作僵硬。埃斯切罗斯从更多人的眼中看到了担忧，但他们的担忧还没达到妨碍他们的程度。门关闭的声音打破了这令人不安的寂静，使埃斯切罗斯重新行动起来。

他大声地说："振动。"一想到这一点，他就说出了这个想法。

涅米图斯说："请再说一遍，上尉兄弟？"

"振动。"埃斯切罗斯用他戴着金属护手的手拍了拍指挥座的把手，使得塑钢在拍击下发出了回响，"导航者，我们还有来自现实空间的角动量吗？"

停顿了几秒钟后，科莎才做出回答。

"据我所知，势能和动能仍然被盖勒气泡所捕获。是的，我想说我们有角动量，但我们无法在亚空间内使用它。"

埃斯切罗斯不理会导航者的意见，继续按他的思路推想。

"我们是在彼岸海里吗？我们周围有亚空间物质，根本就没有移动。"

"情况比这要复杂得多，上尉。你不能把亚空间想象成一种物质……"

埃斯切罗斯立即说道："我们到底是不是在亚空间？"

导航者说："我们在亚空间。"

"如果星语者费杜阿里斯传送信息会怎样呢？"

"什么都不会发生。就像星炬一样，他的思想随着亚空间的流动而移动。"

"完全没有任何影响吗？他的信息就这么消失了？"

"不是消失……更准确的描述应该是消散。"导航者发出一声无言的、沉思的喟叹，"任何对亚空间的影响都是局部的，无济于事。"

普拉克萨米德斯明白了埃斯切罗斯的意思，问道："还不足以对空间转换产生牵引力吗？"

导航者直截了当地回答道："不，会有微弱的涟漪效应，但我们在落回现实空间的时候，会被分散的盖勒力场吸收。我们会从'不可能的边界'反弹回来。"

埃斯切罗斯开始在战略厅里走来走去，舒展他的肌肉，希望这有助于放松他的大脑。他确信自己发现了一些东西，但无法将这个概念表达出来。

涅米图斯建议道："如果不是进行空间转换，我们是否可以用这种效应作为推进力？"

"用不了太久的。"科莎回答道，她的语气很凄凉，"我不确定费杜阿里斯是否能够在有效的时间内维持传输状态。这就像声嘶力竭地大喊大叫却不停下来喘口气。而且我们又能去哪里呢？没有空间转换的能力，我们还是无法回到现实空间。"

"上尉，我收到星语者费杜阿里斯的请求，他请求进入战略厅，"负责入口控制的舱面甲级船员说，"他想跟您谈一谈。"

埃斯切罗斯答道："让他进来吧。"对于非战团成员的人来说，接近舰桥是很不正常的。导航者、技术神甫和其他政务院的公职人员都待在他们自己的住处。

为了亚空间跃迁，门被设置成战时状态，所以用了将近一分钟的时间才慢吞吞地打开门锁，液压闸板再次收回。门打开后，映入众人眼帘的是穿着长袍的星语者的身影，那瘦弱的身影沉重地倚在墙上。他摇摇晃晃地走进指挥舰桥，上气不接下气。他用瞎了的眼睛在战略舱内巡视，最后看向埃斯切罗斯。

"上尉……"从星语者脸上扭曲的表情来看，他费了很大劲才说出这番话，

"上尉，我警告过你！我告诉过你到卡斯帕里尔去是不明智的。"

"你没有理由待在此处，费杜阿里斯。"阿德摩尼厄斯咆哮着警告道，伸出一只手拦住了星语者，"回到你的房间去，等待指示。"

"你听不到，"费杜阿里斯喘着气说道，同时无助地推着裁决者那不动如山的手臂，"寂静，寂静吞噬了一切！"

"你给我离开这个房间，不然就被迫离开。"阿德摩尼厄斯咆哮道，一把抓住费杜阿里斯的长袍。

"等一等！"普拉克萨米德斯向他们俩走去，"费杜阿里斯，告诉我们寂静是怎么回事。"

阿德摩尼厄斯说："他正在失去理智，软弱的情绪正遍布整艘舰艇。"

埃斯切罗斯不知道该把这句话当作简单的评论还是当作更直截了当的警告。

"费杜阿里斯，你能告诉我们寂静是怎么回事吗？"普拉克萨米德斯不顾见习牧师的规劝，又问了一遍。阿德摩尼厄斯瞥了埃斯切罗斯一眼，以为上尉会斥责他的下属。但上尉并没有这样做，而是向普拉克萨米德斯点了点头，让他继续说下去。裁决者的眉头皱得更紧了。

普拉克萨米德斯问道："是从我们进行空间跃迁的时候开始的吗？"

"不。"星语者把他那死气沉沉的眼睛转向中尉所在的方向，"不，就在刚才。它把我从梦中惊醒了。一个关于死亡的噩梦！"

费杜阿里斯变得疯狂起来，试图挣脱阿德摩尼厄斯的控制，向埃斯切罗斯扑去。

"我已经忘记了！我怎么会忘记呢？死亡，但不是生命的终结。湮灭，横扫沿途的一切。彻底的毁灭，横跨整个星系。结束了，一切都要结束了！"

一声无言的呻吟在内部通信器中回响，另一头的科莎显然已经听到了他们的对话。"这与我们看到的相吻合，"导航者说道，听起来好像快要崩溃了，"什么都没有，虚无每……"

一阵类似打斗的声音打断了她的回答，接着是急迫的耳语声。紧接着传来金属的刮擦声和一阵喘息声。

科莎喘着气说："上尉，这是个奇迹！一个奇迹！我能看到一些东西。一种脉动，一种运动。"

"我听到了尖叫声！"费杜阿里斯哀号起来。他从阿德摩尼厄斯的手指中挣脱出来时，扯烂了自己的长袍。他跌跌撞撞地走向普拉克萨米德斯，几乎扑进他的怀里。他似乎半是惊恐，半是欣喜："死亡！死亡的尖叫声！"

这位星语者开始狂笑起来。在他身后，阿德摩尼厄斯举起拳头想打昏他，但在这一击落下之前，埃斯切罗斯开了口。

"不，我们需要他保持清醒！"他伸出一根手指指向涅米图斯说，"密切注意亚空间引擎。"

埃斯切罗斯稳住自己的身体，试图忽视星语者歇斯底里的爆发。就在此时，中尉穿过了战略厅。

"太远了。"科莎说道，她的声音从通信器的拾音器里飘了出来，变得越来越微弱，"我们正在向它移动过去。有个洞……"

"对不起，上尉。科莎已经不清醒了。"最年轻的导航者库里乌斯打断了她的话，"这种虚无，侵蚀着人的灵魂。她暴露自己的时间太久了。"

"我也感觉到了。"费杜阿里斯呻吟着，推开了普拉克萨米德斯。他暂时显得很清醒，说："我们的灵魂不会从亚空间中反射回来！我们活着，如果没有敌意，没有精神，内心没有帝皇的光辉，那算什么活着？它是深渊的边缘，既不是生，也不是死，而是一种介于生死之间的状态。"

涅米图斯说："他在胡言乱语。"但埃斯切罗斯并不这么认为。

"导航者库里乌斯，星语者的脉冲会把我们推向开口吗？"

他回答道："我不确定我是否有能力驾驭如此微妙的波浪，上尉。但这值得一试。我认为科莎看到的闪光是亚空间驱动器的突破。"

埃斯切罗斯说："一艘舰艇闯入了这片虚无？这可能吗？"

"不，我不这样认为，上尉。闪光很强烈。我猜是爆炸，炸开了一个洞，我们可以用它来突破现实空间。突破口很快就会坍塌。"

"我可以做到。"费杜阿里斯说道，整理了一下他那破裂的长袍。他显得局促不安，紧张地瞥了阿德摩尼厄斯一眼："我恢复清醒了，裁决者。我可以做到。"

普拉克萨米德斯问道："从这里吗？"

"在这里还是在别的地方没有区别，中尉。"

"去做吧。"埃斯切罗斯急促地说道。他捏紧了拳头，面对这些无形的障碍，束手无策。他厌恶他不得不把舰艇的命运交到这些灵能者的手上，或者依赖他们的思想，但他似乎没有别的选择。

当星语者稳住身形，站在离普拉克萨米德斯和阿德摩尼厄斯稍远的地方时，所有人都把目光转向了他。这两名星际战士都很紧张，上尉一眼就认出，他们摆出了随时准备出击的姿势。金色的光芒在费杜阿里斯死寂的目光中流转，似乎给星语者空洞的眼窝带来了生机。他的嘴唇动了动，一开始没有发出声音，然后变成了喃喃自语。埃斯切罗斯识别出了星语者在正式广播前使用的那种识别流——音节，星语者不仅将这个音节发送给任何想要接收的人，而且将这个动作本身作为一种聚焦咒语。他把那些废话重复了几次，声音越来越有力。

"导航者，你能看到发生了什么事吗？"埃斯切罗斯保持着声音的平静，即使是最柔和的声音，通信器也能接收到，大声说话好像会冒犯到星语者，"你能看到有什么效果吗？"

科莎答道："还看不出来，上尉。"接着传来砰的一声巨响和一些低声的咒骂。

"我看到了，上尉。"科莎说道，她的嗓音沙哑，"最细微的思想涟漪。但这还不够。"

阿德摩尼厄斯向费杜阿里斯靠得更近："再使劲想一想，星语者。"

这似乎是一件很可笑的事情，埃斯切罗斯几乎笑了起来。一种奇怪的疏离感折磨着他，他看着眼前这一幕，仿佛他开始飘浮起来，就像在零重力的情况下战斗，没有任何东西可以被磁力锁定。训练中的杂念和日常生活中的平凡时刻纷纷涌入他的脑海，让他分心，却又让他感到欣慰。上尉摇了摇头，努力集中注意力。

费杜阿里斯像战矛一样僵硬地站在那里，被墨绿色长袍和兜帽覆盖的身体微微颤抖着，他的假眼睛发出的光芒明亮而又令人着迷。他的气场有种节奏，灵气的韵律与埃斯切罗斯的脉搏同步。他发现自己又一次试图保持在当下，让自己的思想适应即将发生的事件。慢慢地，就像一个在泥沼中跋涉的人，他得出了结论，他可能正遭受着导航者所描述的灵魂枯竭的效应。没得出结论前他就悟出了这一点，但在意识到这一事实时毫无感觉。

科莎宣布道："那样好多了。"她的声音突然从内部通信器中传了出来，吓了埃斯切罗斯一跳。唯一能与之媲美的感觉，是他在长时间的作战任务中，用他的强制致晕可控神经节让他的部分大脑休息时，所拥有的那种半梦半醒的感觉。他就像在白日梦中浮出水面一样，在几秒钟的茫然之后，战略厅浮现在他眼前。

费杜阿里斯的能量灵气正在减弱，他挣扎着念出他的咒语。埃斯切罗斯和他一样，也有力量流失的感觉，金光的闪烁是注意力不稳定的身体表现。他的生理机能被强化过，本来不可能出现晕眩，他抵御着这种晕眩，目光掠过舰桥上的船员。大多数人目瞪口呆地站在那里，神情茫然。只有星际战士还在有目的地行动，但即使是他们，行动也很迟缓。

"它、正在、工作。"科莎挤出了几个词。她笑了，笑声短促而尖锐："我们正在移动……"普拉克萨米德斯转向亚空间引擎控制装置，动作僵硬。涅米图斯走开了，缓缓回到他在盖勒力场控制台前的位置上。

普拉克萨米德斯挣扎着报告道："牵引力在增加。"他弯下腰靠近显示屏，好像很难看清它们似的。

"冲击波！"导航者的喊声像号角一般嘹亮，把极限战士们从昏昏欲睡的状态中唤醒了几秒钟。

科莎匆忙解释说："灾难性的突破口已经发出了脉冲。"她开始哭了起来，边惊叫边抽泣起来："它会击中我们。把我们从洞里送走。被虚空诅咒了！如此接近，又如此遥远。"

埃斯切罗斯问道："你能带我们穿过它吗？"他是向所有愿意回答的人提出这个问题的。他检查了一下费杜阿里斯的情况。汗水顺着星语者皱纹密布的脸庞流下，每一滴汗珠都像熔化的金子一样，闪闪发亮。

普拉克萨米德斯说："盖勒力场吸收了大部分的输出，科莎是对的。"

库里乌斯警告道："来袭的冲击波，现在正在击中我们。"

一阵突然的悸动隆隆地响彻整艘舰艇。这悸动高涨着、飙升着，众人心潮澎湃，这是心灵的感觉而不是身体的感觉。科莎哀号道："我们正在被带走！"

埃斯切罗斯吼道："不！"尽管他的理性思维知道这样的事情完全出自他的想象，但他感觉伊斯拉卡之复仇号好像正侧身倾斜，在穿过亚空间时被甩了回来。一波又一波的精神力冲击着盖勒力场，各个位置拉响了警报。

当上尉看到在盖勒力场的显示屏上都是琥珀色和红色的光时，他突然灵机一动有了主意。他冲过了战略厅，涅米图斯没来得及让道，被撞到了一边。埃斯切罗斯丝毫没有顾及那位晕头转向的中尉，毫不犹豫地打开了符文板上紧急关闭装置的盖子。他输入了解除激活密码。警报声从舰头传到舰尾，从整艘舰艇呼啸而过，向人们警示盖勒力场崩溃了。

"你疯了吗？"阿德摩尼厄斯咆哮着向上尉走去。

普拉克萨米德斯兴奋地呼喊道："我们可以驾驭它！亚空间引擎有牵引力，准备好进行空间转换。"

"不！"库里乌斯用尖叫声发出了命令，"如果我们进行空间转换的话，会因受剪切力作用而断开。"

上尉还没来得及进一步下达命令，就感到一阵寒意袭遍全身。一阵窃窃私语声传遍了整个战略厅，带来了人类船员的喘息和哭泣，以及星际战士不满的嘀咕。一切都被愈来愈深的暮色吞噬了。

空气中弥漫着紫色和绿色的雾气，在死气沉沉的全息仪显示屏上跳动着一张张猥琐的面孔。

阿德摩尼厄斯大喊道："亚空间入侵。"他举起了凝时沙漏，凝时沙漏泛起了淡淡的光芒。他说："你给我们带来了厄运，你这个傻瓜！"

不停移动的阴影光线毫无阻碍地穿过墙壁和终端，形成潦草的人形和兽形。它们盘旋在费杜阿里斯的周围，獠牙尖尖，血盆大口，爪子闪着金光。有一只鬼魂直接穿过了埃斯切罗斯的身体，它的嘴从他的胸口冒了出来，抽搐的蛇尾巴从他的鼻子上划过，然后就消失了。

他感到恐惧。不是他自己的恐惧，从生理角度讲，他无法承受如此深度的恐惧。就像听到回声而不是说话声一样，他被那些潮水般涌进战略厅的幽灵惊醒，感到了间接的恐慌和恐惧。受这种悲凉情绪的感染，一些人类船员尖叫起来，哀号起来，有的倒在地上，有的用双手捂住脸。

这不是对凡人的恐惧，是对神的恐惧。这是逃离亚空间导致的附带情绪。这不是袭击，而是"踩踏"事件。

流入的亚空间物质引发了运动，埃斯切罗斯的思绪再度迅速地活跃起来，身体和灵魂之间的联系短暂地恢复了。他立刻明白了，这种静止使亚空间的生物和这艘舰艇一样都停滞了。当再次被赋予了突如其来的形态和动作时，这些无生者秽物开始为生存而逃亡，试图逃离亚空间的寂静区域。

阿德摩尼厄斯的剑锋在剑鞘中发出咝咝声，但他还没来得及攻击那些蜂拥而至的幽灵，它们就消失了。解脱了几秒钟之后，令人窒息的压力开始累积起来。"上尉……"科莎的声音很紧张，甲板上到处都是饱受创伤的船员的哭喊声和呜咽声，她的声音几乎无法被听见，"上尉，突破口正在闭合。"

"你能为我们掌舵吗？"埃斯切罗斯逼问道，朝费杜阿里斯走去。科莎说："勉强能吧。""使劲吧，以帝皇之威，用力吧！"上尉告诫星语者，不过他不知道他的话是否能被听到。

阿德摩尼厄斯走到埃斯切罗斯身边，沙漏的微光洒在上尉和星语者身上。可能是阴影在他布满皱纹的脸上移动，费杜阿里斯似乎在抽搐，好像深吸了一口气。每一个字都是导航者从牙缝里硬挤出来的："快突破边界了。快了……不！我们要溜走了！"

"现在启动亚空间引擎！"涅米图斯的喊声出人意料。一秒钟后，他启动了主要的亚空间引擎，喇叭发出刺耳的声音。整艘舰艇猛然震荡起来，因为来自亚空间的突然转变，人造重力板在船员的脚下发出尖锐刺耳的声音。终端爆炸了，大量火花飞溅到整个战略厅，同时二级警报器从十几个不同的控制台鸣响着发出警告，机仆们抱怨着役使系统的痛苦。所有的东西都剧烈震动，一些散乱的物品被抛到了甲板上，绊倒了几名试图穿过甲板走向控制台的舱面甲级船员。在从现实空间冲进曾经只有亚空间的地方时，埃斯切罗斯的盔甲吱吱嘎嘎地作响。

费杜阿里斯大叫一声，侧身摔倒，只有埃斯切罗斯迅速地做出反应，阻止了他的头撞在无情的甲板上。埃斯切罗斯蹲下身子，放平星语者的身体，星语者已经陷入了昏迷状态，呼吸微弱但还算稳定。

"我们通过了！"库里乌斯宣告道，一边啜泣着，一边发出了欢呼，"我们已经通过突破口了！赞美光明之主！向泰拉之主致敬！"

埃斯切罗斯站起来，审视着战略厅。他们回到了现实空间，但还需要处理火灾和冒着火花的管道，他能感觉到抑制灵魂的重压又回来了。他过了几秒钟才回过神来。他终于恢复了理智，命令道："普拉克萨米德斯，控制损害。涅米图斯，找出我们所在的位置。"

第九章

"不许再违抗命令了。"西姆特向下怒视着弯腰的等离子体术士。由于没有双腿,她无法跪下来。她把腰弯得几乎和指挥室的地板平行。西姆特说"感激我吧,我将恢复你在协议中的最低权限。"

阿－霍特普回答道:"勉强能行使职责。"怨恨从她的皮层光环中潮水般涌了出来。西姆特对她的反抗感到惊讶。她真以为自己的地位如此稳固,可以公然蔑视他的命令吗?

"但足以行使职责,等离子体术士。"霸主提醒她,"你的愚蠢行为差点儿毁了我的一艘舰艇。"

"那是我的舰艇,西姆特。"阿－霍特普站了起来。西姆特可以感觉到她的能量矩阵正在探测墓穴舰的数据网络,访问它的传感器层次结构。"它的系统正在恢复。没有危险。"

"一艘宣誓为我服务的舰艇。"

"这是科技修道士临时赠予的礼物。"

提到那些神秘的科技经纪人,西姆特感到一阵担忧。阿－霍特普的好战是她深思熟虑的计划的一部分,还是她与科技修道士结盟的征兆?疑惑在他的蛋白质突触中闪烁了一下。

"你为什么不相信我?"他问道,改变了话题,"为什么要和我的皇家典狱长进行密谋?"

菲托斯插嘴说:"大人,没有什么阴谋,只是沟通而已。我不会允许任何伤害你身体或威胁到你地位的事情发生。"

"你的判断很糟糕,但你应该怪阿－霍特普恳求你帮忙。"西姆特身体向前倾斜,金属手臂搁在膝盖上。他能回忆起的使用这个姿势的记忆,比他能真正感觉到的还要多。他的人造身体就像一个对不齐的镜头,与真正的同步总是差了一点儿。漫长岁月的流逝并不仁慈。

阿-霍特普抗议道："那艘舰艇没有逃脱。最终结果证明我们的决定是正确的。"

"证明？只有我认为是这样，你才能被证明是正确的！我是你的主宰者和审判者。"西姆特说着，同时发出了惩罚性的控制脉冲，把等离子体术士打得在房间里旋转，她发出一声巨响落在地上，滑过了地板。休眠墓穴发出的嗡嗡声充斥着整个房间，紧接着传来整齐划一的脚步声，死灵卫士绕着王座所在的台子前进，包围了等离子体术士，武器准备就绪。

西姆特咆哮道："你以为我是个白痴，如果你是对的，也许我会蠢到冒着激怒科技修道士的危险去毁灭你。"

西姆特走下台阶，闪闪发光的能量盘绕在他的骨架上。死灵卫士分开，好让他能站在阿-霍特普的上方。

他平静地问道："我很蠢吗，阿-霍特普？"

"不，大人。"

"你忘记了一些东西。"

等离子体术士抬起头来看着他，双眼闪着碧玉般的光芒，目光过了一会儿才黯淡下来，流露出俯首听命的意味。

西姆特在那里又站了一会儿，把自己的主场优势表现得淋漓尽致。当他厌倦了展示自己的优势时，他后退了一步，召唤出一个操纵领域，把等离子体术士从地板上拉了起来，就像伸出一只手一样。他已经表明了自己的观点，幸灾乐祸是不得体的。

"我们不能再容忍任何拖延了。"西姆特一边宣布，一边回到了他的王座上，"如果我们不能把我们在上一个星系中丢失的时间追回来，寂静之王会不高兴，会对我们俩都心怀不满。"

"我同意，大人。"阿-霍特普犹豫地飘近，"这就是我们不能冒外来干扰的风险的原因。"

西姆特对企图辩解的她置之不理："不会有任何征服。我要马不停蹄地消灭这个星系的居住者，等他们都死了，我们就可以不受干扰地安装共振器了。"

他感觉到了来自等离子体术士和菲托斯的不情愿。

"我的法令有问题吗？"

皇家典狱长说："确保共振器所在地的安全，并且利用它的力量来征服人类，要比试图与他们进行全面战争更安全，王朝智慧的丰富源泉，天空的元帅。

旷日持久的冲突可能会让我们付出高昂代价。"

"比耗尽我表哥的耐心要便宜多了。"西姆特回答道,"为了加快实现目标,增加资源支出是值得的。"

阿-霍特普问道:"你想让我做什么呢?我的舰艇还在自我修复,但我能……"

西姆特告诉她:"什么都不用做,我不需要你做什么,等离子体术士。速度是这个计划的重要组成部分。寂静之王萨雷赫更看重按计划完成任务,而不是星系居民的继续存在。佐扎尔和他手下的荒蝎将主导第一次进攻。"

"你会先释放毁灭者吗,大人?"阿-霍特普激动地说,"我认为他们是撒手锏。""你想错了。"西姆特庄严地向菲托斯点了点头示意,同时对指令协议进行了数据化,开启了被隔离的毁灭者的墓穴,"他们是一种武器,一种我一直不太愿意使用的武器,这让我得罪了寂静之王。也许我把仁慈和谨慎混为一谈了,因此让这个项目陷于危险之中。我不会再犯这样的错误了——无论是为了人类,还是为了我的仆人。"

当她在她那艘舰艇光线昏暗的指挥甲板上化为实质时,强制移形换位的震动让阿-霍特普全身颤抖。西姆特随意使用他的物质传送器,这可能是他最没有教养的特点。这反映了他的整个观念,他把他的贵族同胞们视为动产,可以随心所欲地到处转移。霸主似乎特别倾向于用它作为对等离子体术士的一种惩罚形式,因为他完全知道被随意扔过虚空会有多丢人。

她本来只拥有最低的系统权限,但在她孤注一掷地改写协议后,权限正在提高。正如所承诺的那样,西姆特已经恢复了冥工服务和基本的指令协议。其他系统,包括武器和休眠舱激活核心,已经被三重锁定,以防止皮层场入侵。霸主不希望阿-霍特普有机会发挥自己的军事潜力。

她最关心的是能量测量员。她需要知道在星系和舰队里正在发生的事。阿-霍特普毫不怀疑,在毁灭者的猛攻下,太空死灵会迅速取得成功,但代价是什么呢?每一次他们被迫复活一个战士,每一次与冥工的接触和与地穴技师保镖的接触都有可能使毁灭者的疾病蔓延到系统新的部分——由于西姆特的霸道,她自己的协议现在与这个系统相连。

阿-霍特普在光线昏暗的马斯塔巴上来回漂移,指挥着冥工蜂群和更高层次的冥工生物把注意力集中在传感器套件上。

没过多久，主探测器就重新上线，她的个人能量感应场增强了一千倍。在二级系统初始化的同时，阿－霍特普将她的仿真眼转向了她所引发的星卜术爆炸的残留物，好奇地想看看发生了什么物理沉降。

各种各样的物理碎片残留下来，从发生灾难性故障的地方缓缓盘旋着离开。放射性粒子和能量波的光谱形成了电磁和等离子体的美丽图案，相互重叠，同步循环。阿－霍特普希望她能吸干那些膨胀的云层，她的饥饿感打断了喜悦的时刻。被进食的欲望所吸引，她停留了一段时间，想象着进食负粒子和坍缩的光子流的情景。

她正准备对目标星球重新进行更普通的扫描，更重要的是那个绕轨道运行的卫星基地，在那里她探测到了很多星卜术活动的迹象。就在这时，一个火花吸引了她的注意力。

起初，她怀疑那是破损星舰的驱动装置或者能源塔的残骸。电的波动暴露了一个正常工作的动力系统，进一步的仔细观察让她很快发现这是一个正常工作的反应堆防护罩。这仍然有可能是某种在爆炸中以某种方式被弹出的受保护的核心，但这种假设的可能性在星舰改变航向的那一刻消失了……

是别的东西。是另一艘舰艇吗？

她检查了记忆存储器，没有发现任何迹象可以表明有两艘舰艇曾试图逃跑。如果她在虚空中追踪到的那个闪闪发光的圆点是一艘舰艇，那么她几乎可以肯定，它是在另一艘舰艇爆炸的那个瞬间穿过来的。

他们是谁呢？是即将开始攻击的不知情的受害者，还是在虚空牢笼压制他们之前，人类的哭喊引来的援军？

在星系能源基地的庞大背景和舰队存在的扭曲之下，其他人暂时看不到这艘舰艇。只是因为阿－霍特普一直把注意力集中在那一小块虚空上，她才会注意到它。西姆特不会看到它的。这就意味着，至少就目前而言，阿－霍特普必须对新来的人保密。

第十章

伊斯拉卡之复仇号通过外部虚空缓慢行进，引擎、占卜和生命维持系统均以最低功率运行，以保护受损的反应堆。涅米图斯只掌握了周围环境最基本的信息，努力研究这些图表和数据库，试图缩小他们的位置范围。鉴于他们在亚空间里待了这么长时间，他们的轨迹也不受控制，他几乎不知道从哪里着手。

普通压力传感器扫描捕捉到了本地恒星和主要轨道天体，但它能提供的更详细的信息仅限于附近几十万英里的区域。生态区内的几个星球都是潜在的宜居星球，所以依据内部星系的人口密度会比外部轨道人口密度大的常识，埃斯切罗斯上尉把航线定在了内部星系。

在没有任何其他信息的情况下，涅米图斯决定，从沉思者确定的几百个星系中找出这个星系的位置，最佳方法是对当地的星场进行人工观测。导航库的机仆们可以根据可观测到的星星，计算出伊斯拉卡之复仇号的位置，古代船主在马克拉格上的埃涅阿斯海航行时就是这么确定方向的，不过他们现在所做的规模更大。

考虑到这一点，他拿着一个连着视程仪的数据板上了船头甲板的主长廊，最大限度地远离等离子引擎的炫光污染。

观景廊有个玻璃圆顶，高约六十英尺，位于战略厅的上方。星系的主星占据了前方的视野，巡洋舰的鹰状舰首指向越来越大的光圈。上面提供了星场的最佳视角，遥远的恒星团密密麻麻地散布在星系的内旋臂上。涅米图斯一个也没认出来。

在他做记号并记录视频全息数据的时候，门打开了，普拉克萨米德斯也加入了他的行列。这名中尉的手里拿着一块记录用的数据板。

涅米图斯说："想检查我的操作是否正确吗？"这句话的恶毒程度超出了他的本意，普拉克萨米德斯停住了脚步。

"我想你可能需要一些帮助。"普拉克萨米德斯朝满天星斗的虚空举起了一只手,"要做的编目工作可真多啊!"这个谦卑的提议让涅米图斯对自己的指责感到更加愧疚。涅米图斯知道只有一种方法可以补救这种局面:勇敢承认错误。

"抱歉,兄弟。我不该嘲笑你。我总是忍不住觉得你认为我低人一等,不过,这只是因为我暴露缺点后感到羞愧而已。"

"我只知道你是帝皇麾下一位卓越的领导者和虔诚的战士。"普拉克萨米德斯说着,又开始往前走去,"即使是我,也会觉得这项任务极为繁重,但它至关重要。"

"谢谢你,兄弟。欢迎一切协助。"

他们肩并肩地细看了几分钟星空,沉默持续得太久,于是涅米图斯忍不住打破了沉默:"维修工作进行得怎么样了?"

"进展缓慢。主动力网络严重受损,阻碍了其他工作的开展。技术神甫们正在投入更多的时间来重新布线,并试图恢复反应堆的完整性。幸运的是,在我们强行进行空间转换,回到现实空间时,没有一个防护罩破裂。"

涅米图斯考虑了几秒钟。

"这是指责吗,兄弟?"涅米图斯干笑了几声,以掩饰他问题中包含的疑惑,"我已经分辨不出来了。"

"观察而已。是什么促使你启动了亚空间引擎?"

"这纯粹是出于本能。我担心我们会完全失去这次机会。上尉已经让盖勒力场崩溃了。我推论我们只有一次逃跑的机会。"

"推论,还是猜测?"普拉克萨米德斯轻轻地问了这个问题,但涅米图斯能感觉到这个问题的分量。

"没时间辩论了,兄弟。"他争辩道,想起了他为什么认为普拉克萨米德斯一直在审视他,"如果我再多等哪怕一秒钟,我们可能都永远无法突破时空障碍。"

"如果你错了呢?你从来没有想过,被释放出来的力量可能会把巡洋舰撕成碎片。"

"这种情况需要采取行动。如果是你的话,你会触发这次亚空间的空间跃迁吗?"

普拉克萨米德斯承认道："不会。"他研究了几秒钟他的数据板，说："我不会把我们所有人的生命都押在一个猜测上。"

"我们在亚空间里漂流，不会有什么损失，这不是赌博。"

"我不同意。或许还有另一个机会。我们本可以设计一个更有把握的解决方案。你轻率地忽略了未来的可能性。"

涅米图斯放下了他的数据板，望向他的战斗兄弟。普拉克萨米德斯的眼睛一直盯着他的读数，不知是出于勤勉还是为了回避兄弟的目光。

涅米图斯说："我们都觉得不对劲，整个连队都很紧张。奴仆们都很困惑，很容易分心。我们不能让我们之间有隔阂。"

普拉克萨米德斯终于把目光转向涅米图斯，重重地叹了口气："为了鼓舞士气，你想让我接受你的错误，不要评论是吗？"

涅米图斯厉声道："我不承认我犯了错误。我也不需要你提意见。因为我，我们才能活下来。不会再有第二次机会了。"

他转身离开，背对着普拉克萨米德斯。自从他来到这里，涅米图斯就意识到了自己和他的中尉兄弟之间的差异，但这些差异似乎从来没有影响过他们并肩作战的能力。现在，他怀疑普拉克萨米德斯真的会对每一个决定放马后炮。

普拉克萨米德斯跟在他后面说："这不是提意见，我是想知道你是怎么想的。你和上尉，你们的行事方式和反应灵敏度是我无法复制的。"

"你为什么想这么做呢？"涅米图斯转过身来，对他袒露心扉吐露的内容感到吃惊，"为什么想要把你自己变成另一个样子呢？"

普拉克萨米德斯没有回答。他转过头去，重新望着那一大片星空。

"你认为那是妨碍你发号施令的因素吗？"涅米图斯猜测道，"上尉一直选我而不是选你来指挥战斗。"

"不只是上尉不选我。我曾拥有舰艇指挥权，但后来被任命为上尉的副手。为什么会这样呢？战斗群指挥部看不上我哪方面呢？"

"我没法替别人发表意见，但我宁愿跟你一道，当埃斯切罗斯的副手。他的渴望是被你磨炼出来的。如果没有你的存在，你能想象我和他会惹出多大的麻烦吗？"

普拉克萨米德斯似乎并没有因为这个想法而感到高兴，沉浸在自己的担忧中。

"你听见我说的话了吗？你会使……你没在听我说话，兄弟。是亚空间效应使你的思想变得迟钝了吗？"

"你能看到那个吗？"普拉克萨米德斯问道，举起一根手指，向着那巨大的拱形窗户之外指了指，"那道光。"

涅米图斯抬头望去，快速地扫视着星空，直到他看到了普拉克萨米德斯所指的东西———一个泛着蓝色的星球。

"是某种尘埃透镜吗？"涅米图斯不太确定地说道，但是他的心跳加快了一些。

"是亚空间余波造成的海市蜃楼吗？"普拉克萨米德斯说道，也没什么信心。

涅米图斯仔细去看，试图用眼睛真真切切地看见，而不是由于满怀希望而自我催眠地看见了。

"太有规律了，不会是恒星或其他恒星现象。这是个空间站。"中尉说道，心跳加速，"某种星际基地。也许是外星系的曼德维尔防线？"

普拉克萨米德斯看了他一眼，幽幽一笑："我想我们不再需要这些了。"他说道，举起了他的数据板。

涅米图斯回答道："我会留着我的。你应该向上尉报告这件事。"

"这如果是一个帝国空间站，那简直就算得上是个奇迹了。"

涅米图斯说："也许导航者们的那些祷告最终还是起到了一些作用。"

普拉克萨米德斯点了点头，匆匆离去。

涅米图斯把注意力转回窗外，想知道会有什么即将到来的新挑战。它不可能是个帝国空间站。要是的话，那对第五舰队来说，就实在是太方便了。

埃斯切罗斯接近看似处于休眠状态的空间站，在伊斯拉卡之复仇号身上只能看到它昔日威力的一丝影子。只有一组虚空护盾在运作，而且指挥官只有从引擎阵列把能量转移过来才能使用它们。舰艇可以拥有最高速度或能量护盾，但不能两者同时兼备。类似地，占卜和远程通信也都因为从亚空间坠落而瘫痪——从没有保护的亚空间转换到现实空间的残酷现实，几乎使所有的传感器主轴和通信器电路过载。反应堆的功率比以前稳定，但只有正常运转能力的百分之八十。在战略厅里，到处都有身着红袍的技术神甫。一次只能执行一项任务的机仆和睡眠不足的军械库侍从身上充斥着体液的陈腐气味，但技术神甫所携带的香炉和神圣润滑剂香气飘飘，几乎完全盖住了这些陈腐气味。

埃斯切罗斯意识到自己没有充分发挥能力。舰艇搁浅的亚空间变扁了，这是双向的，屏蔽了现实空间，使其免受大部分亚空间交互作用的影响。导航者曾试图解释这两个领域的相互联结性，但是埃斯切罗斯在类比中迷失了方向，在思考物理存在时，无法将自己的思维扭转到亚空间的无维度属性上。简单粗暴地说，亚空间缺乏质感，对包括船员在内的有知觉的生物的思维产生了类似钝化的作用。

星语者费杜阿里斯无法提供进一步的帮助，因为他还在药剂室里，处于昏迷状态，但还活着。偶尔他会喃喃自语些胡话，他的身体状况比他的精神状态更稳定。

上尉没有让这些因素扰乱他的想法。他们受伤了，但还活着，这是最重要的事情。就像即使没有爆矢步枪和马克X装甲，星际战士也能置人于死地一样，伊斯拉卡之复仇号和连队仍然有能力采取有影响力的行动。

到目前为止，埃斯切罗斯还没有搞清楚究竟要采取什么行动。亚空间迟钝效应的存在表明，无论在卡斯帕里尔星发生了什么，都已经扩散到这个星系，无论他们在哪里。

他没有办法知道入侵是正在进行、已经完成还是即将开始，也没有办法知道敌人是否真的在这里。他们遇到星际基地是交了好运，但埃斯切罗斯对这种恩惠很谨慎。短程通信器没有收到来自星际战士的欢呼声，除了最基本的数据外，传感器库无法确定任何有关空间站的信息——它的反应堆已经启动了，这表明它被友方或敌方占领了，但由于附近没有其他舰艇，所以他不可能知道占领它的究竟是哪一方。

如果系统中有异形或异端势力作祟，极限战士会竭尽所能来对抗威胁。埃斯切罗斯即使并没有打算从这次灾难性的亚空间跃迁中捞点儿好处，也别无选择，只能正面迎击敌人。在诊断亚空间引擎和永无海持续状况的时候，科莎已经明确表示：这艘舰艇被困在了这个星系里，就像之前被困在亚空间中一样。即使亚空间引擎被修复，但由于缺乏通过"不可能的边界"的无形牵引力，因此舰艇离开这个星系是不可能的，而敌人的压制——不管它是如何实现的——仍然有效。

舰长奥洛里斯报告说："上尉，通信器的接收器又开始工作了。我们正在接收来自星系内部的一个通用广播信号。没有密码，只是使用了标准的帝国频道。"

埃斯切罗斯问道："哪些频道？"他从两个技术神甫身边挤过去，去指挥座前的通信枢纽关注舰长手头的工作。身着红袍的专家们发着咔嗒咔嗒和呼噜呼噜的声音离开了，那群经过赛博改造的、一次只能执行一项任务的机仆笨拙地跟在他们后面。

奥洛里斯说："所有的频道，上尉。通过可用的海军、军事，甚至指挥频道进行地毯式的全面传送。"

"没有密码？我不喜欢这种说法。那可能是废弃代码的载波信号，也可能是某种异形的攻击。"

"上尉，我们的设备状况这么差，没办法隔离信号。"舰长耸了耸肩说，"不管怎样，我不确定这个信号还能造成多大的伤害。"

埃斯切罗斯考虑了一下这个问题，他需要了解星系中最新动态的情报，这种需求胜过了对敌人用通话器发动攻击的最小威胁的担心。

奥洛里斯补充道："还有一件事，上尉。我们已经成功破解了星际基地的识别码信号。"

"它被称为莱什克空间站，在帝国海军的航道上。"

"把这个传给涅米图斯中尉。这可能会给他提供他所需的信息，以便他根据我们舰艇上记录的数据识别这个星系。"

奥洛里斯点了点头，离开了控制台，把控制权留给了埃斯切罗斯。上尉看着在识别器显示屏上滚动的广播数据。那一行数字和符号是没有意义的，只是标准的数据脚本。它唯一告诉他的是，这个信号使用的是帝国载波。它重复着，表明是某种自动广播。但这并不能让人完全放心。这是可以用来掩盖异形来源的最基本的诡计，或者发射机可能在敌人的手中。

埃斯切罗斯深吸了一口气，接受了通信密码，并把信息传递给了控制台上的通信发声器。扬声器里传出了一个女人的声音，噼里啪啦作响。

"我是修女－城主欧珀莱，代表帝国司令官卡莱布·蒙弗罗汀·卢文斯滕发言,他在泰拉机械教修会和人类之主的支持下,被任命为俄瑞斯忒斯帝国领土的统治者,拥有神圣的权利。司令官卢文斯滕谨代表上述领土提出无条件投降。我们无力抵抗这次攻击,为了避免不必要的伤亡,帝国司令官允许你们自由进入他的星球,但俄瑞斯忒斯轨道宫殿的主权领土除外。这些土地应保持不受侵犯。你们对星系的占领将不会受到攻击。所有部队将被部署以保护帝国司令官的家族。"

信息嗞嗞作响,开始了新一轮的循环。埃斯切罗斯怒吼了一声,关闭了扬声器,传输的内容就像酸液一样,刺痛了他的神经。

"这群懦夫。"他转过身来,发现舰长还在他身边,"遇敌投降是反对帝皇的异端邪说。"

"的确,上尉。这是非常严重的罪行。信号还在广播,所以我敢打赌,要么那个帝国司令官已经死了,要么就是敌人还没有接受投降。"

"如果他还没死,等我们找到他的时候,他会希望自己已经死了。"埃斯切罗斯说着,回到了他的指挥座上,"还有,你可以告诉涅米图斯,他不必再花时间研究星图和记录了。俄瑞斯忒斯星系,当我们在计算最后一次空间跃迁时,我看到了它。距离卡斯帕里尔星大约六光年,我们离我们的目标还不算太近。"

"上尉,我以前从未听说过还有个修女-城主呢。听起来她对她正在叙述的信息并不满意。"

"一个修女会,来自役从修会。她们通常关心的是维护帝国司令官的血统纯正,以及斡旋于统治家族和种姓之间以制定星系内部条约。一个修女-城主被派往一个星球担任顾问,处理此类事务和其他帝国国教的问题,没有发号施令的权力。我认为她很可能和我想法一致——不战而降是对帝皇的侮辱。"

"看来敌人已经离开卡斯帕里尔星了,上尉。"

埃斯切罗斯点了点头,坐了下来,用手指敲打着指挥座的扶手。广播中没有提供足够的新信息。它没有提到星系的整体状态,只是说极限战士暂时不能指望得到任何援助。如果敌人还在这里,伊斯拉卡之复仇号将不得不独自迎战。

在主天幕上,防御空间站变得愈来愈大,本地恒星的光芒在它的对接起重机架和防御炮塔上划出了一个鲜明的终点站。从普拉克萨米德斯的进场着陆方向看，它看起来就像一架被截断的圆锥体，倒立起来，位于十几个起重机架柱体式平台的中心，上下表面都是大型加农炮阵列。占卜上没有任何迹象表明这些武器正在充能，众多小型炮台也不适合将这架炮艇机炸出虚空。即便如此，寂静的气氛也让人烦躁不安，每一秒悬而未决的紧张都让人心头沉重，难以释怀。

他又用炮艇机的通信器试了一次。

"莱什克空间站，我是极限战士战团的普拉克萨米德斯中尉。我们正在接收你们的识别码广播。任何频道皆可回复。你们如果不回复，将被视为敌对领土。你们收到了吗？"

没有回答，只有静电声。他吸引了旁边飞行员的目光。

"如果他们不回复巡洋舰的通信器信息，我想他们也不会回复我们的。"中尉说，"做好规避机动的准备。"

那位飞行员回答道："我一直准备着，中尉兄弟。"

普拉克萨米德斯启动了重炮的机魂，让它们服从飞行员的控制。然后他从座位上站了起来，站在通往主舱的门口。

"着陆区处于敌对状态。"他告诉主舱里的二十名星际战士，"我们没有关于舰艇上帝国仆人的信息，所以请检查你们的目标区域。根据个人情况评估附带的伤亡情况。"

飞行员宣布说："没有对接牵引器，中尉兄弟。"这意味着没有人操作从星际基地外部突出来的吊臂。他们将不得不手动对接，匹配航线、角速度和平面速度。

"到上舷侧。"普拉克萨米德斯说道，转身指着最上面的对接臂，"我们从那里出发，沿着空间站往下走。兵营区应该位于主装载群附近。我们一旦控制了那里，就能看到我们的对手了。"

他们在反登舰防线的范围内通过，没发现空间站里有任何活动的迹象。普拉克萨米德斯仍然无法放松。尽管为帝皇打了近十年的仗，但他以前从未经历过如此紧张的局面。他的第一直觉是不理会自己的担忧，把它当作是灵魂迟钝的症状，在正常情况下可以忽略不计的因素似乎比以前重大得多。但他不能把所有的责任都归咎于这种奇怪的亚空间情况。他感到不安的主要原因是埃斯切罗斯上尉，或者更确切地说，是上尉让普拉克萨米德斯负责这次探险的决定。埃斯切罗斯曾告诉过普拉克萨米德斯，即将到来的遭遇性质未知，他最好用更冷静的方法来应对。不过，中尉不禁认为这是某种考验。他现在的表现会影响到上尉对以后每一次交战的看法。

在制导推进器的作用下，炮艇机转过身来，向对接柱体式平台的末端侧滑，以便前突击舱口能与龙门式码头的末端对齐。副驾驶位置的显示屏闪了起来，显示出基地的基本示意图。上面有成千上万个模糊的点和线，用来指示动力系统和生活信号。

"来自伊斯拉卡之复仇号的占卜转播。"普拉克萨米德斯一边说，一边检查着展示板，"看起来人手齐全。要么是那样，要么就是一支超大的驻军。能量网格还在工作，但缺乏防御火力，从这一点我们可以假设，如果敌人在空间站里，他们并不能完全控制武器系统。"

飞行员报告说："目标在五十码处。部署磁力吊车。"

两根电缆蜿蜒穿过分水岭，其尖端闪烁着蓝色的光芒。接触到起重机架时，电磁垫闪了一下，被激活了，紧紧夹住它。当机头上的强力绞车开始把它拉得更近时，这架炮艇机颤动起来。

飞行员说："我们正在接收通过空间站的门连接传送的信号，启用远程开门功能。"

"各就各位，兄弟。"中尉走进了运输舱，他的仲裁者小队和三个身穿格拉维斯型装甲的侵略者在那里等候。他示意那些侵略者和他站在一起，他们较重的战甲让他们很适合充当他所需要的先锋。

普拉克萨米德斯等在突击舷梯旁，打开外部的视频转播，在一个小显示屏上看着这架炮艇机缩短与柱体式平台装甲门的距离。当他们距离大约十码远的时候，飞行员启动了对接系统，一条脊状的脐带缆向外延伸，近端扩展开来，环绕着炮艇机的机头。在舰艇灯光的照射下，普拉克萨米德斯可以看到主门仍然关着，脐带缆的基底是由硬化板条形成的。

飞行员告诉他们："对接完成，门控制同步，等待您的命令打开。"

中尉在突击舷梯的控制装置上操作了一番，让它呼哧呼哧地向下落入脐带缆的内部。普拉克萨米德斯从炮艇机上走了下来，侵略者在他的两侧，后面跟着三队仲裁者。他手里拿着他的前队长盖里斯送给他的那把爆矢步枪。

它在他手中显得轻飘飘的，几乎像是没有重量，外壳上雕镂的银色极限战士标志和枪口周围非写实的鹰在炮艇机的灯光下熠熠生辉。这是一支漂亮的爆矢步枪，是技师马劳斯的最佳作品。

他在离门口几码远的地方停了下来。在他周围，侵略者们举起了火焰护手，指示灯闪烁着蓝色的光芒。

普拉克萨米德斯命令飞行员："打开它。"他头盔上的瞄准器显示出转播信号，在门口中央有一个地方——那个地方的高度超过所有人的胸部高度。

大门旁边的墙壁上有盏灯变成了绿色，接着响起了提示音。

门剧烈震动，铰链向内、向上铰接，露出了气闸舱，里面没有人。普拉克萨米德斯迈开大步向前走，平端着他的枪，同时在装甲的读数器中读取环境转播信号。脐带缆密封很紧，空气压力标称。

他指着内门的控制装置说道："霍拉图斯兄弟。"

那位侵略者向前走了几步，而其他人则瞄准了内门。普拉克萨米德斯调整了他的目标，在他的两个战斗兄弟之间选择了一个位置。

一个简单的扳动开关激活了内门，它呼哧呼哧地启动，然后像外门一样摇摇晃晃。侵略者们乒乒乓乓地冲进远处的房间，左冲右撞，普拉克萨米德斯紧随其后。气闸舱内回响起仲裁者的脚步声，就在中尉身后几码远的位置。

这个房间是个典型的对接坪舱室，右边的墙上挂着银色的宇航服，左边是一排储物柜和箱子。正前方是另一扇门，门的上方有一扇宽大的窗户，露出了控制室。有三个身影站在那里——两个女人和一个男人——身着帝国海军的制服。普拉克萨米德斯立刻看出了不对劲。这几个海军人员几乎没有动，盯着对接舱室，目光空洞，无精打采地左右摇晃着。中尉朝门口走去，其中一个女人缓缓地皱了皱眉头，转过头来，目光随着他的移动而移动。

他用通话器向伊斯拉卡之复仇号回复道："连队指挥部，我们已登上莱什克空间站。有证据表明，亚空间影响了船员。他们的症状比我们自身的症状更极端，可能是由于长时间的暴露。我们正在调查中。"

当那些仲裁者分散开来以保护附近区域的安全时，普拉克萨米德斯和那几个侵略者登上了门外的台阶，来到了控制室上锁的入口处。他们飞起一脚，踢碎了门上的铰链，门被踢飞了，落在里面光秃秃的钢筋混凝土地面上。码头上的船员们慢吞吞地转向新来的人，在他们的脸上幽幽掠过一丝微弱的反应，他们的嘴唇慢慢地嚅动着，好像在努力要说些什么。那个男人歪着脑袋，面部脸色凝重地皱成一团。

"是帝皇的天使吗？"他嘟囔着，向前走了一步。然后他停了下来，傻乎乎地眨巴着眼睛。

维里纳中士在对接坪舱室外用通话器说："中尉，这儿有平民。他们对我们的存在几乎没有反应，没有威胁。"

对此报告，其他小队长也纷纷附和，这证实了普拉克萨米德斯的怀疑。

考虑到船员迟钝行为的影响，他说："连队指挥部，我认为敌人不在空间站里。这种灵魂抑制效应已经充分发挥了威力。无论太空死灵在卡斯帕里尔星使用的是什么武器，这武器现在就在这里，或者一直在这里。"

停顿了几秒钟后，埃斯切罗斯舰长才予以答复："要小心，中尉。如果这种影响从卡斯帕里尔星延伸到这个星系，我们就无法预测它会有多大的威力，也无法预测持续的暴露会造成多大的损失。"

"明白，连队指挥部。全速赶往主控制室。"

埃斯切罗斯上尉回答道："明白，突击指挥部。我们将动身前往支援。等你们得到空间站的控制权后，我就会登上空间站。"

第十一章

莱什克空间站一直是外星系的转运港,它的位置靠近曼德维尔点,在那里,能进行亚空间航行的舰艇可以在星系引力影响最小的情况下到达和离开。星际舰艇会把它们的乘客和货物卸入空间站,而不是进行旷日持久的星际旅行,前往可居住的核心世界。星系驳船和散装货船在港口和俄瑞斯忒斯三号星之间来回穿梭。

当埃斯切罗斯乘坐炮艇机前往主码头与登上莱什克空间站的星际战士会合时,既没有亚空间舰艇,也没有星舰停靠在空间站,但是上尉查看了空间站的外部,没有看到任何损坏的迹象。

一个仲裁者小队在客运枢纽站里等着他,这是一个与主对接臂平行运行的分站,离空间站的质心更近,但远离来来往往的商船。这是一个很小的场所,只能接待几百个到达和离开的人。大多数人是海军的调动、替换人员。

数十人在候机楼周围徘徊,拖着脚,漫无目的地从大厅走到相邻的舱室。

大多数人穿着制服,少数人穿着便装。他们似乎有基本的运动功能,从他们身上还看得出以前行为的样子。埃斯切罗斯能看到两个孩子从一个破箱子里拉开口粮包装袋,把里面的东西乱七八糟地倒进机械咀嚼着的嘴里,口水顺着下巴流了下来。

在他和他的护卫队穿过空间站前往指挥中心的路上,他观察到了更多性质相同的行为。穿着连体工装的工人们在他们的机器周围跌跌撞撞地走来走去,在他们操纵了大半辈子的控制装置上笨手笨脚地摸索着。戴着士官徽章的男人和女人踉踉跄跄地从一个岗哨走到另一个岗哨,嘴里语无伦次地喃喃自语着,绞尽脑汁地想找些话来劝勉和告诫他们无精打采的下属。

鉴于空间站的整体清洁度和其居民的仪容整洁状态,上尉估计,自从噬魂效应在俄瑞斯忒斯星系肆虐以来,最多只过了几天。在伊斯拉卡之复仇号上,受星际战士监督的工作人员仍有可能在严格监督下继续工作,但在这里,似乎纯粹的例行公事是唯一迫使人们行动的力量。

星际战士要走四百码才能到达集合点，他们的通行在这些受尽折磨的人中引起了一些反应。大多数人瞪着眼睛，似乎有意识地向他们敬礼，以表示对他们的到来的认可，但也有几十人无意识地跟在上尉和战士们后面。来到控制中枢的正门后，上尉发现一队仲裁者被数十名帝国海军船员和平民包围着。

那些星际战士正尽力以非暴力的方式驱散人群，但不断有人想要挤到门口，他们被迫用力把那些人推回去。

带领护卫队的中士解释道："换班时间是二十分钟前，上尉兄弟。旁边的船员和警卫都试图到达自己的岗位，但没有攻击性。"

"上尉，到这儿来。"当埃斯切罗斯从门外钻进指挥室时，普拉克萨米德斯发现了他。中尉赫然直立在一个红袍人的前面，这个人身高只及他的腰部。

埃斯切罗斯从六名在不同终端工作的星际战士身边走过，大部分终端似乎和通信器频道一样死气沉沉。

"这是艾斯特克·科尔辛，他是派驻空间站的技术神甫之一。"

中尉朝他那身材矮小的同伴做了个手势："她还算帮得上忙。看来比起她那些有机体更多的同事，她的智力衰退程度要轻一些。"

抬头望着埃斯切罗斯的这个人，身上大多是铜和银铸成的机械部件，红色兜帽下的部分甚至算不上是张脸。一个刺耳的声音从挂在这名技术神甫脖子上的格子盒里传了出来。

"上尉？"即使经过了人工调制，那声音还是显得犹豫而遥远，"上尉？"

"埃斯切罗斯上尉，"普拉克萨米德斯缓慢而大声地说道，"他是我们的指挥官。请带他到通信器的控制装置那里去。"

"通信器？"技术神甫身上响起咔嚓咔嚓的声音，几秒钟后才传来说话的声音，"通信器，请走这边。"

普拉克萨米德斯报告说："来自空间站日志的占卜数据是不确定的。"他们跟着技术神甫来到狭长的控制甲板的另一端。"大约四十七个小时前，出现了一些大规模的中断。可能有敌舰到达，但我们没有检测到亚空间信号。"

"通信器怎么了？"

"有信号传入，上尉兄弟。加密，仅供指挥部阅读。我们还没能找到一位令人信服的空间站官员，不过希望你的指挥置换码能帮我们进入这个频道。"

"我明白了。"埃斯切罗斯停了下来,这时技术神甫用机械爪指着一个由扬声器和转盘组成的小面板,旁边墙上挂着一卷电缆,上面是一个手动拾音器。

上尉发现了闪烁的符文,这表明有频道连接,于是他把密码输入字母数字键盘。符文变成了绿色,照亮了键盘顶部的一根滑动条。埃斯切罗斯把操纵杆完全推开,扬声器以最大音量发出噼里啪啦的声音。那噪声大得吓人,从金属终端和天花板上反弹了回来。埃斯切罗斯把滑动条下移到一半的位置,使通信器中的静电声减弱。又过了几秒钟,他们才听到一个男人的声音:"莱什克空间站?赞美帝皇!活力号逃走了吗?"

普拉克萨米德斯说:"你认为活力号就是那艘试图进行空间转换的舰艇吗?就是那艘亚空间引擎爆炸,让我们得以进行空间跃迁的舰艇?"

"可能是吧。"埃斯切罗斯拿起语音发送器,激活了他的外部地址,"请说明你自己的身份。"

"什么?你是谁?你听起来不像马可或斯克罗利格。"

"我是极限战士舰艇伊斯拉卡之复仇号的埃斯切罗斯上尉,莱什克空间站实际的指挥官。请表明你自己的身份。"

"极限战……在这里,在俄瑞斯忒斯?我们的祈祷能这么快就被听到,荣耀归于帝皇。"

"请说明你自己的身份。"

"上尉,我很抱歉。我是查恩费尔·古瑟,身处俄瑞斯忒斯轨道上的指挥官卢文斯滕的宫殿。"鉴于环境变化引起的意识模糊,那人讲话还比较合乎逻辑,"怎么……?"

"你当前的状况如何?"

"我不明白您的意思,上尉。我没有受伤。"

"俄瑞斯忒斯轨道,你们被占领了吗?受到攻击了吗?"

"还没有,我们的舰队已被驱散或摧毁,但敌人似乎正从轨道的对面靠近,避开了我们。我们其他的轨道空间站和设施已经失去了动力,我们也收到一些断断续续的报告,显示敌人已经登上了一些防御平台。"

"古瑟大师,那个活力号是什么?那是艘舰艇吗?"

"那是一艘帝国海军轻型巡洋舰,上尉。它碰巧在巡逻时停在星系附近。帝国司令官命令他们离开寻求帮助。"

"这艘舰艇在亚空间中进行空间转换时不幸遇难。"通话器里响起了悲伤的呻吟声,"然而,它的亚空间引擎爆炸确实给予我们助力,使我们得以抵达此处。我需要一份即时报告,古瑟大师。"

"我是古瑟男爵,头衔已经不再有任何意义了。已经死了这么多人,我们只是在力所能及的范围内填补空缺,努力维持运转。"

"我需要知道发生了什么事。"

"没人能确定发生了什么事,上尉。三天前,我们开始收到消息,说俄瑞斯忒斯三号星发生了动乱——我们正在围绕这个星球运行。星球地表的人口并不稠密。这是一个农业星球,劳工和机械教修会的人员有几十万。我不知道为什么会有人攻击我们。"

由于伊斯拉卡之复仇号还处于半盲状态,所以从星系原来的居民那里获得尽可能多的情报至关重要。埃斯切罗斯需要确认,他们在星语者幻象中看到的那个幽灵是不是真正的罪魁祸首。

如果是太空死灵族,会给远征军带来新的、可怕的敌人。到目前为止,叛徒一直是基因原体大人愤怒的焦点。

但如果神秘的太空死灵族开始阻隔整个恒星系统,那肯定会比任何数量的敌方舰队更能阻止战斗群的前进。此时,帝国看似正处于最虚弱的时候,异形现在采取行动合情合理,但他们判断错误。在基因原体大人的带领下,帝皇的战士们正在进攻,他们并不是软弱无力、不堪一击。罗保特·基里曼一旦知晓这一新产生的威胁,就会采取措施消灭它,而埃斯切罗斯有幸站在了这场新战役的最前线。

"谁发动了攻击?他们还在这儿吗?向我描述一下敌人的情况。"

"噢,他们都在这儿。"上尉可以听到古瑟正哽咽着强忍住抽泣,"太可怕了,上尉,绝对可怕。大家都开始注意力不集中,就是在工作上走神,感到困惑,认不出别人。当时爆发了打架事件,几架巨型牵引机撞毁了,因为它们的驾驶员对他们正在做的事情失去了兴趣。我们从停在莱什克和科诺瓦外站舰艇上的导航者那里得到消息,他们说,亚空间正在关闭。关闭?关闭是什么意思?舰长们未经允许就离开船坞进行空间跃迁。活力号留了下来,祝福伊柳因指挥官,愿他的灵魂得到宽恕。"

"集中注意力,古瑟!告诉我,是谁在发动攻击?"埃斯切罗斯对这个贵族失去了耐心。他不得不感到疑惑,那些合格的通信器人员到底出了什么问题,为什么古瑟没有被亚空间效应压垮。

古瑟抽泣着回答道:"我们不知道!"通信器噼噼啪啪地作响,连接断断续续,因为有什么东西碰到了拾音器。"他们还没来,但他们已经派了掠夺者到下面这个星球上去了。我们的武器没用了。他们正在下面杀戮一切生灵。没有人挡得住他们。"

"我们能挡住他们。"埃斯切罗斯向这个俄瑞斯忒斯人保证。他将拾音器静音,转向普拉克萨米德斯和那位技术神甫:"我要这个空间站上的每一个系统都无条件地服从伊斯拉卡之复仇号。我们要尽量利用它的通信器和扫描器。我们要找到敌人,我们要攻击他们。"

"是,上尉兄弟。"中尉将拳头举到胸铠上以示敬意,"谨遵您的命令。"他走开了,跟穿着红袍的艾斯特克快速交谈。

埃斯切罗斯再次启动了通信器。

"古瑟男爵,告诉那位帝国司令官,他要立即停止发送一切投降的信息。你们要以一切可能的方式抵抗敌人,必要时用你们的生命来进行抵抗。极限战士是不会向任何敌人屈服的,不管他们有多么奇特。只有具备勇气,才能取得胜利。"

"上尉,你们是来救我们的吗?"那位男爵低声说道,几乎不敢说出这些话,"你们会救我们吗?"

"要我们帮忙,你们首先必须自救。请等待这个频道进一步的消息。"

他以一声咆哮结束了联系,终于发泄出了他对这个软骨头的厌恶。亚空间无效的压抑效应已经全面爆发,但俄瑞斯忒斯轨道上的居民似乎已经找到了某种能减轻这种效应的办法。这可能是取得胜利的关键,但与此同时,埃斯切罗斯需要一些更切实可行的东西。这个星系的居民处于失败的边缘,他需要让他们专注于某种东西,一个信号,让他们相信他们并非失去了一切。作为不屈远征军的先驱,重要的不仅仅是舰艇上的战斗兄弟们,还有他们所传递的信息。这条信息正穿过风暴割裂的星系。

想到这一点,他又一次打开了通信器。

"俄瑞斯忒斯轨道,我是埃斯切罗斯上尉。知道这一点,并把这句话传出去:帝皇并没有忘记你们。"

阿-霍特普饶有兴趣地注视着那个能量小光点，那是外星舰艇离开外星系的轨道结构时她所识别出的。她想知道关于这个狡猾闯入者的更多信息，但又不敢启动任何更有攻击性的传感器，以免引起西姆特的注意。霸主似乎完全不知道这艘星舰的到来，待在目标星球的轨道上，把佐扎尔和他的毁灭者军团部署到了星球地表。

通过回顾太空死灵族舰队的相对位置、星系守军分散的残余力量和以越来越快的速度向内移动的不明舰艇，阿-霍特普计算出她的舰艇在接近不明舰艇的路线上。然而，袭击者如果对他们面对的是什么有所了解的话，那么只要稍微修正一下航向，就可以带他们经过太空死灵族的主力舰队，接近运载共振器的小舰队，那支小舰队在大约半个轨道开外的地方。阿-霍特普做了一些快速扫描和推测，从她的冥想中消除了入侵者，并将影像形成了皮层广播。

"西姆特霸主，我发现了我们舰队演习中的一个潜在弱点。"

她把这条信息发向了另一艘墓穴舰。她期待着菲托斯会予以答复，但当她的皮层投影被另一艘舰艇抓住并拖进马斯塔巴指挥部时，她感到很吃惊。虽然她的肉身还在她自己的舰艇上，但当他们把她转移到在风暴之鹰号的旗舰将官专用艇上的强光传真上时，阿-霍特普感觉晕眩了一会儿。她低下头来承认霸主的地位，发出臣服的波动。

"弱点？"西姆特发出嘘声，"你说的弱点是什么？"

"如果阁下能允许我与您的系统进行一次简短的接触，我将演示给您看。"

西姆特对这个请求考虑了一会儿，让她等待纯粹是出于恶意。最后，他点头同意了，并将皮层连接延伸到墓穴舰的主要阵列上。阿-霍特普把她自己舰艇上调整后的数据传给矩阵，让影像活灵活现地出现在霸王和他的皇家典狱长面前的空中。如果敌舰的指挥官认定黑石制品是目标的话，有两条线相当清晰地显示出绕过第四行星向共振器靠拢的畅通无阻的路线。

菲托斯说："他们的星球正受到直接攻击。你真的认为人类会看到攻击一艘遥远的、不明身份的舰艇的价值吗？"

"我说的是潜在的弱点，大人。"阿-霍特普把她的解释直接告诉了西姆特，因为她知道西姆特比他的副手更容易感到困惑和怀疑，"这也许没什么，但共振器对我们的行动至关重要。"

"我们不能失去它。"西姆特点了点头，表示同意。

"由于您禁止我参与主攻，我谦卑地自愿将我的舰艇撤退到一个可以让您拦截敌人对共振器进行攻击的地点。"画面晃动了一下，被另一个投影所取代，这个投影上显示的是阿－霍特普的墓穴舰，以及通往保护黑石共振器及其运输舰的势力范围的脆弱通道。"如果剩余的人类舰艇发起最终注定要失败但可能给我们带来不利的进攻，这样也许足以阻止其攻势。"

菲托斯说："你以为你的护航舰会跟你一起走吗？你的缺席削弱了我们舰队在第三轨道内的实力。"

西姆特宣布："这里没有什么能威胁到我们，菲托斯。我们一旦获得了这颗行星的主导权，就会向正在抵抗虚空牢笼的轨道空间站发起攻击。这次我们要确保在将共振器移入射程之前，在星球地表或轨道上没有反舰武器。我批准你的计划，等离子体术士。把你的舰艇和舰队移到指定的位置，随时准备接受进一步的命令。"

阿－霍特普垂下头来，以示恭敬："我会把我的扫描程序留给您研究。"

当她把数据流送到风暴之鹰号旗舰将官专用艇的传感器库时，阿－霍特普还在标准数据中隐藏了一个极小的协议。这是数据流中的一个微小褶皱，刚好足以在墓穴舰的传感器阵列中传播一个宇宙奇点的盲点。这个盲点与外星舰艇的能量特征及其可能的接近路线相一致。

"按我的吩咐去做，你会发现自己重新得宠了，阿－霍特普。"西姆特告诉她，举起一只手，打发她离开了指挥室。

"我的存在只是为了侍奉萨雷赫王朝，大人。"

她从通信矩阵中分离出来，她的意识重新回到肉身中。她能感觉到她的舰艇和随行舰艇的指令协议已经发生了改变，新的协议允许她脱离轨道，飞向第四颗行星。她立即启动了驱动装置，并在蓄积能量的过程中，利用这个时机从她的舰艇发出一道脉冲能量波，这是一种低频辐射振动，突出了她的航向和舰队其他成员的位置。在其他舰艇看来，这只是一次简单的导航检查，但阿－霍特普希望它还能起到另一个作用。

算是某种邀请吧。

直接行动的前景让涅米图斯兴奋不已，也使伊斯拉卡之复仇号上的人情绪高涨。不过随着他们在星系内部移动，越来越接近围绕俄瑞斯忒斯三号星盘旋的外星舰队，高涨的乐观情绪逐渐平息了下来。在他们捕捉到从驶离的异形战舰上意外爆发的能量的过程中，涅米图斯一直在操控传感器库。虽然他尚不清楚封锁舰队的确切构成，但正在离开的舰艇的尾迹中产生了能量涟漪，泄露了舰队的总体布局。有了这些信息，技术神甫们就能规划出一条航线，最大限度地扩大巡洋舰对接近星球的覆盖范围，在环绕轨道飞行的舰队被俄瑞斯忒斯三号星遮住的情况下，尽最大努力推动引擎，使舰艇在异形有可能存在的接触线上，只利用现有的动量穿越到内部星系。

　　星语者费杜阿里斯的苏醒是命运好转的另一个迹象。他虽然还未完全恢复健康，但仍能在一定程度上协助导航员勘测亚空间抑制效应，使用他们的感官和短时"定位"广播来测量该效应的反射率。他们越接近敌人的舰队，这种力量就越强大，但传播的方式很特别，这与来自亚空间面的影响相反。涅米图斯并不清楚这有什么意义，幸好当巡洋舰逼近轨道上的敌舰时，埃斯切罗斯就这个问题召开了一次简短的会议。

　　当涅米图斯、普拉克萨米德斯、费杜阿里斯、科莎和奥洛里斯聚集在前厅后，上尉开始说道："说说敌人的最新消息，普拉克萨米德斯。"

　　"轨道上的敌舰没有任何动静，说明他们意识到了我们的存在，或者至少他们觉得受到了威胁。该星系的防御监测器一直在承担一个新的任务，即向星系外移动。这使得辅助舰队离主力舰队的距离更远了。"

　　埃斯切罗斯说："完美。"他微微一笑，瞥了涅米图斯一眼。

　　"可能太完美了？我们现在不能大惊小怪，我们的选择非常有限。科莎，进行空间转换到亚空间的机会有多大？"

　　"几乎不可能，上尉。"这位导航者沮丧地说。她双手十指相抵成塔状，继续说道："该星系重力场的覆盖范围不完整，远不如我们在亚空间中遇到的那么一致。这可能是受到了行星天体自身的影响，也可能是异形使灵魂迟钝的方法不完善，或者仅仅是一个人为的定位。"

　　涅米图斯说："这到底是什么意思？"

　　"我们有理由假定，这种效应的扩散不一定是均衡的，也不一定是几何级的。"费杜阿里斯说道，他空洞的目光转向了中尉，"因为从我们当时前进的方向来看，我们可能遇到了更完整的灵魂迟钝区域，而我们现在所处的区域，嗯，还在建设中。看来异形的舰艇是造成这种影响范围的部分原因。"

上尉说："所以你还是同意我们目前的目标？"

"的确如此，上尉。"科莎点了点头说道，"我们如果能够消灭敌人的主力舰，那就应该能消除负面影响，希望能在整个星系范围内消除。"

埃斯切罗斯说："那我们就按照商定的计划继续去做吧。"

"我有一个提议，上尉兄弟。"涅米图斯说道，意识到这将是他提出想法的最后一次机会了，"我将率领一支部队前往俄瑞斯忒斯三号星的星球地表，对抗已经发生的异形攻击。"

"怕你跟我一起留在舰艇上会错过一些活动吗？"普拉克萨米德斯短促地笑了一声。

"我们并没有充分利用我们的资源，上尉兄弟。"涅米图斯继续说，恼怒地朝他的同伴瞥了一眼，然后把注意力重新转回上尉身上，"如果你坚持要亲自领导登舰行动的话……"

"我坚持。"

"那么，我们的舰艇上仍将拥有相当多的后备队。我们没有足够的炮艇机，无法一次运完所有的星际战士。在伊斯拉卡之复仇号上能做的事情不多，但在星球地表，我们可以大有作为。"

普拉克萨米德斯说："这么说，你已经想清楚了，兄弟？你希望在星球地表上达到什么目的？"

"三个目的。首先，我们必须在轨道空投范围内与敌人交战。部署军队到星球地表，将掩盖舰艇前进攻击敌人舰队的意图。空投攻击可以迫使敌人调兵遣将，形成更易受攻击的阵形。其次，敌人如果希望支援地面部队，或试图移动地面部队，就必须留在轨道内。这将束缚他们对虚空攻击做出反应的能力。他们已经被星球另一端轨道宫殿的存在困住了。"涅米图斯停顿了一下，不确定是否应该提出他的例子。他决定即使受到指责也是值得的："这和那艘叛变的掠夺者级战列舰对付我们的伎俩是一样的，用敌军兵力牵制住我们。"

上尉提示道："你之前说过有三个目的，涅米图斯。"

涅米图斯不知道接下来的部分到底该怎么表述。他决定直截了当地说，尽量讲得清楚些："把我们所有的力量都投入到一次行动上是不明智的，上尉兄弟。如果对主力舰的攻击失败了，我们就有必要进行持久战。我们的存在将加强防御。我们已经看到，不仅我们的军事潜力能消灭敌人，我们对抗迟钝效应的毅力也会影响到我们周围的人。等我们在这儿待上一段时间以后，空间站的工作人员就能做出更充分的反应。我的部队将催化出更强大的抵抗力量，并充当反击的焦点。"

普拉克萨米德斯说："计划合情合理，兄弟。我为我的调侃感到抱歉。"

"过去的行为成了笑柄，兄弟。"涅米图斯笑着承认。

上尉说："即使我的攻击成功了，在一段时间内，我们也可能无法救回你们。你们一旦部署好，在战役的有效期内，就只能靠自己了。"

"我明白了，上尉兄弟。"涅米图斯举起一只拳头抵在胸前，"你批准我把剩下的小队集结成一支攻击部队吗？"

"我批准了。"

普拉克萨米德斯说："我们将在一小时内进入空投范围，兄弟。帝皇的力量与你同在。"

当其他人继续讨论行动的细节时，涅米图斯离开了。当他大步走过战略厅走向第二道门时，他通过通信器联系上了埃克斯尔洛里亚牧师。有些对抗异形的精神支持，是很受欢迎的。

生命正在从这个星球被清除掉。佐扎尔欢迎每一次死亡，不是因为死亡本身，而是因为这是他迈向最宏伟的目标的一步——消灭所有有知觉的生命。每一个个体的存在都是整体中微不足道的一部分，被遗忘的死亡是无法复生的。他曾是那些试图避免这种命运的人中的一员，但他们已经失败了。这种存在既不是生，也不是死，而是一种地狱般的折磨。

这就是他的使命，荒蝎领主像使用自己的武器一样冷酷无情地驱使他的奴隶战士。他的毁灭者们都是单一的实体，被共同的杀戮欲望所驱使，受他意志的支配。被这种命运束缚在一起，佐扎尔就是他们中的每一个个体，他们即使就是他，也是无关紧要的东西。

事实证明，这个星球是个麻烦的狩猎场。在匆忙开始屠杀的时候，西姆特并没有认真地做准备。人类分散在世界各地，在部署时，佐扎尔的部队几乎没有考虑过如何跨越四大洲和三大洋追捕猎物。

荒蝎指挥官把他的军团分散成若干个狩猎队，每支狩猎队都由荒蝎、战士、掠袭者、毁灭者组成。他们被赋予了自主权，可以找到并杀死他们发现的任何生灵。佐扎尔利用这些侦查小组找到目标最集中的地方，然后在那些地方集结优势兵力。虽然他不可能每次屠杀都在场，但通过将堕落军团联系在一起的地穴技师网络，展示了他的影响力。他可能身体在另一个洲，但在思想上，他就在当场，通过被他的要求所奴役的协议主导屠杀。

现在，他的部队已经到达了一个集结基地，在那里货物被聚集起来运送到轨道上。它很大程度上是自动化的，巨大的星际电梯在与空车一起上升和下降，操纵它们的工作人员因虚空牢笼的影响而分散了注意力。不过在这里，它对灵魂的冲击力没有那么强。几百名全副武装的人类在基地的外墙集结起来，形成近似防御的力量，簇拥着某个教派领袖。那个教派领袖身穿华丽长袍，头上戴着顶高高的帽子，挥舞着一根法杖，法杖顶端饰有猛禽装置。佐扎尔听了听那激情四射的演讲。在他听来，那个人的讲道词似乎只是些陈词滥调，但那些人类为之动容。更确切地说，这种激励性的演说似乎能驱散演讲者附近虚空牢笼的影响。

事态的发展很有趣，但仅此而已。

佐扎尔命令此处的军队兵分两路。第一支是战士方阵。他派这些部队直接去攻击定居点，把守军引到城墙的一侧。他则指挥速度更快的毁灭者和荒蝎围着城墙绕来绕去，寻找可利用的薄弱点。

当他进行这些远距离的操控时，他的物质形态正卷入一场更直接的冲突。一群人类把他们自己关在一个仓库里。他们用大型地面车辆堵住了入口，用做工粗糙但精确的子弹发射器守住了上层窗户。佐扎尔只带了他第一梯队的荒蝎精英——二十名三足战士，他们装备有各种远程能量武器和维度相位剑。

他确信，这就够了。

他一心多用，让自己的意识同时监控两场战斗，同时监测着世界各地的其他战事进程。在他上方的守军连续向下开火，枪口喷吐出明亮的闪光。

一道由密集光束组成的坚固光墙从升降机设施的周围立了起来。他的战士方阵开始了不间断的行军，四十名战士齐步前进，高斯步枪准备就绪。嗡嗡作响的反引力马达将毁灭者带到了高空，而他们的荒蝎盟友则在毁灭者身后笨拙而迅速地奔跑起来。

佐扎尔向人类举起了光束加农炮，当他的武器协议记录下他们的位置时，每个人类的上方都出现了目标符号。他一边向前奔跑，一边开火，蛇形闪电从武器上发射了出来，把每个目标都变成了消散的粒子云。他的荒蝎部下也跟着他一起开火，向守军发射了一排明亮的绿色光束。子弹嗒嗒作响地打在他的身上，有几颗留下了伤痕，但在活体金属的躯壳恢复原状后，这些伤痕就消失了。佐扎尔放大光传感器，窥见有几件重型武器被架设在屋顶上——它们目前还在他的加农炮射程之外。他向荒蝎守卫发出了警报，但他们除了注意火力弧线外，什么也做不了。

现在，战士方阵已经进入了升降机站的城墙范围内。翡翠色的闪电和红色的激光脉冲交织在一起，把空气变成了能量的万花筒。到处都有战士倒下，他们被数次同步攻击命中后不堪重负，活体金属复原的速度不够快，无法维持生命系统。城墙上的伤亡要多得多。高斯闪电沿着城墙爬行，后面留下了原子散射的痕迹。在多枚高斯炮弹的轰击下，抛射更大的炮弹和快速发射光束的炮兵阵地沉寂下来。

在他的右侧，一枚导弹突然发出刺耳的声音启动了，从仓库的屋顶上飞射而下。他手下的一头荒蝎动作太慢，没能躲过这一击，被导弹击中了躯干。在激烈的化学反应下，荒蝎的附肢从身体上飞了出来。那头荒蝎试图继续前进，但剩下的两条腿无法保持平衡。那头荒蝎仍然充满了杀戮的欲望，用剩下的一只前肢拖着自己向前挪动，皮层场里脉动着对生者的仇恨。

佐扎尔被其他荒蝎紧紧簇拥其中，来到了一辆大型地面运输车的掩体处，这辆车之前一直停在入口对面。

他调整了一下自己的体形，开始沿着履带式机器平坦的侧面往上攀爬，一边开火，一边爬过驾驶室，爬上一个较低的车顶。荒蝎们跟在他后面，从更高处的有利位置发动了新一轮的火力攻击。更多的导弹和子弹扫向它们，使它们的数量又减少了两个，爆炸把残破不堪的遗骸从运输车上抛了出来。

这里的抵抗比佐扎尔预想的还要激烈。他怀疑其中有一个或多个激情四射的演说家，激励着守军鼓起勇气，截断了虚空牢笼的场域。他跳向墙边，爪子扎进多孔的材料，以确保他能垂直前进。现在，就在正下方，他的荒蝎们沿着墙壁向两边散开，以清理彼此射程之内的敌人。对于守在窗户旁的那些人来说，太空死灵是更难对付的目标，而且守在屋顶的人几乎看不见他们。

升降机站的侧翼部队几乎已经就位。第二道分送闸板位于与主攻方向成直角的位置，提供了一个绝佳的机会，使他们可以闯入设施内并从内部攻击守军。佐扎尔正准备命令他们前进，这时荒蝎节点统帅的传感器发来了信息。

荒蝎阿玛宏－毁灭：接收到来自轨道飞行器的输入信号。

荒蝎弗托瑞恩－大量毁灭：探测到敌人存在。来袭的飞船已进入大气层。

荒蝎阿玛宏－大屠杀：根据轨迹估计，着陆点在我们的位置。

荒蝎集群－想法：继续杀戮序列。生者必须被灭绝。

佐扎尔到达最低的那排窗户，把他的原始场集中在周围的环境上。他的相位剑削断了离他最近的人类伸出的手和武器，就在荒蝎领主把他的庞大身躯重重压进室内之前的一刹那，他周围的玻璃和木制框架爆开了。他的动量推动着他向前冲去，金属的爪子在瓷砖地板上打滑，那个人类的身体倒在他庞大的身躯下。守军正把武器对准佐扎尔，但这让他们对从两边冲进宽阔大厅的其他荒蝎毫无防备，荒蝎的枪支将敌人化为乌有，它们的剑十分锋利。

杀光他们。

佐扎尔将一只脚刺进了一个猛冲过来的人的胸膛，活体金属比任何手工或机器打磨的刀刃都更锋利。那个人难以置信地瞪大了眼睛，生命之血从伤口中喷涌而出，沿着刺穿了她身体的银色剑刃毫无阻碍地滑了下来。佐扎尔让他的爪子滑落下来，用他的相位剑用力一挥，斩下了她的头颅。剑刃沿维度移动，其边缘闪烁着光芒，让受害者的硬化胸甲护颈完全没有用武之地。她的头滚向一边，她的身体砸在了佐扎尔脚边的地板上。

毁灭者已经撞穿了基地的第二道门，荒蝎们在后面紧追不舍，目标是驻扎在两边警卫塔上的敌军小队。从上方迫近的能量信号越来越强烈。佐扎尔控制了一个毁灭者，让他绕着重力羽流旋转，这样佐扎尔就可以仰望天空了。

一簇火红的圆点越来越近。

他的后胸区域突然受到冲击，迫使佐扎尔把自己的皮层场集中回他的物质形态。一件具有某种威力的浓缩光武器击中了他，削掉了他主要躯体的一部分。躯体熔化的残留物咝咝作响，在地板上变成了一摊液体，无法重新与原身合并。尽管如此，他还是向冥工随从和地穴技师的保镖发送了一个信号，他们聚集在外面照料受损的荒蝎战士。当他的毁灭者同伴在满是机器的大厅里横冲直撞的时候，佐扎尔把光束发射器对准了那个重武器炮手。一声爆炸巨响把人和加农炮都炸成了消散的分子。

快速的传感器扫描证实，人类的抵抗力量已经溃不成军。能量读数显示，有一些人还在坚持，但大多数已经死亡，或者试图逃跑。他取消了所有的桎梏协议，允许他的荒蝎战士自由追击。这些战士们的杀戮欲望就是他们现在唯一的必行之事。

佐扎尔将他的意识导向升降机设施，来袭的轨道飞行器几乎已经到了碰撞点，他对现在的事态发展不太有信心。

第十二章

　　在佐扎尔清除这个星球上的敌人时，西姆特并没有改变时间流，而是在用回忆和白日梦消磨时间。通过想象成回忆，他在脑海中描绘着那些盛大的节日，那时寂静之王召集了他的全体朝臣，天空被持续旋转的多色显示屏照亮。

　　这是一种很受欢迎的分散注意力的方式，他可以暂时忘却到处传播的阳光－枯萎病正在令他们的子民残疾。在挂着花环的城墙之外，整个城市弥漫着不满情绪，只有残暴的菲托斯和他的狱卒才能控制住这种情绪。伟大的思想家们在高高的塔楼里努力研究治愈肆虐所有帝国的疾病的方法。这种疾病能吞噬肉体。

　　对少数特权阶层来说，他们只需要从一个黎明到另一个黎明，就能从苦难中解脱出来，为另一个轨道的幸存而感恩。

　　终有一日，他们会从太阳的诅咒和灵魂的窃取中解脱出来，回归肉身。国王将来举行的庆祝活动，会使新年宴会看起来像农民的春日盛宴。当他站在寂静之王萨雷赫的肩膀上，他的恒星王国由他亲手打造，西姆特将成为一个比任何人都更伟大的领主。

　　"星辰之主，胜利之鹰，王朝之太阳。"菲托斯的陈词滥调犹如一道雷霆劈在西姆特的阅兵式上，让他猛地一下回到了墓穴舰荒凉的现实中。

　　"为什么你一定要扰乱我的沉思呢？难道我就不能平静地思索宇宙的奥秘吗？"

　　"抱歉，大人，但您应该监控边界巡逻队之间的交流。"

　　"很好，把它转移到我的皮层场转播中。"

　　纳塔伦之星 4 号三桅战舰：探测到不明身份的舰艇。

　　纳塔伦之星 1 号三桅战舰：资格声明。

　　纳塔伦之星 4 号三桅战舰：发现不明身份的舰艇正在接近航线。

　　纳塔伦之星 3 号三桅战舰：荒谬，这儿没有，那是从哪里来的？

纳塔伦之星1号三桅战舰：你在说什么？中央扫描场确认，没有不明身份的舰艇，是某种折射故障。重新校准传感器，你们这群笨蛋。

纳塔伦之星3号三桅战舰：它就在那里，我能感觉到。原生质信号，人类设计。

纳塔伦之星4号三桅战舰：我能清楚地探测到它。它似乎不怀好意。

惊慌失措的西姆特略过菲托斯，直接与三桅战舰中队互动，把皇家典狱长的意识甩到了一边。

"在哪里？"他逼问道，通过墓穴舰的矩阵过滤护航舰的传感器数据，"你们看到了什么？"

什么也没看到。正如中队长猜测的那样，这是一个小故障。

菲托斯重新在矩阵上确认了自己的存在，说："他们进一步报告了敌舰来袭，万军之主。我们根据报告进行了三角定位，但它并没有直接显示在我们的扫描网格上。"

"不可能。"西姆特在他的王座上向后退缩了一下，同时从连接中退了出来，"人类并不具备那种技术。"

"他们的技术进步一贯是孤立的，天国之鹰。也许这是一艘独特的舰艇，是一种实验性的设计？"

西姆特逼问道："它现在在哪儿？"他从菲托斯那里提取了数据，扔到主显示屏上。

一艘几乎跟墓穴舰一样大的舰艇，已经从星球的远端越过了轨道的门槛，现在正在高速逼近。

"某种艾尔德人的巫术，是人类偷来的，还是艾尔德人自愿传授的？"霸主一边思考，一边重新校准传感器扫描，以便从舰队的第二艘舰艇上提取数据。

皇家典狱长说："我探测到了一个小小的星卜术的存在，但没什么大不了的。我建议让所有武器备战。"

西姆特厉声说："去处理吧。"他还有更要紧的事情要操心。如果人类和太空死灵的远古敌人结盟，那他们构成的威胁远远大于一艘敌舰。

菲托斯说："护航舰队需要指示，八印章之主。其他的敌方星舰正在接近。护航舰队要不要发动攻击？"

"不，我的舰艇应付这个入侵者绰绰有余。我们不要浪费多余的舰艇了。

让他们撤退，我们一旦控制了这个入侵者，就让他们准备反击。"

在皇家典狱长的催促下，护航舰在猛冲过来的敌人面前撤退了，在撤出武器射程后，绕到了敌舰的后方。

菲托斯宣布："敌方的武器正在瞄准我们，大人，有能量光束、聚焦等离子体和大口径化学反应加农炮。"

"就这些吗？"

枪炮齐射，沿着右外侧的曲线击中了这艘墓穴舰，将激光和炮弹射入了暴露的结构中。人类舰艇的主炮塔开火了，一发高射速的炮弹砸进了最初攻击所造成的伤口上。西姆特像受伤了一样畏缩了一下，不过他与这艘舰艇的皮层场联系纯粹是单向的。

修复协议迅速付诸行动。活体金属从破损的甲板上冒了出来，冥工服务者冲向损坏现场。

"用所有的武器阵列开火。"霸主命令道，指着显示屏上的运动痕迹，"把他们从星空中抹杀掉。"

能量中继设备横跨墓穴舰发出火花，为光束发射器和维度爆裂收集能量。绿色的辉光从舰艇的表面迸射出来，通过武器系统的缝隙聚结，喷涌出绿宝石色的能量和叉状的宇宙闪电。破坏性的能量风暴击中了来袭舰艇的中部，像碧玉色的火花一样从来袭舰艇的防御屏障上四散开来，四分五裂的能量爬满了护盾亮着紫色光芒的边缘。之后，星卜术之力在余波中陡增。

菲托斯报告说："目标数据泄露了，大人。没有直接命中。他们的星卜术场域吸收了输入的能量。看来在虚空牢笼内，他们护盾的工作效率更高了。"

敌舰穿过渐渐消逝的火光，径直冲向西姆特所在的方位。

空投舱的攻击舷梯倾斜打开，将一股被逆向推进器烘烤过的空气吹进舱内。当舷梯撞上烧焦的地面时，涅米图斯已经解开了安全带，手里拿着盾牌和手枪。靴子铿锵作响，他率领着仲裁者小队走出去，来到俄瑞斯忒斯三号星的地表。他们并不是第一批登上行星的人。这一荣誉已经落到了摩托车警卫小队的头上，他们的吊舱经过特别改装，已经把他们的战斗摩托车停在了半英里之外，越过了另一支太空死灵部队。即使在此刻，他们也在空间电梯站周围盘旋，以评估主要防线的情况。

又有半打空投舱砰地砸落在登陆的极限战士周围，每个空投舱都把一小队新来的战士投放在升降机设施周围杂草丛生的草地上。推进器最后一次喷射的小火苗在灌木丛中蔓延开来，轨道降落造成的热霾中汇入了丝丝缕缕的烟雾。

"中尉兄弟，敌人正在加紧进攻。"那名带着远程鸟卜仪的仲裁者盖哈利乌斯兄弟说，"敌人尚未对我们的登陆做出回应。"

埃克斯尔洛里亚兄弟在通话器中说："我们会让他们为这个错误付出沉重的代价。"这位牧师在那群侵略者的陪伴下逐渐走近，他们的火焰喷射器换成了快速发射的爆矢风暴拳套，后一种武器射程更远。侵略者的首领维莱赫特兄弟身穿笨重的格拉维斯装甲，装甲的肩上安装了碎片风暴榴弹发射器，显得他体形更为庞大。

不到十秒钟，突击部队就集结在涅米图斯这里，并向着二级门破碎的废墟行进。升降机设施操作人员要求援助的呼声引起了涅米图斯对他们困境的关注，埃斯切罗斯同意涅米图斯的看法，即保持一部轨道电梯的正常运行本身就是一项战略目标。它是整个星球上为数不多的几个相对可以防御的阵地之一，这使它成为空投攻击的明显选择。

"我们会迅速报复的。"埃克斯尔洛里亚喊道，此时星际战士们正全速冲向城墙上的缺口，武器扫描着壁垒，寻找敌人的踪迹。当他们到达被分解的金属废墟，本来是二级门所在之处的时候，他们没有放慢脚步，而是高速向里面推进。里面的地面已经被钢筋混凝土封住了，在外墙和主楼之间有一段大约一百码的距离，巨大的空中电梯就在这里上升和下降。盖哈利乌斯带着他们沿着热信号的痕迹走向最近的航站楼。除了在离大门几码远的地方有一把废弃的激光枪外，这里没有任何守军的踪影，但在院子另一边持续不断的战斗的喧闹声中，他们可以听到低沉的喊叫声和零星的激光枪开火声。

他们走到一排运输车前面，运输车平坦的背部仍然堆满了准备进行轨道运输的集装箱。涅米图斯示意大家停下来。在不需要任何指挥的情况下，这些小分队左冲右突，闯入了周边防线，他们的爆矢步枪和突击武器已经准备就绪。涅米图斯可以看到，运输车的有些部分不见了。有的底盘和发动机组上被挖出了整齐的弧线和近乎完整的球体，而有的则缺少了整个面板或履带。

仍然没有血的迹象，虽然在涅米图斯的热成像下，被丢弃的能量包是温暖的橙色。这证明了敌人在这个阵地长期和近期以来均有防御。

涅米图斯告诉他的指挥官："是某种相场或衰变光束，我们的盔甲可能无法防御这些武器。你们千万要警惕。"

他们以小队为单位前进，互相掩护，穿过了外围运输园区的其他地方。一道网状铁丝网提供了第二道屏障，但它已经被撕裂了，连接处被武器切断，每根铁丝断掉的末端都完美而闪亮。

"敌袭！"盖哈利乌斯的喊声仅仅只比发动机的呜呜声早了一秒钟，三个掠袭者结构体嗖嗖地在最近的建筑物屋顶的拐角处呼啸而过。

它们每一个都是半人马骷髅，但身体上没有腿，而是携带着两行球状反重力发射器，这些发射器闪耀着碧绿色的能量，它们转向星际战士的目镜也是如此。双管加农炮噼里啪啦地响了起来，但这些极限战士开火的速度更快，一排排的爆矢弹呼啸着飞上天空，迎向来袭的异形。子弹在异形身上爆炸，削掉它们身体上的金属，打得一个异形旋转着飞向地面。其他异形扭身摆脱掉枪林弹雨，进行还击。

翠绿色的光束猛然切下，汇聚在率领突击小队的塞科拉身上。涅米图斯难以置信地看着这名极限战士被闪闪发光的绿色能量笼罩住，那能量剥离了他的盔甲，剥开了他的皮肤和下面的黑色头胸甲，最后熔化了他的器官和骨骼。刹那间，他从一名全副武装的武士，帝皇最精锐的战士之一，变成了飘浮在微风中的油腻蒸气。

"毁掉这些邪恶可憎的东西！"埃克斯尔洛里亚咆哮着，向异形冲去，"让这个世界免受异形的诅咒吧。当你举起武器的时候，带着你的愤怒，让你的仇恨指引着目标，那比任何瞄准器都更有把握。不要害怕敌人的力量，你的意志比任何可恶的敌人都要强大！"

被击落的太空死灵开始还原，从倒下的地方撑着身体直立起来。

"那些违抗帝皇意志的，不会长久！若对帝皇怀有敌意，最公正的惩罚就是死亡！死亡！"

牧师的爆矢步枪向异形吐出了炽热的子弹，维莱赫特兄弟也突然掷出了一波手榴弹。在爆炸的羽流中，侵略者疾风骤雨般速射了一波爆矢弹，将异形就地撕成碎片。

"集中火力。"涅米图斯命令道，用他的等离子体手枪对准了来袭的掠袭者。

他扣动扳机，一颗蓝色能量的脉冲球击中了目标的正中心。微型恒星的力量炸穿了异形，蓝色的火焰喷泉从一团熔化的液滴中喷涌而出。爆矢弹把翻滚的尸体和第三个飞行的战士炸成了碎片。

"地面上还有更多敌人。"盖哈利乌斯警告道。那个仲裁者转过身来，一只手持鸟卜仪，另一只手拿着爆矢步枪，对准最近的航站楼残缺的大门狂喷子弹。出现的异形看起来像是会飞的生物，但它们用三条细长的腿大步向前行走，尖爪撕裂了地面。

从这些行走的异形的武器中，跃出新的一波碧绿色能量，整整齐齐地切开了卡利乌斯兄弟和得墨忒耳兄弟的身体。前者失去了一条腿，后者被光束从胯部到肩膀一分为二。其他的仲裁者训练有素地用密集的火力回击，在他们之间发射出连绵不断的爆矢弹。异形被打得跟跟跄跄，但没有被枪炮齐射杀死，它们在火焰风暴中不退反进，奋勇向前。

涅米图斯猛地向前冲去，在接近的时候，又用等离子体手枪开了一枪，他的盔甲告知他，埃克斯尔洛里亚从右边向他靠拢过来。其中一个太空死灵倒下了，残缺的身体似乎蒸发了，被碧绿色的光从内部吞噬。

"尸体在消失！"维莱赫特兄弟呼喊道，他指的是那些掠袭者魔物。

剩下的太空死灵冲向迎面而来的星际战士。一把银边剑在涅米图斯的视线中一闪而过，朝着他猛击而下，他在最后一刻奋力举起了盾牌。冲击力震得他的手臂发颤，但风暴盾牌的能量爆发牵制着异形的剑刃停在了那里。他以同样的方式做出了回应，用他的动力剑向上挥去，剑尖在那只异形两只前腿之间命中了活性金属铸就的躯干。埃克斯尔洛里亚的一声呼喊几乎让涅米图斯分心，但他继续前进。他闪避过下一次相位剑的挥击，将武器沿着敌人的躯干拖动，完全斩断了敌人的腰部。

和其他异形一样，它在倒下的时候也化为乌有，在落地之前，一阵噼里啪啦作响的翠绿色能量把它的部件吞噬殆尽。

埃克斯尔洛里亚狂吼道："毫不留情！"

涅米图斯转过身来，看到埃克斯尔洛里亚被四名仲裁者簇拥其中，他们的爆矢步枪持续不断地开火，击退了一个三足的敌人。牧师单膝跪地，在不远处是他的一只手，手上还紧握着他的奥秘牧杖。那只手被整齐地从肘部下方的位置斩断了。鲜血从受伤的肢体上渗出，在牧师黑色的盔甲上干涸，弄脏了他的蓝色腰带。

"兄弟们！协调火力，"涅米图斯又用等离子体手枪向异形发射了一波子弹，喊道，"压制并摧毁！"

最后一只异形倒在了猛烈的火力攻击下，它那不断变化的、可再生的活性金属身体无法维持原形了。随着一声咆哮般的威胁，异形在一阵能量的爆裂声中消失了，在它身后的地面上留下了一道能量的涟漪。短暂的暴力过后，这里安静了下来，但涅米图斯没有时间去放松或者庆祝。另一边仍然响着持续的枪声。涅米图斯找到了盖哈利乌斯。

"还有别的读数吗，兄弟？"

"有多个生命信号，有些强烈，有些微弱。在东北区检测到交织在一起的异形信号。"

涅米图斯用通信器对摩托车警卫的小队长说："维奥兹中士，汇报你们的现状。"

当通信器启动时，响起了摩托车警卫的战斗摩托车引擎发动的隆隆声。

"敌人已经攻破了主要城墙，中尉兄弟。大规模的步兵，目前没有援军。防守者正在后撤。他们如果放弃太多阵地，就会溃不成军。我们正在进驻支援。"

"明白了，我们会尽快会合。"

原铸星际战士已经开始对周围地区进行扫荡，但涅米图斯把他们叫了回来，下达了重整队伍的命令。中尉检查了遥感勘测。三名战士失踪，被异形的光束肢解了。埃克斯尔洛里亚站了起来，从他的断手中取回了他的奥秘牧杖。

牧师咆哮着："公义和正义将属于我。带路吧，兄弟。"

第十三章

在检查了舰艇上的数据存储以获取关于敌人的情报之后，埃斯切罗斯只找到了零星的传闻。太空死灵是最近才出现的威胁，似乎从天而降，现在却存在于帝国的各个角落，与他们的战争无论胜利还是失败，都没留下什么证据能证明他们的存在。亚空间中没有显示他们的存在，他们的身体是人工结构体，然而灵能者专家坚持认为在某种程度上他们是有生命的，而不是来自黑暗科技时代的某个余孽。他们的标准武器很可怕，能够将目标剥离成分子，而他们的自我修复能力使他们像星际战士一样强悍，很难对付。

埃斯切罗斯对他们的星舰了解得更少，但单从规格上看，很明显，在旷日持久的决斗中，星际战士的巡洋舰不是这艘星舰的对手。用打了就跑的闪电攻击来破坏一个重要的星系似乎是其最明显的战术，尤其是上尉考虑到最近战士们在这种行动中的经验。

把敌人逼到登舰位置相当容易，上尉对此感到惊讶，他们仿佛对威胁一无所知。在伊斯拉卡之复仇号开火之前，异形不仅没有对这艘突击巡洋舰的存在做出反应，而且还被迷惑了，他们在虚空中飞驰时，根本没试图与那些炮艇机交战。

他宣布道："突击部队，降落路线的最后一个导航点。"同时，领头的那架炮艇机，也就是他所乘坐的飞行器，突然转向主力舰船体侧面气泡边缘状的裂缝。修复机制正在进行，密封住那奇怪的金属外壳，就像在治愈伤口一样，但是由于轰击加农炮和炮台的联合轰炸，舰艇上还留有一个大约五十码宽的缺口。

运动传感器检测到了在缺口处劳作的职蚁魔物，它们被来袭炮艇机的重型爆矢枪和火箭弹一扫而空。上尉的突击小队步调一致地落地，从缺口处迅速前进，向着背侧四角方块状的上层建筑一路行进，上尉认为那里是引擎和控制系统。

登舰部队首先遇到的是一些小型伺服魔物，它们不比伸出来的手大多少。他们使用爆矢弹和战斗匕首很快地解决了它们，但随着星际战士的推进，敌人数量激增，在地板、墙壁和天花板上一波一波地到处快速乱窜。在他们周围，像昆虫一样的结构体和破碎的幽灵生物相互照应。仍然运作的死灵自动装置无视身处它们当中的入侵者，而是回到自己的修理工作中，即使被前进的星际战士当成了目标。

普拉克萨米德斯警告说：“突击指挥部，扫描来自伊斯拉卡之复仇号的读数，只渗透到你现在的位置。”他仍然置身于星际战士的舰艇上，舰艇正迅速移动到射程之外。计划是将炮艇机撤回到行星大气层中，而不是迫使巡洋舰继续顶着敌人的火力执行疏散任务。他说：“在你的位置没有发现敌人。”

"没有敌人？"埃斯切罗斯环顾四周。在他的宇航服灯光的照射下，他数了数，在几码之内，至少有六个圣甲虫结构体，它们闪闪发光的下颚正在因受剪切力作用而断裂的舱壁上工作。他说："我们被包围了。"

普拉克萨米德斯承认道："那我们就看不见它们了，上尉兄弟。这并不是说异形魔物在鸟卜仪上是隐形的，只是它们显示的读数和它们舰艇的读数一模一样。"

埃斯切罗斯检查了一下他的自动传感器，然后向离他最近的鸟卜仪持有人——欧菲斯兄弟求助。他问这个仲裁者："你收到了什么信号，兄弟？"

欧菲斯花了几秒钟调整庞大的扫描设备，朝一个方向平移，然后又朝另一个方向平移。

"只有运动跟踪似乎还有效，上尉。"

信号开始减弱了，普拉克萨米德斯警告说："我们正在离开战术通话范围，突击指挥部。你们需要我们返回进行撤离吗？"

埃斯切罗斯只想了几秒钟。

"不，舰艇指挥部，继续执行你们的命令。"

"明白，舰艇指挥部断开通话。"

就是这样。他们要么继续向前推进，要么回到炮艇机上。

领头小队突然频频开火并大声发出警告，这样的情况逼迫他们做出这样的决定。与此同时，埃斯切罗斯周围的维修结构体停止了对舰艇的服侍，转向了星际战士，显然是接到了应对入侵者的命令。

埃斯切罗斯厉声说道："开火，所有目标，见机行事！"

尽管体形不大，这些甲虫状的异形却拥有惊人的短程爆发力，足以击穿动力盔甲。在这场突如其来的攻击中，埃斯切罗斯损失了三个同伴——他们被紧紧咬住的虫族敌人淹没，他们的陶钢镀层被碧绿色能量的频闪爆炸击穿了。不同等级的爆矢武器的闪光照亮了异形飞船的内部，抛光的银和裸露出来的晶体电路纹理闪闪发亮。

埃斯切罗斯不能冒险卷入一场持久战，他们必须继续向着尚未确定的目标推进。

他命令道："渗透者，带路。裁决者，增援仲裁者突击队。其他所有人，按突围程序行动。"

星际战士们重新开始行动起来，将他们的剑锋和爆矢弹对准敌人，那些敌人站在他们和更远的入口之间，想阻挡他们进一步深入敌舰。渗透者在前方搜寻，他们的强化装甲系统在攻击前能更好地接收到敌人的信号。

他们把尸体都带走了，不管是生还是死，绝不把任何兄弟留在异形的舰艇上。埃斯切罗斯把阻力的增加当作是他们前进方向正确的信号，于是带领部队沿着单一战线继续前进。他不敢让小队分散开来，如果距离船体超过十二码，占卜就无法洞察船体的布局。

阿德摩尼厄斯习惯性地沉默着，奋战在埃斯切罗斯的前面。这位裁决者似乎有一种紧迫感，一马当先地带着其余的人前进，仿佛他单凭一己之力，挥动巨剑横扫八方，就可以开辟出一条通往目标的道路。埃斯切罗斯不知道这位裁决者是在比平时更努力地展示他的战斗热情，还是仅仅是在释放在亚空间的间歇期中经历了不断增加的压力和挫折后形成的暴力欲望。

这些隧道——半圆形的通道——与其说是用墙壁和隔板砌成的走廊，倒不如说是在金属物质中挖掘出的隧道，以奇特的角度相互贯通，从上到下，从左到右汇合在一起。这种布置更适合类虫族生物，而不是星际战士。星际战士被迫爬上陡峭的斜坡，然后从通风井落下，而那些体形较小而又敏捷的敌人则只是从地板到墙壁再到天花板，轻而易举，毫不费力。

他们在距离入口大约三百码的地方遇到了新的敌人，测距仪难以透过舰艇的外星材料得到准确的定位。

最前面的渗透者小队队长多里厄姆警告道："有更大的东西正从下面冒

出来。"

埃斯切罗斯咆哮道："什么东西？中士兄弟，具体点儿，方向、速度、威胁。"

那位渗透者回答道："大规模的运动，上尉兄弟。可能是几个敌人，也可能是一个更大的结构体，我还不能确定细节。"

另一队的拉托补充道："正在从一条通道上来，跟我们的前进方向成直角，异形的材质阻碍了三角测量。"

"在我们到达之前，坚守阵地。"

埃斯切罗斯在黑暗中匆匆前行，向裁决者和一群剑刃守卫的老兵打了个手势，示意他们跟自己一块儿走。这些勇士是基因原体大人最先派遣的那批战士，是像普拉克萨米德斯这样的原铸星际战士，曾经是第一批火炬手舰队的成员。他们现在回来了，他们的经验和技能可以与许多更老的星际战士相媲美。

在宇航服灯光的照射下，星际战士们看到前方几码处的地板像鸢尾花一样层层开裂，留下了一个三码宽的洞。埃斯切罗斯停下脚步，准备好盾牌，那是一块巨大的十字形板，几乎跟他一样高，是由马克拉格自己的铸造厂锻造而成。它的边缘附有净化徽章和古老的誓言。在它的顶上，挂着它的第一任主人——第四连的赫拉弗斯上尉的骸骨。在登上伊斯拉卡之复仇号时，埃斯切罗斯就被授予了这块盾牌，这是他的权威、对战团的保护以及他要维护的传统的联合象征。在他之前，从第三十六个千年的中叶到今天，有四十一名上尉念过这句誓言。

翡翠色的光芒预示着敌人的到来，从它们的脊骨中伸出的三角眼铁和闪烁的灯泡发出耀眼的光芒。就像巨大的节肢动物一样，这些魔物没有行走，而是在反重力能量的微光中从隧道里出现，当它们上升进入更大的走廊时，脊柱状的尾巴摇摆着。不是一只而是五只魔物，跟在领头的异形后面，就像是蛇随头而动，看起来像只有一个，却可以突然变成一群。绿色的光束闪过，剑刃守卫被迫接受攻击，举起盾牌挡住了探查的光线。拿着盾牌行动，埃斯切罗斯觉得盾牌的重量并非有形之重——他的生理机能和盔甲足以负担它的重量——而是一种精神上的负担。从来没有哪个奖品的颁发被赋予如此之多的期望。过去的英雄们提醒着他，今后对他的要求不会少。

前方传来的爆矢弹射击声宣告渗透者也受到了攻击，他们武器的闪光在走廊上投射出巨大的阴影，那是一些飘浮着的、类似蛛形纲动物的东西。更多的圣甲虫从较小的入口处冲了出来，扑向战士们的脚和腿，在星际战士试图冲向他们面前的幽灵时，抓住了他们的护胫甲。埃斯切罗斯被迫停了下来，踢开了其中的两个魔物，在它们溜回他们脚边时，他身后的仲裁者开了几枪，把它们炸得粉碎。随着周围甲板上同伴发射爆矢弹，响起尖锐刺耳的爆炸声，剑刃守卫、上尉和裁决者冲向新来的敌人，他们的动力剑吞吐着蓝色光芒，与敌人碧玉色的光芒交相辉映。

埃斯切罗斯对他的战斗兄弟说："继续前进！每延迟片刻，就会让我们的敌人更占上风！每一刻都要尽最大的努力，因为如果少努力几分的话，机会就会白白失去。"

长长的利爪猛烈攻击着埃斯切罗斯，想从他手中扯走他的盾牌。从蛇颈的顶部伸出一个没有脸的头。细长的光束在他头盔的面部闪烁着，这个怪物对他进行了扫描。

他用额头撞了上去，坚硬的陶钢镀层击碎了魔物四处探索的附肢，同时他举起剑，砍断了紧抓着盾牌的两条前肢。

"上尉兄弟，我们找到了某种能量来源，"渗透者拉托中士报告道，拼命喘着气；背景音是爆矢弹爆炸的声音，"是成捆的电缆和一团团发光的魔法球。"

埃斯切罗斯回答道："我们在路上了，坚守阵地。"他用他的剑刃平挑开另一只胡乱挥舞着的肢体，然后把剑尖刺进攻击者肋骨状的躯干。他的靴子没有找到任何支点，因为踩在了一只试图在他脚底爆炸的圣甲虫上，害得他差点儿绊倒。他撞向一侧，撞上了其中一个剑刃守卫，后者一推将他扶正，同时用盾牌抵挡住另一个太空死灵结构体的攻击。

上尉对他的战斗兄弟们喊道："为地狱爆破者开路。"他旋转盾牌，像有撞角的军舰一样向前猛冲，将一个异形幽灵猛地撞到墙上。裁决者阿德摩尼厄斯挥舞着他的处决者圣髑大剑，向着被困的怪物砍去，他的剑刃在攻击时闪耀着能量的光芒。在他们身后，剑刃守卫向前冲去，然后散开，把敌人夹在中间。

地狱爆破者发射出一连串的等离子体爆矢弹，将太空死灵的幽灵打成了碎片，它们天女散花一般四散开去，熔化的金属喷洒在这群老兵的护盾力场上。几秒钟后地狱爆破者又来了一次齐射，将最后还在抽搐不已的异形残骸打死，驱散了那些攀爬到尸体上修复尸体的圣甲虫。

前方渗透者猛烈的火力引起了埃斯切罗斯的关注，吸引他继续前进，最后他们通过通道来到一个巨大的球形房间的底部，房间被一堵齐腰高的墙一分为二，墙壁上聚集着发光的绿色球体。头顶上的拱顶罗纹上有奇怪的、棱角分明的象形文字，它们闪烁着光芒。数十根电缆向四面八方蜿蜒而行，随着能量的流动而脉动。

渗透者守住了另外四个入口，几乎是一刻不停地向着那些瘦长难看的、飘浮的形体开火。

"很好的发现。"埃斯切罗斯一边对拉托说，一边用他的剑柄拍了拍那位中士的背包。他把通信器调到了连队的地址："坚守阵地，仲裁者和地狱爆破者为前锋，剑刃守卫作为机动后备队，发起冲锋吧。"

当这些小队都在做着各自事情的时候，几个技术神甫走了进来，一群面色呆滞的持枪机仆护卫在四周。这支小队带来了四个大箱子，每个箱子里都装着震熔炸药，可以撕裂星舰装甲的心脏部位。

一位高级技术神甫问道："您想用几个，上尉？"这位高级技术神甫的脸由重叠的金属鳞片组成，两个呆板的目镜凸了出来作为眼睛。

"上尉，检测到环境温度飙升，能量读数超标。"多里厄姆中士已经带着他手下的仲裁者到了更远的地方，建立了一个移动防线，"这显示有大规模的某种激活。在我们的位置上方大约两百码处有数百个读数。"

埃斯切罗斯答道："收到。退回到支援阵地，有任何动静就报告。"

看来，敌人很快就会以无可匹敌的力量迅速反击。这一直是"打了就跑"式攻击的本质：登舰，找到一个重要目标，摧毁它，然后离开。敌人进攻的速度和出其不意的程度在迅速降低。反攻即使没有迅速消灭星际战士，也会牵制住他们的战斗力。这意味着埃斯切罗斯将必须在敌舰上用武力引爆敌舰，或者冒着被发现和反舰炸药失效的风险，在引爆之前杀出一条血路。

埃斯切罗斯告诉那几个技术神甫："全都要。"

如果他无法离开这艘舰艇，那么所有的异形也休想离开。

"寄生虫！"西姆特的愤怒回荡在墓穴舰的指挥室里，就像一声金属质感的尖叫声，像一股狂暴的电磁脉冲在虚空中响起。现在，他穿上了全套甲胄，在整个马斯塔巴来回大步行走，将皮层场的炫光投向他的死灵卫士和菲托斯：
"他们在干什么？我能感觉到他们在墓穴里到处翻掘，就像我肠胃里的寄生虫一样！"

皇家典狱长说："他们已经聚集在皮层附属阵列的第三个前厅周围，黄金沙滩的日照领主。入侵级联协议正在启动。地窖已经被唤醒，阻止他们进一步前进。"

"怎么这么久？"西姆特的相位剑因能量释放发出了噼里啪啦的声音，这把戟状武器因他的怒火而闪闪发亮。他想要挥出一击，把菲托斯那颗无知的头颅从身上砍下来。显然这不会对他的副手产生永久性的影响，但这样的惩罚会被铭记于心。然而，如果他这样做了，将不得不亲自监视敌人及其反应，在直接与下级的交流中玷污自己的皮层场。他问："我的军团在哪里呢，菲托斯？"

"敌人不足一百人，威胁性很小，冥工的奴役结构体应该已经挫败了他们的攻势。分析显示，这些入侵者不是普通的人类——他们穿着盔甲，身体已经被强化过了。我亲自用这些数据提升了防御协议，但是由于他们的舰艇造成了破坏，响应时间变慢了。"

"是的，那艘被诅咒的舰艇在哪儿？我必须瞎着眼用一只手去战斗吗？以阿雷基之石起誓，菲托斯，我发誓，如果你再让我失望，我就抹杀你的存在！"

在皇家典狱长的催促下，传感器显示屏绕着墓穴舰旋转，聚焦在敌方星际舰艇引擎发出的等离子体尾迹耀斑上。西姆特冷笑了起来。如此粗糙的物理学，加速度和减速的相对因果关系古老而又费力的桎梏。

"当寂静之王萨雷赫的矩阵完全运转起来，永无海永远静止的时候，这些渺小的种族就会被困在他们自己的星系里，奴役他们的时机就成熟了。"

菲托斯说："在阵列前厅探测到能量积聚，血色黎明之主。"

西姆特没有理睬他，而是看着人类的舰艇快速前进，冲出了轨道。护航舰在它接近的时候已经散开了，在被轨道的引力摩擦所困的情况下无法完全机动，而且无法匹敌人类舰艇众多武器的原始火力。但是，人类舰艇已经派出了攻击舰，现在就在风暴之鹰号旗舰将官专用艇的低层区域周围巡逻，似乎已经抛弃了还留在墓穴舰上的战士们。人类真的认为就凭几十个士兵，他们就能接管一艘一级的墓穴舰吗？无论他们装备有多么精良，体格有多么强健，风暴之鹰号旗舰将官专用艇很快就会清除掉他们，不会留下任何他们存在过的痕迹。

"敌人又开始行动了，大人。"

的确，他们又开始行动了，正在折返。快速的闪烁扫描证实了西姆特的猜测，突击艇正在返回他们放下攻击队伍的地点。

"他们要逃，你这个笨蛋！别让他们跑了！"

"照您的吩咐，冥工的对抗措施受制于损害控制系统，千灯之光。它需要您个人的覆写协议，天赐的恩典之声。"

西姆特在心里暗暗叫苦，将他的皮层场延伸到低层，绕过了几层古老的编制程序，访问冥工机仆的核心动力通道。就像在淤泥中疏浚一样，他把层级维护和复活的要求推到一边，回溯协议路径进入攻击模式。西姆特厌恶地从共享的皮层场框架中撤了出来，感觉到它们聚集在一起，被他单一的意志束缚在新的使命上。

当他看着圣甲虫、浆细胞、复活者和其他结构体的菌丝潮水般涌进人类入侵者周围的通道时，他突然向等离子体术士阿－霍特普快速发送了一段通信。

他咆哮道："在他们到达矩阵共振器之前拦截他们的舰艇，毁了它！"

"什么舰艇，大人？"过了一会儿，等离子体术士的回答以脉冲的方式传递了回来。

"那艘战舰，你太愚蠢了！就是袭击了我的那艘舰艇，它把那些堕落的登舰者一口气弄进了我的地窖。"

菲托斯建议道："大人，看来阻碍我们传感器的隐形效果也在阻碍等离子体术士舰艇的传感器。"

阿－霍特普说："似乎是这样，我将保护共振器，但目前我还没见到任何敌人。"

西姆特还没来得及做出适当的反驳，就发现一艘人类的突击艇已经在他的墓穴舰表面停了下来，他们安营扎寨。冥工的雏鸟们通过外部通风口和通道过滤器涌了上来，但来自其他突击艇的扫射在它们身上留下了致命的伤口，同时人类战士也在开火。他们似乎完全有能力在虚空中作战，他们的盔甲密封性很好，能在真空中使用。

一个完整的战士方阵正以最快的速度从地窖往上层攻来，但西姆特发现他们已经来不及追上迅速撤离的攻击者了。西姆特把内部扫描仪集中在前厅那里，人类战士在那里停留了一段时间。有四个明显的热信号，正在慢慢形成。

在他的主人的敦促下，菲托斯深入卑微的皮层一探究竟，并利用附近的一些冥工圣甲虫来重新进行调查。被人类留下的箱子具有独特的放射性和化学痕迹。

皇家典狱长推断道："是炸药夜之新月，威力大到足以摧毁阵列。"

"这就是他们的目的吗？"西姆特看着最后一艘突击艇带着它接应返回的战士快速离去。他命令护航舰再逼近一些，在虚空中把敌人烧成灰烬，但是敌人的突击艇向行星方向疾驰，潜入大气层中，在那里这些三桅战舰无法进行追击。

他们在那里找不到避难所。

"发射收割者舰队，清除被他们污染的天空。"

当指令沿着皮质矩阵激荡时，皮层附属阵列的第三个前厅爆炸了。

爆炸伴随着密集的辐射冲击波，在墓穴舰的结构上钻出了一个洞，穿过十几层甲板，向虚空中迸发。这样一来，产生的爆炸冲击波向上喷发，熔化并粉碎了所经之处的一切，在墓穴舰的船翼上破开了一条长度为船体长度三分之二的裂缝。维持墓穴舰待在原地的维度抓力断断续续，然后整个失效了。

西姆特难以置信地号叫起来，下方世界的引力抓住了这艘残破的船，把它往下拖去，拖向毁灭性的拥抱。

菲托斯说："所有系统均危在旦夕，大人。轨道正在迅速衰减。"

西姆特在信号波中咆哮道："等离子体术士！"爆裂声伴随着控制协议的巨大膨胀。"到我这里来！忘掉共振器吧，我需要你待在这里！"

西姆特的命令粉碎了所有反对意见，阿-霍特普甚至都没有机会回答。她的舰艇倾斜转弯离开了目前的航线，加速返回那个星球。

佐扎尔的部队在升降机基地遭遇了挫败，他屠杀仓库大楼周围的人类，发泄着未完成使命的怒火。那些人类就像被灭虫者赶走的害虫一样四散开来，四处寻找隐蔽的犄角旮旯躲藏起来。而毁灭者们则像食腐者挑剔尸体一样，在那些建筑物中挑来挑去。

从一个大厅潜行到另一个大厅，对最轻微的心跳或最细微的呼吸颤动保持警觉，感知着人类生命的温度，佐扎尔领导着这次狩猎。这让他有挫败感，这位毁灭者领主放弃了光束炮而改用了一种更个性化的杀戮武器——他的相位剑。他用剑一扫，将讨厌的凡人从肉身躯壳中分离出来，这让他注意力集中。他从远处这么做时，可没有这种专注。

消灭仓库的守军只是一个开始。身着蓝色盔甲的战士们前来援助升降机基地的守军，击退了毁灭者战士的攻击。但要不了多久，那些伤亡的太空死灵就会复活。即使是现在，他们的灵智也正在轨道上新的身体中复苏。剩下的战士奉命与敌人周旋，拖住他们，直至援军到来。当他完成了最新的猎杀后，佐扎尔会要求西姆特再次召集毁灭者的部队，并将他们移形换位到入侵者的位置。他们会像其他生命一样被消灭，但佐扎尔会感到些许满足，因为他们得到了应得的惩罚。

没有人能阻挠他的命运。

当他一剑削断另一名受害者的时候，荒蝎领主感到皮层矩阵受到了干扰，干扰强烈到足以让他从屠杀中分心。一股巨大的干扰波通过他的通信场传递到他的意识当中。他短暂地瞥见了他的墓穴地窖在燃烧，它被逃逸能量划出的电弧破坏了。一个循环的变形命令确认了修复墓穴的命令没有回应，修复其他数百个墓穴的命令也没有回应。

他感觉到自己麾下的一名战士在装甲战士引爆的弹药中丧生，牺牲的战士一闪而逝，化为乌有。

没有召回，就没有复活。这就是生命走到尽头了。

先是经历沉睡，然后成为不死生物的佐扎尔已经很久没有体验过这种感觉了。死亡，一切的终结。

这就是他一直以来所渴望的吗？

不！毁灭者并不是为了被毁灭而战！在其他生命被消灭之前，死亡就是失败。他是带来毁灭的使者，在他被消灭之后，谁来继续这项伟大的工作呢？

佐扎尔通过他下属的一个结构体放大目视检查，结果显示墓穴舰在上层大气中燃烧着，结构即将完全崩溃。他的复活协议与西姆特的矩阵相一致，但现在这个节点已经被切断了。

佐扎尔怒吼一声，意识到他和他的部队被困在了这里。在建立新的协议之前，他无法进行任何移形换位，他的部队也会逐渐减员。战争发生了变化。

现在不再是正义的灭绝了。佐扎尔处于生死攸关的关头。

"中尉，敌人正在突围。"舰长奥洛里斯在转述消息时咧嘴一笑，这是他几周以来第一次露出幽默的迹象，"我认为这个计划成功了。"

普拉克萨米德斯望向勒洛克，她在修好的占卜工作站。那里一半的显示屏是空白的，两个伺服端口空空如也，之前使用者的尸体被技术神甫们移走了。

"俄瑞斯忒斯三号星的大气层中能量激增，中尉。可能是一艘舰艇正在进入。"

下一个感受到他目光注视的是在通话器终端的军官盖尔塔斯。他点了点头，一只手固定住他的头戴受话器。

"收到确认，炮艇机已撤离登舰部队，中尉。"军官微笑着点点头，"是的，在目标坠入重力井之前，所有的突击舰艇都安全地离开了目标。它们正在上层大气层中穿行，以免受到攻击。"

"现在他们的第二支舰队已经散开了。"普拉克萨米德斯说道，带着些许满意。他原以为会与第二支舰队的主力舰进行一场战斗，但它已经离开了，然后在轨道平面上空绕了一圈，又向那艘注定要灭亡的太空死灵舰艇返回，还在加速，速度快得让扫描器几乎无法跟踪它的行动。它的任务尚不明确——它没有机会及时派出救援艇，而且上尉的攻击舰队已经安全进入了俄瑞斯忒斯三号星的大气层。鉴于异形战略崩溃的速度，普拉克萨米德斯一时有些不知所措，不知下一步该怎么办。

勒洛克宣布道："中尉，探测到有某种散装货运舰正穿过第四颗行星的轨道。"

那位军官将探测屏幕的内容传到了主显示屏上，普拉克萨米德斯可以在那儿研究它，敌舰的目的仍不清楚。

这艘战列舰级的战舰可能是冲着轨道宫殿去的，也可能是为了支援地面攻击，但它如果是个重大威胁，肯定会被部署用于主攻。附近还有六艘护航舰大小的舰艇，如果放任它们聚集起来，它们可能会给攻击巡洋舰带来一些麻烦。

"宣告全面追击,一有机会炮手就向目标开火。"他用指挥座上的数据板突出显示了那三艘正在一起机动的敌舰,试图把它们夹在伊斯拉卡之复仇号和即将离开的主力舰之间,"这几艘敌舰应该是射击练习的好靶子。"

拖着等离子体火焰的尾迹,伊斯拉卡之复仇号动力十足地继续前进,却没让这艘太空死灵的散装运输舰受到任何伤害。

西姆特的紧急协议控制着末日太阳号上的一切,阿-霍特普什么都干不了。没有通过无惯性引擎传递的那部分能量正在为墓穴地窖和移形换位的网格提供动力,以便进行全面撤离。即使她全心全意地努力,这艘舰艇也不会听从她的指挥——奴役协议不允许她这么做。二级信号发向了护航舰队,命令他们不惜一切代价保护这艘疾驰的墓穴舰。就连护送黑石节点的三桅战舰也做出了回应,绕过冲锋,拦截这艘笨重的人类舰艇。

就像一颗银色的彗星,墓穴舰在星系平面上划出一道弧线,朝第三颗行星的重力井急速坠落下去。传感器读数显示,风暴之鹰号的旗舰将官专用艇正在进入高层大气。西姆特渴望获救,传送了一个无条件密码,解锁了末日太阳号上的每个地窖的接口。休眠舱依次断电,释放出越来越多的能量,传给引擎和传送器。

当霸主的墓穴舰在这颗星球的引力作用下越陷越深时,身体瘫痪的阿-霍特普满怀期待地注视着这一切。逃逸的能量锋芒冲破了大气层,显现出高耸的风暴云,其内部被翡翠色的薄雾照亮。绝望的传送器光束向着虚空狂闪,就像登山者从高处一落千丈时,在悬崖峭壁的表面上用尽一切努力寻找支点,双手到处乱抓乱挠。

阿-霍特普不知道自己以后会变成什么样子,但她用人造大脑的每一个粒子,祈愿让霸主死去。她渴望跨出等离子体的场域,从舰艇系统中吸取最微小的一部分能量,但在这种身陷囹圄的奴役状态中,就连这样的举动她也无力完成。

一道传输信号在传感器阵列上闪过,重新定向进入墓穴地窖群。巨大的发生器强行启动,瞬间全速运转,舰艇剧烈晃动起来。在西姆特要求的猛烈攻击下,自我保护协议崩溃了,关闭了护住末日太阳号的无惯性引擎。震动穿过它巨大的甲板,嘎嘎作响,一大股能量跨越距离,跃到受困的风暴之鹰号旗舰将官专用艇上，向下弯曲进入重力井。在连接的那一刻，物质变成了能量，从墓穴舰中跳开了，同时摩擦热消耗了指挥结构下方的金字形神塔。数据信号突然爆发，像要塞门前的撞锤一样撞破了皮层矩阵，迅速扩散到每一个移形换位的系统。

在一次残酷的维度分流中，由于质量的突然增加，末日太阳号偏离了航向，西姆特和他的部下移形换位到了舰艇上。当进入的方阵数量远超地窖的容量时，冥工的系统突发功率过载。指挥部马斯塔巴在烟雾中闪闪发光，西姆特弯腰驼背的身影重组成形。他的到来切断了奴役协议，但就在阿－霍特普意识到她可以自由行动时，菲托斯和死灵卫士在霸主周围化为实质，瞬间形成了一道屏障。

没有了无惯性引擎的控制来放慢速度，墓穴舰继续加速，飞过了第三颗行星的轨道距离，继续朝着当地的恒星前进，远离了舰队的其他舰艇和敌人。虽然西姆特已经接管了指挥权，但阿－霍特普仍保留着最古老的协议所带来的少量控制权。她轻轻地调高了无惯性维度滑行，然后减速。她的出现触动了菲托斯的输入相位。阿－霍特普说："侥幸脱险。"

皇家典狱长回答道："幸运的是，早些时候你的舰艇没有离开去守卫黑石节点。"阿－霍特普观察着菲托斯的说话方式和神情举止，想看看其中是否有谴责的迹象，但一无所获。

"幸运眷顾有价值者。"她回答道，从他的皮层场里溜了出去。

复原回路循环进入生命，防止能量进一步渗出，就像凡间生灵的伤口处的血液凝固一样。西姆特的指挥卷须渗透到了附近区域，接管了原本被遥控的地方。"我，活着。"霸主挺直了身子，他的皮层场因为劳累而失去光泽，他的肉身之光在昏暗的指挥室里只显出淡淡的光环，"我，统治。"

阿－霍特普向地窖里释放了一个扫描程序，上面显示质量增加了百分之二十。

不算上部署在星球地表上的毁灭者，西姆特的墓穴舰被毁使他损失了近四分之三的个人军队。在复活通道重新建立之前，佐扎尔被困在了这个星球上。西姆特的协议给末日太阳号地窖的回路注入了活力，激活了阿－霍特普的力量。对于这一发现，她强忍着不流露出任何喜悦。此时此刻，霸主仍然掌管着一切，她的结构体仍然被萨雷赫王朝的指令代码所奴役。

第三部分

　　舰艇在阴暗中迷失了方向。当冒险付出了高昂的代价，厄运不断降临在它们的牺牲品身上，直到许多勇敢的灵魂逝去。所以，点燃火焰，祈祷吧，为了那支受到诅咒的舰队的灵魂。

——第五舰队的挽歌，一首帝国海军的水手号子

第一章

从战斗中获得的澎湃能量仍然在埃斯切罗斯体内涌动，像火上浇油一样，让几天前他听到投降广播时激起的怒火越来越旺盛。在这一次行动中，他和他的战士们对敌人的打击比所有俄瑞斯忒斯人努力的成果都要大。他能想到解释俄瑞斯忒斯人如此缺乏努力的唯一理由，就是他们缺乏领导力和意志——要么是因为无能，要么就是蓄意为之。

"上尉，我从您的行为举止中看出了您的打算，请求您再仔细考虑一下。"

埃斯切罗斯迈着坚定的步伐。为了跟上他，费杜阿里斯不得不小跑了起来。这位星语者匆匆从上尉身后的剑刃守卫间穿过，就像一块破破烂烂的绿布夹在深蓝色的柱子中间。巡洋舰宽阔的走廊里响起了靴子齐刷刷的撞击声，几乎淹没了他说话的声音。

"我们需要盟友，上尉。"

埃斯切罗斯回答："我们有盟友。"他皱着眉，低头看了看费杜阿里斯，"无论是谁接替卢文斯滕的位置成为领袖，他都会热心帮助我们，我敢肯定。"

"你不能处决一个帝国司令官，你没有这个权力！"

埃斯切罗斯停了下来。仪仗队在他身后停下脚步，靴子齐刷刷地跺在甲板上立正站好，他们把剑横在盾牌上行礼致敬。他们离轨道宫殿的一艘星舰支线的对接口只有几码远，在对接口的另一头无疑有一个接待代表团，接待代表团规模或大或小，盛况空前，甚至帝国司令官本人可能也在。

埃斯切罗斯怒吼出声："我不仅有权力，也有权利。我有责任，星语者。帝国司令官试图与敌人相勾结。这就是我存在的意义。整个远征就是为了肃清异教徒的统治权。"

"他不是异教徒，只是一个试图保护自己子民的人，上尉。"费杜阿里斯把一只手放在这位原铸星际战士覆有装甲的前臂上，乞求道，"你不是审判官，不能审判帝国司令官。他的军队曾经向我们开火了吗？他曾经向帝皇表明他的敌意了吗？没有。他只是向不明身份的敌人发出了广播，试图保护他的世界。"

"为了保护他自己，他投降了。"埃斯切罗斯又开始往前走。普拉克萨米德斯在门口等着他。他一到，门就咕噜咕噜地打开了，露出一个灯火通明的气闸舱，从密封的连接处稍稍降下一只对接臂。上尉看着他的副手："普拉克萨米德斯，你是个明白事理的人。我可以向帝国司令官开枪吗？"

中尉回答道："如果您是这个意思的话，我觉得这里没人会阻止您，上尉兄弟。我不能说自己熟悉所有法律。"

"明白了吗？"埃斯切罗斯瞪着费杜阿里斯，"如果普拉克萨米德斯赞同，我就一定是对的。"

"中尉……"星语者转向普拉克萨米德斯进行乞求，"要有理智。为什么要疏远俄瑞斯忒斯人呢？我们需要他们的避风港，需要跟他们的部队结盟。"

普拉克萨米德斯问道："你为什么如此关心这位帝国司令官的命运呢？"

"问得好。"埃斯切罗斯一边咕哝，一边穿过气闸舱进入空间站的范围。入口的舰桥在他体重的压迫下微微摇晃，当仪仗队行进到舰桥上时，桥面也有些下垂。

"我很害怕，上尉、中尉。"费杜阿里斯说道，倔强地依次看向他们，"我害怕了，就像你们即将见到的那些人那样，害怕了。我们并非生来就能对这些恐怖免疫。我们会做出反应。我害怕太空死灵，非常害怕他们所策划的亚空间无效。我们被困在这里了，舰长。俄瑞斯忒斯人可能比我们更清楚这一点。我不知道太空死灵是否在乎盟友，但如果他们在乎，那么如果我们到达并试图接管，他们的大使可能会更有理由。"

埃斯切罗斯被这个念头弄得很沮丧，说："我不是来接管的，我不是官僚。"

"如果一名星际战士的上尉进入一个星系，处决了该星系的帝国司令官，并提出对士兵和武器的要求，那看起来会是什么情况？这难道不是政变吗？难道阿斯塔特修士不是明令禁止这种权力和野心吗，除非是在他们征兵的世界里？"

埃斯切罗斯正要反驳，但思索片刻后，他不得不承认星语者说得可能有道理。不屈远征是为了重新建立帝国和帝皇之间的联系。他曾被警告过，他可能会遇到前帝国社会，这些社会已经失宠于帝皇，或者被异形的理想所奴役。

就像基因原体大人在大远征的黄金时代为带来和平和秩序而奋斗一样，他重新努力是为了人类再一次在泰拉的旗帜下统一起来。

前面的门嗡嗡地打开了，露出两排身穿红外套的士兵，他们把激光枪举在胸前。远处的一条走廊里站满了更多红衣士兵。

从队伍中走出一个苗条的身影，她穿着镶有猩红色边的黑色长袍，头巾围在肩膀上，额头上挂着一条细长的银链，上面有战斗修女的标志。她是一位中年妇女，鬓角发白，皮肤却只略显蜡黄，这表明她早年使用过抗衰老的补品。她每只手的手指上都夹着卡钳，被法衣的袖子掩住。

上尉说："我想您是修女－城主欧珀莱吧，您来自役从修会。"

"埃斯切罗斯上尉。"她鞠了一躬回答道。随后，她指着绣在胸前的吊闸图案，说道："来自界门修会。你来自极限战士战团，是总司令本人的基因后裔。"

"你知道基因原体的回归吗？"埃斯切罗斯很高兴。这样的谈话总是很困难，他宁愿避开那些不必要的问题，就是关于罗保特·基里曼明显已经复活的问题。

"自从暴风雨摧毁了帝国以来，你们一直有联系吗？"

欧珀莱说："是的，好几年了。"她朝费杜阿里斯点了点头，他站在她身后，就在上尉身边，一副紧张得坐立难安的样子。"你的星语者同伴们会在他们的唱诗班大厅里等你的。很快就会有人引你到那里去。"

"我很感谢您，修女。"

"帝国司令官在哪儿？"埃斯切罗斯走上前，修女－城主也跟着他走，虽然步履匆匆，但仍保持着优雅的风度。

他们从两列队伍中间经过，每列各有十名身着猩红色军服的士兵。这些士兵落在了剑刃守卫的后面。在前面，另外两队星球军列队，带领这个队伍穿过一个镀金拱门。长廊的墙上挂着一排大尺寸的肖像画，画总共有几十幅。埃斯切罗斯能看出画上的人面容相似，他们应该是出自同一个家族。地板上铺满了地毯。多年以来，他要么踏着硬邦邦的战舰甲板，要么身处血肉横飞的战场，突然一下子踩上这软绵绵的地毯感觉有点儿怪，就像脚陷进了泥里。墙壁上贴着赭色和绿色的印花墙纸，花卉图案和各种各样的帝国天鹰座形象交织在一起。显然，他们停在了某个享有特权的空间站，那里以往接待的都是来自泰拉政府的高官显贵。

"他会从这儿出来，上尉。"修女指着前面的大拱门回答道。大拱门的顶端是被一只双头鹰爪子抓住的一个盾牌，上面有姓名首字母 KML 组成的组合图案。下面的漩涡形装饰证明司令官是俄瑞斯忒斯的恩人、泰拉的神选战士、帝皇的宠儿。

这些头衔提到的是自我而不是服务。在这种自私自利的证据面前，费杜阿里斯认为帝国司令官是为了他的人民而投降的说法似乎毫无说服力。

埃斯切罗斯的表情肯定让欧珀莱有所警惕，她看出了他在腹诽这位司令官。

"我希望我们不会为邀请你登上我们的宫殿而感到遗憾。"

欧珀莱的话是在警告，俄瑞斯忒斯人会保护他们的领袖。

埃斯切罗斯一言不发，更努力地让自己的表情和姿势不要流露出任何暴力的意图。他如果要采取行动，最好不要明确流露出这样的意图。

他们很快穿过拱门，来到一个宽敞的谒见厅。墙上挂着华丽的窗帘，天花板至少高一百英尺。大厅里悬挂着一排排的旗帜，它们都是曾在遥远战场参战的俄瑞斯忒斯军团的战旗，手持号角的小天使在拱形穹顶上轻快地飞来飞去，在星际战士到达时吹响了号角。几十名衣着华丽的人聚集在大厅的另一头，而更多的卫兵则驻扎在大厅两边，大厅里总共有几百人。

埃斯切罗斯走在坚硬的大理石上，他的靴子踏在地上的声音似乎与持续的号角声同步。他检阅着那些士兵，他们看起来威风凛凛，但每个人都显得很紧张，充血的眼睛周围有黑眼圈。他们双手发抖，嘴唇也发颤。尽管他们挺直身子，骄傲地站着，但他们要么彼此交换着眼色，要么眼睛一直盯着地板，而不是盯着前方。他看到几个人的嘴唇在翕动，低声细语。由于他的听力被增强过，他能分辨出他们说的祷告词是什么——感谢的信息和寻求拯救的呼声。

那群贵族纷纷向两边散开，露出了一位上了年纪的男人，在他喉部的皮肤下和他的手背上都嵌有一道道支撑性的人造血管。他的头发只有几缕，穿过仿生有孔的头皮。他穿着星界军的制服，那是一件猩红色和金色的织锦大衣，他腰间挂着一把剑，剑柄饰有金银丝细工饰品，另一侧腰间别着一把长筒手枪。

许多故事讲的是自私自利的总督们靠臣民的劳动过着富裕的生活。贪污腐败盛行，上尉认为卢文斯滕是懦夫，因为他发布了投降公告。他扫来的目光与埃斯切罗斯所预期的不同。他灰色的眼睛注视着埃斯切罗斯，即使面对一只手压在动力剑剑柄上，另一只手臂上挂着巨大盾牌的巨人战士，他也毫无退缩之意。

更令埃斯切罗斯吃惊的是，当上尉走近时，这位帝国司令官身体僵硬地单膝跪下，垂下了头。聚集在一起的贵族们发出阵阵叹息之声，嘀嘀咕咕起来。

还有一个人一直紧紧地跟在他身边。大大的金色纽扣扣紧了她的黑色外套，一直扣到下巴那儿，带花边的白手套被她手上的深色皮肤衬得格外亮眼。她拄着拐杖走路，手杖顶上有一个小小的金色颅骨，她的脸被垂下的面纱掩得严严实实，面纱被两个镶有宝石的别针别住，别针的另一头插在她的发间。她发质浓密，发髻如小山丘般高高绾起。

"帝国司令官卡莱布·蒙弗罗汀·卢文斯滕对您的到来表示深深的感谢，极限战士的埃斯切罗斯上尉。您的到来提醒了他自己的失职，您毫不犹豫地挺身而出，与异形作战，给他做了个好榜样，让他感到惭愧。他犯了错误，向修女－城主进行忏悔，也甘愿等您发落。"

埃斯切罗斯唰地拔出了他的剑，一些贵族惊呼出声，另一些贵族哀哀哭泣。他环视了一下大厅，多数士兵盯着他看，少数士兵则带着羞愧或恐惧望向别处。他可以看见他们的军官，肩章和礼仪用剑让他们在身着猩红军服的人群中极为显眼。似乎没有人准备干预。无论发生什么事，他们只是奉命见证而已。

这是一种荣誉行为，但他发现他很难把这与他在莱什克空间站听到的那条鬼鬼祟祟的信息对应起来。

"站起来。"

帝国司令官犹犹豫豫地站直了身子，目光看向他处。

"看着我。"

卢文斯滕照做了，他艰难地吞咽着，下巴抽搐着。他的眼中依然带着坚毅的神情。

"你认为你该死吗？"

坚毅的目光产生了几分动摇之意。

"我……我宁愿活着，但我对失败听天由命。"

"你为什么会向帝皇的敌人投降？"

"我太软弱了。"他的语气和表情中没有任何模棱两可。帝国司令官说着，好像他希望有人把这番话作为他的遗言记录下来似的："我们不知道发生了什么。星矩消失了，亚空间突然不见了。随着时间的流逝，生存的意志被敌人一点一点地榨干。只有在这儿的宫殿里，我们还能保持一些表面上的秩序。我们无法保护整个世界。我做不到。我担心如果他们直接攻击我们……那么所有抵抗的希望就会消失。也许，只是也许，我们可以转移他们的愤怒，同时找到方法打破对我们思想的诅咒。"

"一个诡计？这是个诡计吗？"

"如果我说我认为这不是投降，那是在撒谎。我已经准备好投降了。但如果还有机会，我永远都不想这样做。"

当埃斯切罗斯举起剑来时，指挥官畏缩了。这是正常的人类反应，仅此而已。指挥官清楚地承认了自己的罪行。埃斯切罗斯在他的举动中看到了力量和荣誉。上尉的职责是为了一时的行为过失而杀人吗？他能用要求阿斯塔特修会强化过身体的军官应达到的标准，来要求卢文斯滕在任何情况下都毫不退缩吗？尽管他首先是一位军官，但他并非对政治一无所知。不管他对费杜阿里斯说过什么，他的任务不仅仅是杀死敌人，还要恢复帝国的力量。

他还剑入鞘，大厅里顿时充满了叹息声、窃窃私语声和解脱的笑声。

卢文斯滕一动不动地站在那里，面无表情。他平静地说道："我以为你会动手的。"

"如果您让我失望的话，我还是会那么做的，帝国司令官。"

卢文斯滕点了点头，示意他的朝臣们走近些。埃斯切罗斯转身向普拉克萨米德斯点了点头。他们已经讨论过需要做哪些准备工作。极限战士已经对异形败类给予了沉重打击，但敌人还没有被击败。伊斯拉卡之复仇号如果想要再次进行亚空间的空间转换，就必须把异形赶出这个星系。从这里得到的任何情报都可以被带往卡斯帕里尔星系和其他遭受同样命运的星系中去。这场战役只是更宏大战役的开端，但如果他们现在犹豫了，这一切将无法实现。

西姆特坐在末日太阳号的指挥宝座上，沉思着他的舰队所遭遇的事件。一艘敌舰怎么会造成这么大的混乱？他的哪位手下失败得如此惨重，以致风暴之鹰号的旗舰将官专用艇现在支离破碎，成了野蛮人星球地表上的焦黑废墟？所有的协议都是按法令执行的，然而敌人却以这样的方式袭击，使所有可能的防御都失效了。

这一切都源于那件不知名的暗影斗篷，正是它阻止了敌人被早早地发现。然而，无论他们采用的是什么技术，现在都已经失效了。墓穴舰的传感器可以清楚地探测到离人造卫星很近的敌舰。其他的舰艇聚集在轨道上，对所剩无几的太空死灵部队形成了封锁。

唯一令人乐观的一点是共振器幸存了下来。如果敌人意识到了它的价值……

奇怪的是，他们竟然没有觉察出它的目的。回顾外星人的行动，西姆特只得出了一个结论。

西姆特宣称："他们整个攻击的目的就是要除掉我。"这引起了菲托斯和阿－霍特普的注意。他们一直在监测更新后的传感器数据，以规划下一个要启动的级联。他说："他们是怎么认出我的？你们也看到了他们是如何直接朝风暴之鹰号的旗舰将官专用艇冲过来的。这是一次暗杀行动！"

阿－霍特普说："不可能。谁会知道我们在这里呢？"

西姆特握紧拳头咆哮道："一个叛徒。不是菲托斯，他不可能出卖我。"

阿－霍特普提议道："是竞争对手吗，索提克的一员，还是墨菲利特的一员呢？"

"我表哥一直对他的个人计划守口如瓶。没有人知道他的野心。"

"实验进行得很成功，虚空之鹰。另一方可能已经注意到了我们对永无海的影响。有权势和影响力的对手可能已经在某种程度上觉察到了你的参与，并利用人类作为代理人，而不是正面对抗。"

"这个假设不太可能是真的，大人。"阿－霍特普说道，"但这次袭击显示出了对方对我们协议非常了解。也许对方——"

还没等等离子体术士说完，西姆特就感到自己的皮层场突然受到了束缚。传来了一个强大的通信信号，甚至在它到来之前，他就猜到了它的来源。

"你们可以走了。"他挥舞着一只手咆哮道。传送器猛然将皇家典狱长、死灵卫士和毁灭者移形换位到下面几层的一个次级舱室。脉冲调制的命令关上了门，禁止他们出来，直到他准备好面对他们。

在象形石上，出现了索洛特普的一幅粒状影像，他身披华服，昂首站着。传送的到达方式很能说明问题——上位者直接插入到控制矩阵中，而不是下位者请求连接。然而使者的出现令人失望。西姆特本以为如此权威的传送会来自寂静之王本人，而不是一个出身低微的传令官。

"你好，我表哥的喉舌。"西姆特说着，微微起身歪了歪头，又坐了下来，"能得到我表哥的问候，我感到不胜荣幸。"

那位使者咆哮了起来："没什么好问候的，西姆特。别再装腔作势地提及家族身份了。寂静之王萨雷赫非常失望，在你的矩阵里发现了一系列令人震惊的协议漏洞。我们找不到风暴之鹰号的旗舰将官专用艇，也找不到随从的那几艘三桅战舰。"

"阿纳拉克帷幕第七星系出现了一些问题。反对势力只是短暂的死灰复燃，很快我就会打败他们。"

"你损失了墓穴舰，让事情变得更复杂了。可惜你不在舰艇上。这一行动正处于关键时刻，我们在多个星系中蓄势待发。你的任务是把共振器护送到黑石稀缺的世界，因为这是一项简单的工作，完全在你的能力范围内。你不需要校准和建设方面的专业知识，只需要将共振器引导到指定地点，并启动它即可。"

西姆特说："不出所料，野蛮人不愿意被恐吓。难道你没有想过会有战争吗？"

"你的借口苍白无力。只有结果才有实质意义。你有什么计划能重新控制局势？"

"我将迅速前进，护送共振器到达指定地点，并尽快安装。它的存在和启动将会使敌人所能召集的更多好战分子平静下来。他们似乎不知道共振器的作用，所以把它带到第三颗星球的表面，并不需要太多的诡计。"

"很好。这是你最后的机会了，西姆特。如果你失败了，或者如果你花的时间太长了，寂静之王就会撤你的职，并把你放逐到休眠线圈里。"

一想到要在意识的地狱中度过永恒，西姆特就充满了恐惧。从长达数十亿年的沉睡中醒来，看到银河系被颠覆，他不愿在太空死灵重新夺回他们光荣统治地位的时候，被闲置而且无能为力。

"我办事你放心。告诉我表哥，他在另一个王朝可能有对手。我一直是暗杀未遂的受害者。谁知道还有什么阴谋在酝酿着？"

"你不要去管王朝的事。当你完成任务后，你可以回归朝堂。在那之前，如果我不需要再和你说话，那就太好了。"

索洛特普的影像眨了眨眼睛消失了，把西姆特独自留在墓穴舰的黑暗中。他能感觉到阿－霍特普在不停地唠叨，她在要求被释放出来。菲托斯代表他们进行了更礼貌的询问。西姆特记起了他对索洛特普的承诺，打开了隔离的房间，召唤他的随从回到舱室。要做的事情很多，而完成的时间却不多了。

阿－霍特普厌恶在她的墓穴舰上接待这位霸主，甚至比在远处做他的傀儡时还要厌恶。仅仅是他硬生生地出现在她的个人矩阵的中心，就是对她尊严的践踏。他霸占她的指挥室，就像一条寄生虫，正在啃食国王的内脏。他的协议污染了他们接触到的一切，就好像无能是病毒一样。当舰队在共振器周围集结力量，准备朝着第三颗行星前进时，西姆特却钻研起了她的档案和地窖，翻阅往日的遭遇，激活她的军团，就好像他们是可以玩的玩具一样。她很庆幸自己有先见之明，抹去了侦测到的敌舰的所有痕迹，所以，她的舰艇似乎也饱受盲目性的困扰，就像她施加影响令风暴之鹰号的旗舰将官专用艇失明一样。

她无法抑制沮丧和厌恶，为自己找了个到底层办事的借口，进入了被科技修道士协议隔离的密室。除了她自己的皮层场外，其他的皮层场上根本没有这个舱室的存在。科技修道士用连她都不了解的维度防护装置将它包裹起来，它的能量网被打造得非常精细，她无法理解它的复杂性。只有当她亲身站在结界上时，她才能看清结界内的密室。

她走了进去，知道用不了多久，西姆特就会变得不耐烦，而且四处寻找她。

对所有关注她的人而言，她的身影位于相邻的地窖中，能量流上的共振会让人觉得她正在研究转移故障。如果领主尝试强行移形换位……那就麻烦了。

阿－霍特普考虑着要说些什么，启动了通信网络。起初，她抑制住了自己的情绪，记着她的报告必须明白晓畅才能发挥作用。

"意想不到的敌人加强了星系的防御。在军事上，他们以少胜多，以弱胜强，但最令人感兴趣的是他们对士气的影响，以及他们在虚空牢笼内充分发挥作用的能力。他们显然是某种亚型人类，装备精良，训练有素。他们还有其他的特点。我简单看过他们的能量模式，除了拥有巨大的生物能量以外，他们的大脑活动也以一种非常特殊的方式被强化过了。我相信科技修道士已经对这些生物进行了更详细的研究，也许他们已经意识到了这股抵抗力量。对这个项目最大的威胁是这个教派中相对少数的战士可以对其他人类产生不成比例的影响。他们本身并不是星术师，但他们对于永无海和虚空牢笼的影响，与星术师相似。"

她暂停了对远方主人的广播，从她的数据传真中截取了一份瞬时检查协议，同时检查有没有来自指挥部马斯塔巴的联系尝试。冥工圣甲虫和复活者们在走廊里忙忙碌碌，照顾着那些从休眠墓穴中被释放出来的战士们。

"我相信，西姆特的无能会阻碍他们自身。萨雷赫显然越来越没有耐心了，我担心他很快就会派一个更有能力的霸主来取代西姆特。我知道我的目的一直是观察和向科技修道士报告，但我能感觉到我必须采取行动的时刻即将到来。他们选择我执行这项任务并非一时心血来潮。尽管还处于起步阶段，但虚空牢笼项目很快就会证明其有效性。当这一目标实现后，寂静之王就会继续推进快速扩张。到那时，其他王朝要阻止他实现自己的目标并在他的领地上静止永无海，可能就为时已晚了。当这一目标实现后，他不仅会将注意力集中在外来的威胁上，还会关注我们在伟大文明中的对手。"

"我要阻止他，永远不会让萨雷赫获得他想要的力量。至于西姆特……在末日之前，我会确保他的梦想被粉碎成渣，他的遗产会散落在宇宙之风中。我会吸食他逃跑时的精华！他死前会感到绝望的，也会知道那绝望是我带来的！以索瑞克和阿肖克的古老仪式，以卡尔塔的七道阴影之名，我诅咒西姆特和他的家族！"

阿－霍特普停了下来，担心她的愤怒引发的激烈长篇演说可能会破坏安全地窖的静音协议。情绪爆发让她感觉好多了，她怀着正义即将到来的心态退出了密室，把她的皮层分身打发走了。现在她已经做好了心理准备。每一次羞辱，每一句轻蔑的话，每一次强迫移形换位和傲慢的召唤都会得到报应。在返回控制室的途中，阿－霍特普弯曲着爪子般的双手，尾脊椎骨在抽搐，她不再对正义感到不耐烦了。现在，她品尝到了对复仇充满期待是什么滋味。

第二章

与卢文斯滕的会议结束后,在返回伊斯拉卡之复仇号的途中,埃斯切罗斯惊讶地发现修女－城主欧珀莱正在气闸舱的前厅等着他。

那位战斗修女官员平静地说:"上尉,我需要和您谈一谈。"她看了一眼那些红衣士兵,他们跟着极限战士的仪仗队从观众席上退了回来。她说:"劳驾,占用您一点儿时间。"

"当然可以。"上尉回答道。他转向俄瑞斯忒斯的星球军:"你们是你们星球的荣耀,你们的护卫使我感到荣耀。我们马上就要开战了,我不会阻止你们做准备的。你们可以走了。"

红衣士兵的排长有几秒钟显得不知所措,埃斯切罗斯怀疑他要拒绝这项命令。

"这是我们的荣幸,埃斯切罗斯上尉。极限战士在我们身边,给了我们所有的勇气,即使是在异形的地狱诅咒向我们袭来的时候。"

埃斯切罗斯对他们说:"你们要保持坚强和忠诚。再过几个小时,也许再过几天,我们将获得胜利。"

担保似乎对他们的情绪起了奇效。那些俄瑞斯忒斯人举枪敬礼,带着微笑,背挺得更直了。

欧珀莱说:"这是真的吗,上尉?你想在几天内摧毁太空死灵吗?"

埃斯切罗斯说:"我不会说谎。"他顺着走廊望去,目光掠过帝国司令官祖先的画像,说:"你想登舰吗?"

"不,那就不必了。"欧珀莱从她腰带上的小袋子里拿出一块宝石蓝色的数据水晶,把它递给了那位星际战士,"你们不能相信帝国司令官。我不同意他投降的决定,但我受对修会的誓言约束,要支持他的家庭和地位。我觉得他可能还在试图与外星人进行斡旋。"

"这就是证据吗?"普拉克萨米德斯说道,走得更近。

欧珀莱朝他投去指责的目光，然后瞥了一眼在附近等候的其他身着蓝色盔甲的巨人。

普拉克萨米德斯说："原铸星际战士的听力相当出色，修女。在场的所有战士都听到了你的话。"

被大块头的战士包围其中，欧珀莱看起来很不安。

"你可以相信我们所有人，修女。"加里奥斯兄弟说。他是剑刃守卫小队的队长。"我们宣誓服从我们上尉的命令，如果你可以信任他，就可以信任我们。"

"是的，当然。"欧珀莱敷衍地说道，听起来不怎么相信他的话。

埃斯切罗斯向加里奥斯和另一个剑刃守卫打手势示意："你们必须尽快离开。我认为我的处境并不算十分危急，兄弟。"

加里奥斯说："遵命，我的上尉兄弟。"他举起剑，先向修女行礼致敬，然后向埃斯切罗斯行礼致敬。另一个剑刃守卫也这样做了，然后他们转过身穿过气闸舱出去了。

欧珀莱说："这不是证据，也不能令法庭信服，但它表明了帝国司令官的意图。"埃斯切罗斯伸出他的手，她把那块水晶放进了他戴着护甲的手掌中。在蓝色金属护甲的衬托下，水晶显得很小巧。如此脆弱的东西，所承载的信息竟能重如千钧。"这些是议会会议厅的记录。回顾一下，看看你有什么想法。"

普拉克萨米德斯说："我们即将与俄瑞斯忒斯的军队展开一场联合军事行动。如果你有什么顾虑，我们一定要听听。你说我们不能相信帝国司令官。他要做什么？"

"我不知道，但自从你们进入轨道被探测到了以后，我就被排除在议会的审议之外了。法庭监督书记员也被打发走了，没有关于讨论内容的记录。"

普拉克萨米德斯说："值得怀疑，但并不能定罪。"

埃斯切罗斯说："我会看看这个，谢谢你把它带给我。如果你的猜疑被证实是对的，我想你会有些风险。如果需要的话，你可以在我的舰艇上避难。"

"在别的时间，我也许接受这个提议，但目前我与俄瑞斯忒斯的立场一致，无论好坏。也许帝国司令官会再次把我当作他的心腹，那么我可以劝他不要做任何愚蠢的事情。"

"也许吧。"埃斯切罗斯说道，握紧了那块水晶。他把它举到胸甲前，低下了头："蒙帝皇之恩典，修女，祝你好运。"

她点了点头回应他的感谢，然后沿着走廊匆匆往回走。

没等她穿过另一扇门，埃斯切罗斯就转身回到了他的船上，普拉克萨米德斯陪在他身边。

中尉说："事态严重，你对它有什么看法？"

"不管怎样，都有麻烦了。"埃斯切罗斯说，他们走到对接门处，登上了攻击巡洋舰。埃斯切罗斯觉得再次踩上甲板的感觉可真好，说："设定飞往上层轨道的航线。我要一份涅米图斯关于地面情况的报告。准备好前厅，我们将在那里回顾一下这份数据。"

涅米图斯用他的剑砍穿了另一个甲虫状的结构体，把它抽搐不已的残骸踢下了竖立在俄瑞斯忒斯升降机设施周围的护堤顶部。像其他异形一样，它的金属躯壳消失在苍穹中，发出翠绿色的光芒。

他叹了口气。在两天来零零星星的战斗中，俄瑞斯忒斯人在加强防御的同时，派出巡逻队和发动反攻来保护他们。他们连续四十八个小时射击爆矢弹和挥动剑刃，却没有一个异形的尸体、肢体或血迹可供展示光荣战绩。

由于缺乏实物证据，整个战斗过程显得很不真实，再加上敌人每次进攻都会有反灵魂效应的压迫性涌动。

他不是一个嗜血的战士，但他确实喜欢他的职业。他完全不记得自己被选为原铸星际战士之前的生活了，但他可以假定自己对暴力并不陌生。

阿斯塔特修士的战团招募的可不是和平主义者。

战斗苍穹上的光明之星。

这不是一场荣耀之战，但极限战士的出现对俄瑞斯忒斯人无疑是一种鼓舞。凡是罗保特·基里曼麾下战士经过的地方，人心振奋，大家的脊背都挺直了。如果没有他们，涅米图斯相信星球地表的所有抵抗都会瓦解，太空死灵从而得以自由地全力攻击轨道空间站。

随着外围岩墙的完工，俄瑞斯忒斯人放下了铲子和挖沟工具，拿起了他们的激光枪和霰弹猎枪。尽管星际战士的存在极大地鼓舞了士气，但他们的贡献微乎其微。无处不在的绝望感已经消失了，但敌人的每一次进攻都预示着绝望感的逐渐回归。

涅米图斯能感到绝望的情绪又在增长。他从基地里士兵们下垂的肩膀看出了这种情绪的蔓延。军官们吹响了军号，那些士兵拖着沉重的步伐走向射击位置。

最清楚流露出这种情绪的是他们的眼睛。这不是涅米图斯在那些长期服役的士兵眼中看到的那种听天由命的超然，而是一种疏离的漠不关心。从积极的方面来看，保持无感消除了自然的恐惧。但是这样做是以牺牲思想和激情为代价的，时间一个小时又一个小时地流逝，中尉不仅看到了，而且感觉到了那令人毛骨悚然的厄运正在降临。

摩托车引擎的轰鸣让他注意到维奥兹中士和他的摩托车警卫回来了。他们在离七英尺高的护堤不远的地方停下，摩托车上的武器转向外面。

"北方和东南方的敌人数目正在增加，中尉兄弟。"维奥兹一边说，一边用他的爆矢手枪指了指，"我们拦截了不少，但每个方向至少有一个连队的兵力。战士结构体、重力掠袭者和那些三条腿的混蛋，还有支援生物。我想说，数目总共有几千个。"

涅米图斯说："他们似乎学会了忍耐的美德，不再发动零零碎碎的攻击，而是聚集在一起准备发动有组织的进攻。"

维奥兹说："我们可以解决其中一个方向的敌人，但没法解决两个方向的敌人。北方的敌军似乎数目更多。"

中尉考虑了一下自己的处境，并自问在同样的处境下，普拉克萨米德斯会怎么做。无论他想不想做，涅米图斯现在都有责任保卫这颗星球。一个错误的选择就有可能会导致彻底的失败。比起敌人集结的消息，这个念头更使他不安。

"不行，就算事先收到了袭击的警告，我们能做的准备也不多了。我们已经准备好了。恢复阿尔法航线的巡逻，把你们遇到的散兵都干掉。自从我们摧毁了他们的指挥舰后，他们已经被打散了，萎靡倦怠。外面一定会有更多孤立的小股敌人。"

"那现在他们为什么要组织起来呢，中尉？"

这是个涅米图斯没法回答的问题。

他对此避而不谈，说道："赞美基因原体大人！为了基里曼和帝皇！"

"为了基里曼和帝皇！"摩托车警卫们齐声喊道，然后离开了，身后拖着滚滚烟尘。

涅米图斯启动了盔甲上通信器的增压器，希望伊斯拉卡之复仇号就在上面的轨道上。他们一直在来回运送士兵和补给品，以及一些剩余的星系飞行器，使用升降设施将部队带到星球地表。在过去的六小时里，数千名士兵已增援了防线。

"舰艇指挥部，这里是星球地表指挥部。敌人正在拖延进攻时间，准备发动更有组织的大规模攻击。请求进行破坏性的轰炸。"

几秒钟后，通信器咝咝作响，传来了回应。普拉克萨米德斯的声音略显模糊地传了过来："这里是舰艇指挥部。现在不可能进行对地轰炸。我们探测到多个来袭的虚空信号，正在快速接近。卸下我们最后一批已装载上船的部队，以便我们能进行机动和应对。"

"太空死灵的舰队回来了吗？"

"他们一小时内就会赶到我们这里，兄弟。预计星球地表将同时遭遇袭击。"

涅米图斯说："我们已经准备好了。上尉的计划是什么？"

"保护轨道路径，确保你们的位置安全。出于某种理由，太空死灵似乎更关注这颗星球而不是轨道宫殿。如果我们能阻止他们派更多的部队登陆，你们就应该能够抵挡住已经部署好的部队。"

涅米图斯说："我有种感觉，一旦舰队回来，我们就很难杀死他们了。"

"你的右臂累了吗，兄弟？"

涅米图斯大笑起来，说："不累，不过你下来到这里，稍微用一下你的也没啥坏处，兄弟。"

"上尉已经声明他将指挥反击部队。我将会再次指挥巡洋舰。"涅米图斯听到一声长长的叹息。

"你是个伟大的指挥官，兄弟，上尉也知道这一点。"

"除了我缺乏实战经验以外，我们还有更大的顾虑。我相信你会守住这个基地，不会分心的。"

"古战士马格纳图斯和剑刃守卫一起下来，坐最后一节轨道升降车厢。上尉已经给我送来了连队的军旗，提醒我对这个地方身负责任。倒不是说我需要它。"

"当然不是。帝皇护佑，兄弟。我们是帝皇意志的化身。等战斗结束后，我还会再见到你的。"

"兄弟，帝皇的恩典会与你同在。"

涅米图斯切断了通话器的连接，从城墙与外壕间的狭道上往外看。敌人会先从北面进攻，还是先从东南面进攻，还是两个方向同时进攻？但这有什么要紧吗？

他不喜欢坐等敌人发动进攻，这意味着不作为和放弃主动权。他曾发誓要保护升降机基地这个地方。另一方面，涅米图斯认为，进攻性的防御仍然是一种防御。

他打开通话器，向从古战士马格纳图斯麾下来的炮艇机驾驶员说话。毕竟，他不是一个有耐心的指挥官。

第三章

　　人类在无知的时候是乐于助人的。当西姆特的舰队重新部署的时候，他们在第三颗行星的轨道上变换舰艇的位置，浪费了所有逃跑的机会。事实证明，轨道装置的航向有问题，几乎直接把舰艇带到了即将在星球地表展开的战场上空。虽然野蛮人可能认为在巨大的人造卫星的保护下他们更安全，但人造卫星只是给了西姆特一个单一的目标。他不是个会把计划搞得过于复杂的人，因此舰队以最快的速度出发，趁敌人集中的时候与他们对峙。

　　他注意到，阿－霍特普最近在复活地窖里待了相当长的一段时间，现在她的皮层场几乎被紧紧包裹在末日太阳号的传感器库里。

　　"你看到了什么，等离子体术士？"他质问道，拉扯了一下她的通信矩阵，"是什么充满活力的景象让你把视线从战斗中移开了呢？"

　　等离子体术士悬浮的躯体渐渐飘近了指挥王座，她的眼睛里闪烁着烦恼的光芒。

　　"大人，我随着宇宙的背景辐射起舞，随着星星的节奏摇摆。"她尽可能地鞠了个躬，并向那些印着象形文字的金属板伸出一只手。它们迸发出耀眼的光芒，马斯塔巴中泛起了变幻不定的金色色调。

　　西姆特承认道："真美。但在我快要取得最后胜利的时候，你如此三心二意并不合适。"

　　"万军之主，伤痕累累的美景。"菲托斯说道，朝显示屏指了指。金色的辽阔苍穹缩小了，集中在一个黑点斑驳的区域。

　　"这是什么？"出于生理上的习惯，西姆特靠得更近了一些，这是漫长的休眠期也没让他失去的一个习惯。接近数据对其清晰度并没有任何影响，但感觉应该如此，他问："我看到的是什么？"

　　阿－霍特普解释道："时空中有一道微弱的涟漪，是维度转换引擎的回声波。"

西姆特说："太空死灵的舰艇。在哪里？"

等离子体术士回答道："正在进入星系。"重新整理的数据显示，来袭的飞船已经到达外层星系了，正在快速移动。数十种信号掩盖了宇宙能量的自然流动。

"肯定是索洛特普。"菲托斯转身对他的主人说，"他率领一支舰队来取代我们，银山之主。"

西姆特龇牙低吼道："背叛。突然之间，一切都变得很清楚，就像纳托尔群山的日出破晓一样。"

他对纳托尔群山毫无印象，只是在破损的档案资料中见过这美丽的山脉，但霸主幻想着这样一个吉祥的地方一定是他的出生之地。

"是索洛特普一直在与我们作对！他把我们引入了人类的陷阱，设下了一个认为我们会失败的任务。"

"他这么做有什么好处呢，强大的六山霸主？"

阿－霍特普迅速回答道："为了摆脱王朝里的一个强大对手。"她靠得更近了，声音几乎像是耳语，她的皮层传输着涓涓细流般的数据，"他只不过是一个美其名曰的行政官员，霸主。他渴望从别人那里攫取成功的功劳。"

西姆特回答道："他一直想搞垮我。"他看着那支舰队的规模，惊叹不已。要是他的堂兄能把一半天赋给他就好了，那样他早就把面前的一切都一扫而空了。"我们必须在他到达之前放置共振器！那样他就无法凭借已经完成的行动而邀功，而且他会在寂静之王萨雷赫面前暴露他的口是心非。"

"那么人类呢，虚空海洋的威严统治者？"菲托斯让主数据显示退回到目标星球。

"放置共振器可以让他们安静下来，计划不会改变。"

阿－霍特普说："是，大人。如果您允许的话，我将继续监控能量流，收集更多的数据，或许还能确认索洛特普是否待在那支新来的舰队中。"

西姆特点点头同意了，挥手示意她离开。他又把注意力放在了人类身上，制订了自己的计划。在安装高斯炮塔的过程中，无论有什么损失都无关紧要。一旦这个星球被他统治，他就能利用与生俱来的权利，率领索洛特普的舰队继续成功的远征。舰队的到来很及时，霸主想知道他的堂兄是否可能已经看出了索洛特普的阴谋，并为此派索洛特普来找西姆特。这个顽强反抗的、未开化的星系不会妨碍西姆特伟大的崛起。

她的尸体化为了尘埃，比灰尘还要细微。她的粒子回归到了宇宙的大循环中，她的灵魂从俗世的烦恼中解脱出来了。佐扎尔却受困于这种人生，只要生命仍在延续，他就得不到安宁。他在新创造出的太空死灵队伍中很难找到她。在萨雷赫的最初设想中，大规模的生命转移似乎是不可能的，但太阳诸神的谎言已经深深烙印在寂静之王的心中，他不会动摇。佐扎尔已经见识到了，在他们世界中那无情的、垂死的太阳下，生命是多么脆弱。他是首批志愿者中的一员，把他的科学智慧贡献给了这个事业。他们全都是多么虚荣啊，而他们的虚荣心又是多么天真啊！

他弯曲了一下全副武装的四肢，看着在他的军队面前拔地而起的防御工事。一个固若金汤的牢笼。

他的军队呢？

他曾是一名工程师，也是大坝、起重机械和桥梁的创建者。他是什么时候听说战争这回事的？

佐扎尔起初四处搜寻，迫切地渴望与妻子和孩子们团聚。他从来没有找到过年幼的孩子们——她们迷失在无数无意识的战士方阵中的某处，这些士兵是在星际间扩张王朝的先头部队。复活了那么多次，她们已经被处理得无影无踪了。也许最好的是她们什么都不记得了，不记得曾在花园里玩耍，也不记得曾爬上过金字塔的北侧。

也许最好的是她们成为没有灵魂、没有梦想的战争工具，浑浑噩噩，不知道自己变成了什么，就像佐扎尔一样。

七天后，他才找到他的妻子。她是遭遇最惨的一个，她与生命的联系和灵魂力量如此强大，导致生命转移已经把她逼疯了。她拥有了人造的蜂王躯体，她的思想却被锁在躯体之外。她徜徉在她心灵的果园里，凝视着轻柔拍打着金色沙滩的大海，这金色的沙滩只有她能感觉到——然而她知晓失去的痛苦。她的明亮变得黯淡，她就像往昔的乌云背后的太阳。

他那时才知道，他所做的一切，他所促成的一切，让他无法承受。数百万的灵魂被毁灭，取而代之的是生命的复制品。佐扎尔看着她，看着她那用金银打造的傀儡躯壳，和她一起变得疯狂。他破坏了她的形体，扼杀了她的复活场，这么做的痛苦剥夺了最后一丝荣誉或者怜悯。他试图自杀，但又在一具全新锻造的躯体中再度醒来，在一个精确的复制品中转生。

从那时起，佐扎尔就知道了，只有用所有凡人的灵魂填满永无海，才能最终将他从活生生的监狱中解救出来。

每一个反对他的生命体，都是他在实现那个更大的目标时需要克服的障碍。那些在防御土墙和城墙之外一字排开的人类终将死去，他们的身体会渐趋腐朽，被宇宙吞噬，化为乌有。但他们可能会繁衍生息，孕育新的生命，用新生命的存在诅咒这个星系。为了更大的计划，光是顺其自然是不够的。

和佐扎尔一起到来的还有一排排的战士，一队队的掠袭者、毁灭者和潜行的荒蝎。许多战士拒绝了他的集结命令，比起把他们约束于毁灭者君主麾下的指令协议而言，他们消灭所有生命的需求更为强烈。他们有些被海洋隔开，有些与其他敌人交战。然而，在世界的转变中，他已经把数千名可致人死命的下属聚集在一起，让他们只服从于他的意志。

他不记得到底为什么要攻占这个空间站了。但这无关紧要——消灭生命是他唯一需要记得的目的。

第一批子弹和能量刺从外围防御工事中飞射而出，他的临时部队川流不息地穿过农田，深一脚浅一脚地穿过齐腰高的谷物，翠绿色的眼睛盯着那些可恨的活着的生灵。在他们的脚边，散落着一地厚厚的浆细胞，这波冥工微生物专门用来保持矩阵的其余部分不受毁灭者信条的影响。这样做有一个额外的效果，那就是使它们成为破损的荒蝎和毁灭者神奇的重建装置。当爆炸或凝聚光束的威力足以击碎佐扎尔属下的躯壳时，浆细胞的数量就会激增，反刍所储存的毁灭者能量，使它们的主体恢复人工生命。

领头的小队开火了——高斯能量的闪光，猛然扑向在隆起的防御工事上掘壕固守的守军。翠绿色的光束在一排排的防线上来回拖曳，把它们碰到的每一个活体细胞都消灭掉，在简陋的板条箱和翻过来的储物箱组成的粗糙路障上发出爆裂声。搬运车和小型车辆被拖到适当的位置，以制造更多的路障，但对于毁灭者的反重力引擎来说，它们一点儿都不碍事。毁灭者直立在前进的战士队伍中，飞快地向前冲去，重型高斯加农炮轰向了躲在简易炮台后的人类。

虽然他们的伤亡随着距离的缩短而增加，但佐扎尔驱使着他的军团前进，而不是躲避炮火或进入掩体。他们的身体和冥工复活术就是抵御敌人武器最可靠的防御手段，而攻击的速度最终会减轻他们所面临的威胁。

当太空死灵到达开阔地带时，小型武器的交锋明显加剧。在那里，根据被烧焦的泥土和农作物残茬，以及空气中残留的燃料微粒，他们可以确定敌人采用了焚烧地面覆盖物进行坚壁清野的战略。子弹和能量束几乎是源源不断地从城墙上射来。在城墙之外，重型武器嘶吼着，怒鸣着，咆哮着，曳光弹和等离子体脉冲朝掠袭者、毁灭者闪着亮光。更多的战士倒下了。翠绿色的高斯光束闪回风暴中，瞬间就将守军化为乌有，使防线出现空档，从而减少了来袭的火力。

佐扎尔对双方的阵亡者毫不在意。战斗是达到目的的一种手段，重要的不是它本身的成就。

虽然他的攻击看似不够激烈，但这是更宏伟的计划的一部分。另一支部队正在逼近，规模较小但速度更快。由于敌人转移了兵力对抗全面攻击，所以他们将对二次攻击束手无策。

直到他进入敌人的火力范围内，佐扎尔才注意到了一些奇怪的事情。在之前的攻击中，他没有探测到任何化学推进的质量反应弹头，而这些弹头曾在之前的攻击中粉碎了许多毁灭者。他暂停了前进的脚步，用跨光谱传感器向前探测，寻找强化人类蓝色盔甲和热羽流的蛛丝马迹。

他什么也没探测到。

他们抛弃了他们的伙伴吗？他们是不是躲在基地里，守着最坚固的城墙，而他们数量较多的凡人平民却在第一次攻击中首当其冲？

没关系。他们的缺席只会让进展更迅速。按照目前的推测，甚至在第二次进攻到来之前，佐扎尔的部队就会穿过外围的防御工事，到达城墙上。他用分解器开火，碧绿色能量的光束击穿了三个人类射手，这三名射手正站在一辆废弃的货运车的驾驶室顶上。

歼灭一切。

这个星系及其居民的命运已经注定。阿－霍特普知道人类将被消灭得干干净净，要么被西姆特，要么被索洛特普，或者两者皆有贡献。被安置到位的共振器将扩大逆向－灵焰漩涡矩阵。这样一来，萨雷赫的计划就更接近完成了。如果确实是索洛特普带来了替补舰队，那他的到来就表明不管是由于它的位置还是时间，这个星系已经变得越来越重要。破坏行动的机会已经所剩无几，阿－霍特普已经没有选择的余地了。

她继续用大部分等离子体协议扫描更广泛、距离更远的频率和发射，但把一小部分力量转而作用于目标世界，特别是那艘围绕其飞行的舰艇。从敌舰的位置来看，她不得不断定，它们是为了保卫轨道空间站而设置的。它们的警戒线位置不对，无法阻止末日太阳号和共振器的运输舰撞入轨道，为降落做好准备。

在第一次攻击中，有一连串的防御卫星被占领。它们的系统超负荷运转，其工作人员不起作用。如果它们有效，西姆特接近时就不会那么鲁莽，这样人类就有更多时间意识到摧毁共振器是他们获得胜利的唯一机会。

由于西姆特的协议仍在各个回路中流动，阿－霍特普无法在不经过审查的情况下正常运行。她曾几次利用了西姆特懒惰的缺点，但他迟早会发现她的行为有些不对劲。她还有最后一次机会来破坏霸主的计划。

她发现了来袭的舰队，这让她有理由再一次前往地窖深处——确保协议的安全，防止索洛特普的侵犯行动。

她告诉霸主："大人，索洛特普如果已经破坏了他的忠诚协议，那么很可能会对我们的同胞们做同样的事情。"

"这可能吗？"因为激动，西姆特发出一波波翠绿色的脉冲，"他能从我手中夺走我的战士吗？"

"如果我们把我们的协议结合在一起就不行，大人。我的协议并非起源于萨雷赫王朝。"

"双重指令吗？"霸主的语气中带着疑惑。

"我的意志将永远服从于您的意志，军团之主。"

西姆特的眼睛闪动着更明亮的光芒，同时皮层侵入的卷须刺探着阿－霍特普的连接，寻找任何不确定的迹象。等离子体术士守住了自己的阵地，对抗着从对她的皮层光环耻入侵中退缩的冲动。

刺探进行了很长一段时间，这让阿－霍特普相信，西姆特的四处刺探更多的是出于支配欲，而不是真正企图发现背叛。最终，霸主退出了。他的眼神黯淡下来，他转身离开，一副毫无兴趣的样子。

"很好，我祝福你。"

阿-霍特普不需要更多的借口，直接转移到地窖，几乎没有抛出她的场域-分身，就溜进了秘密的科技修道士的密室。她启动了通信阵列，想要把最新的发展播报出去，或许能以某种方式引导人类认识到共振器运输舰的重要性。令她惊讶的是，她发现人类在一个频率上有通信。它似乎非常局部，几乎像是针对太空死灵舰艇的。

她犹豫不决。她对人类的载波一无所知，但她认为人类的载波不太可能拥有那种足以破坏一艘全面运行的墓穴舰协议的力量。她的不情愿源于这种想法，即人类的信号可能会以某种方式传播，并暴露出被科技修道士屏蔽的房间。

她认为采取行动总比不行动好，于是追踪广播信号，通过墓穴舰的战术阵列进行转发，绕过了西姆特更高级别的战略协议。

"……在这场冲突中遭受了伤亡，但没有必要继续遭受战斗损失。我们是复杂的、有理智的物种，无须战争就能理解彼此。肯定有我们都认可的可以相见的土地，也肯定有双方均可接受的条款。我们恳请你们对此加以考虑，为你们的人民和我们的人民带来更好的结果。"短暂的间断后，信息播送又重新开始了，这是条循环发送的信息，请求开启谈判。

阿-霍特普启动了一个短程的、重复的扫描仪脉冲。它的发射遮蔽了人类信号，这使它不会被附近任何舰艇探测到。人类认为他们可能会与太空死灵谈判，这种傲慢简直令人震惊。西姆特会无视这种请求，因为他已经有了他们之前的信息播送，但他不再掌控全局，而且需要迅速取得胜利。阿-霍特普还不知道这种事态发展会有什么结果，但她确信自己能想出一些有创造力的东西来。

第四章

埃斯切罗斯审阅了轨道数据，然后向提交数据板的那位舱面甲级船员点头表示赞同。那名军官敬了个礼，然后回到了占卜终端，在那里，普拉克萨米德斯还在和一位技术神甫一起工作，好让最远程的传感器重新发挥最大潜力。

上尉对他的副官说："我感到肩上的担子没那么重了。"

"采取果断行动的话前景如何，上尉兄弟？"

"不，不只如此。"埃斯切罗斯活动了一下他的肩膀，他的盔甲通过发出呜呜声的促动器加强了这个动作。"这一定是离轨道宫殿很近，还有他们星语者分遣队存在的缘故。我觉得我们得到了一个机会——通过将所有的元素聚集在一起，这样我们就可以受益于屏蔽效应，使居民比星球地表的人神志更清楚。"

"宫殿的轨道恰好位于涅米图斯所防御的升降机站上方，这是一种偶然的巧合，但这是一个暂时的福音。我们不知道能在多大程度上信任盟友。你还没有检查欧珀莱修女送给你的水晶。"

"在手头有这么多事情亟须处理的时候，这件事似乎是最不重要的。不过现在跟我一起来，我们要看看是什么事扰乱了修女－城主的心境。"

他们俩移到了前厅，在那里，普拉克萨米德斯启动了数据读取器。在终端的顶部，一个小小的全息图噼啪作响地播放了起来，显示出一个会议大厅的楔形部分。会议厅的一头摆着一张长桌，另一头被全息记录仪的弧度截断了。这一头坐着帝国司令官卢文斯滕。埃斯切罗斯与这位统治者会过面，从而认出了这位戴面纱的贵族。另外还有几名男女坐在长桌两侧，议论纷纷，而卢文斯滕则靠在椅背上，双臂合抱，表情阴沉。

普拉克萨米德斯加快了播放的速度。几秒钟后，当可以听到卢文斯滕的声音时，他将播放恢复到正常速度。卢文斯滕一边说一边把手重重地拍在桌子上。

"够了！我召集这个会议是想征求意见，你们却在我面前争论不休。柯达尔男爵，很明显，这些不是什么路过的袭击者，而是一支举足轻重的入侵舰队。他们正在有条不紊地摧毁外部防御工事。"

一个身穿制服的年轻男子说："我们阻挡不了他们。"他的头发用一条银色的带子扎在了脑后。当他朝着遥远的星空向上挥手时，手上戴的戒指反着光。埃斯切罗斯推测这就是柯达尔男爵。柯达尔男爵说："他们的武器太强大了。如果活力号介入的话，我们也许尚有一拼之力。"

"一艘海军舰艇不足以扭转战局，我们需要寻求帮助。"这句话是一位上了年纪的老妇人说的，她的身边有一位侍从，侍从正往她太阳穴上的导管中灌入某种药物。

"帝国正处于动荡之中。亚空间风暴比比皆是。"卢文斯滕叹了口气，坐了回去，"谁会及时赶来呢？"

"那么我们必须为自己争取时间，司令官。"一个身穿灰色长袍、宽肩膀的矮个子男人说。他是一位高级行政使节还是联络员呢？他说："帝国将做出回应。我们必须活得足够长，才能受益于帝国的回应。"

那位老妇人说："投降？"她几乎被这个词噎得说不出话来。

柯达尔男爵说："谈判。我们如果能达成停火协议，就有时间保卫轨道宫殿。"

在记录仪看不到的地方，一名女子说："或者撤离。"

帝国司令官抹了一把脸，说道："我们没有讨价还价的筹码。"他已疲惫不堪，这显而易见。他说："我们能给他们什么他们得不到的？"

那位行政官说："也许，献上一场易如反掌的胜利？我们最大的防御工事在轨道宫殿上。我们的出口商品是消耗品。让他们拿走他们想要的东西，不要有所抵触。农作物会重新生长出来。人们可以通过生育来补充人口。"

"星语者是怎么报告这种灵魂枯竭效应的？"一位胡子花白的议员说道，记录仪差点儿没录到他的声音，"我们的头脑会变得迟钝吗？"

那位老妇人说："事实证明，宫殿的抵抗力更强。最好是趁我们还能行动之时行动起来。我们如果抵抗，就会被杀，从此无路可退。看来，我们如果饱受灵魂迟钝之苦，就会浑浑噩噩不知自己的痛苦。如果有人来救我们，我们也许还能得救。"

卢文斯滕看着他的顾问们，推论道："损失一个季节，代价似乎微不足道。"

我们的力量就在这间屋子里，在这些宫殿里。如果我们能保住这些力量，俄瑞斯忒斯就没有真正沦陷。"

那位老妇人说："我们必须同心协力。我赞成，还有谁赞成？"

桌子周围的人齐声表示肯定。埃斯切罗斯注意到有几个贵族保持沉默，但没有人表示反对。也许他们的地位太低，说话算不了数。

"那么我们都同意了：我们将尽一切努力保护轨道宫殿的存在，即使这意味着我们必须牺牲在星球地表的财产。"

卢文斯滕站起来时，全息投影闪了一下光，然后停了下来，定住了。

"他们投票支持这种悲惨生活？"普拉克萨米德斯似乎被这种想法激怒了。埃斯切罗斯感到失望，但并不惊讶。

"我能理解为什么欧珀莱修女会感到遗憾，但我看不出来，比起最初传送的投降信息，还有什么好谴责俄瑞斯忒斯人的。"

普拉克萨米德斯承认道："投降似乎比我想象的更有预谋。这是一种战略选择，而不是绝望下的迫不得已。"

"普拉克萨米德斯，我不敢猜测这些官僚的头脑是如何运作的。在这里的上层阶级中，这也许就是所谓的绝望了。"

"尽管如此，我还是要提醒你，小心驶得万年船，上尉兄弟。"普拉克萨米德斯移开水晶，投影消失了，"看来卢文斯滕很乐意结成权宜协定。"

"异形现在对投降或谈判不会感兴趣。谈判能为他们赢得什么呢？"

"你听到了帝国司令官的话。他提出无条件投降，因为他没有讨价还价的余地。我们的到来改变了力量的平衡。现在他有了我们做后盾。我认为，如果事态发展对我们不利，这种实用主义会引导他迅速对我们反戈一击，就像他们对他们的臣民反戈一击一样。"

"在这种情况下，我们必须确保自己保持优势。"埃斯切罗斯跨过前厅，启动了战术显示屏。蓝色的符文清楚地将友军资产的位置标示在全息仪上。太空死灵移动的速度非常快，导致星际战士很难追踪到他们，红色轨道线在轨道平面上勾勒出来的是他们进入路线的近似值。"这个计划很合理。涅米图斯坚守地面阵地。你将指挥伊斯拉卡之复仇号以对另一个登舰行动造成威胁。我敢肯定这些没有灵魂的异形在让巡洋舰再次靠近之前会三思而后行的。我会增援轨道宫殿的人员。不管亚空间效应的来源是什么，那里的灵能者最擅长抵挡它。敌人肯定会找上他们，以完成对这个星球的全面统治。有了那个地方的防御工事和我们所有的舰艇，我们应该能够摧毁他们最后的主力舰。这样就能缓解压力，就像第一艘主力舰坠毁时那样。"

"根据我们所了解的情况，这是一项合理的战略。"

"你有所怀疑，是吗？"

"上尉兄弟，我怀疑的不是计划，而是我们的认知。我们对这些虚假生命的了解还不够多，无法完全预测他们的目标和策略。"普拉克萨米德斯将一根覆有装甲的手指指向了闪着红光的漩涡，"有一艘大型的非战斗舰艇。我们第一次发现它的时候是在太空死灵舰队散开的时候，但我们当时以为它是第二梯队的补给舰。现在我不太确定了。他们已经把它移到了舰队的中心。"

"你认为它是件武器吗？"

"我真的不知道。它不可能是什么战术性的东西，要是的话，最初攻击的时候就会被部署。我们知道太空死灵会把死者从战场瞬间传送出来，他们也可以直接被瞬间传送到战场上。也许这艘支援舰就有那样的某种功能？"

"随着事态的发展，我会牢记这一点。"埃斯切罗斯一边说，一边关闭了显示屏，"有太多的变数，但我们必须用我们所拥有的东西与我们能看到的东西进行斗争。异形使我们根据猜测，而不是按照可靠的军事理论行事。"

"是，上尉兄弟。"中尉用拳头猛击胸膛以示敬意。

他们一起回到战略厅，埃斯切罗斯正式把舰艇的指挥权转交给了他的副手。他最后环顾了一下指挥舰桥，意识到他可能以后再也看不到它了。

"我会尽我最大的努力，让这艘舰艇在重归你指挥时状态良好，上尉兄弟。"普拉克萨米德斯的表情是那样无动于衷，埃斯切罗斯分辨不出他是真心实意还是故作严肃。

他以类似的情绪回答道："你最好如此。"

说完，他就离开了，前往梭机坪，那些小队已经在炮艇机上等着他了。他查看了精密计时表。一小时之内，他们就会遭遇太空死灵族。

第五章

在剑刃守卫和裁决者阿德摩尼厄斯的簇拥下，涅米图斯从炮艇机的舷梯上一跃而起，跳到了太空死灵前进的中心区域。连队的圣髑旗飘扬在星际战士的中间，由古战士马格纳图斯高高举起。附在镀金翅膀上的是卡利斯塔斯·奥克贝恩的遗骨，他是一位受人喜爱的上尉，在大约五千年前曾打败过锡尔菲斯的兽人。他的遗骸被保存在庄严的静止状态中，现在，再次俯视着那可恶的异形。涅米图斯对圣髑的存在感到振奋，提醒自己，所有伟大的事迹都会在未来的长河中久久回荡。

如同一道蓝色的霹雳，极限战士的先头部队向行进中的太空死灵战士猛击而去，动力剑砍穿了活体金属，骷髅拳头和高斯射线的还击打得盾牌闪出耀眼的火花。在他们身后，炮艇机降落下来，一队队的仲裁者出击，爆矢步枪喷出火光，排成了一条火线，他们有目的地大步走向太空死灵。

炮艇机升空盘旋，上面配备的重型武器在接近剑刃守卫时轰倒了大型建筑，激光加农炮向下猛轰，斜劈开了飘浮的半人马形魔物，导弹把隐伏跟踪的三足魔物炸飞。翡翠色的闪电回击在它身上，在裸露的陶钢镀层装甲上抽打出了亮闪闪的条状鞭痕，但无法穿透厚重的铠甲。

在敌人的后方，摩托车警卫们发起了攻击，摩托车上的爆矢步枪轰鸣着，然后他们侧滑猛拐了出去，躲过了异形回敬的猛攻。他们一次又一次出击，干掉了最后面的敌人，迫使其他敌人转身与他们对峙，减轻了在中心地带作战的老兵们的压力。

东南方被一条半英里宽的运河挡住了，太空死灵的步兵大队几乎没有腾挪的余地。他们以狭窄、易受攻击的纵队编队阵形前进，结果行军后不到几分钟，就被袭击了。那是一大片山坡，漫山遍野都是果园。人类没有派出侦察兵监测他们的动向，所以他们相当笃定星际战士希望保持静态防御。数英里长的新挖出的壕沟把他们和升降机设施隔开，他们无法加速前进，金属脚走在崎岖不平的地面上磕磕绊绊的，十分不好走。

地势平坦无遮无蔽，涅米托斯已经率众突进到了敌军的中军位置。太空死灵不适合短兵相接，而更适合远程交火。在近战的压力下，他们无法使用他们毁灭性的光束武器，他们的人造身体也无法抵御极限战士动力武器的分子破坏场。当涅米图斯和他的同伴们紧追不舍的时候，复活的圣甲虫爬过那些被斩首和被肢解的尸体，却成了来袭的仲裁者的牺牲品，仲裁者齐射爆矢弹，就像精密计时表一样精确而有规律。那些试图复活倒下的太空死灵的魔物成了目标，被不断发射的质量反应弹头炸得四分五裂。

作为军队，太空死灵反应很慢，在开始承受更多的火力之前，有半数已经倒下。越来越多的光束射向炮艇机，迫使它越飞越高。掠袭者结构体放弃了击落炮艇机的尝试，并将加农炮对准了仲裁者，重新定向的一道道光束在分子水平上剥开星际战士的肉体，从而在防线上切割出一个个缺口。涅米图斯虽然被包围了，但感觉战斗不再那么紧迫，因为太空死灵退出了极限战士的前进路线，试图给自己留出腾挪和开火的空间。

古战士马格纳图斯警告说："攻击带来的冲击力正在减弱，兄弟。"

涅米图斯回答道："再撑六十秒。"他不仅敏锐地意识到战局的变化，而且还清楚地意识到异形的另一支部队正在加紧对升降机基地的攻击。在星际战士缺席的情况下，仅仅为了让主攻部队攻占城墙而削弱侧翼部队是没有意义的。他说："我们必须破坏他们的优势。"

剑刃守卫加里奥斯兄弟说："他们没有进攻的意愿，中尉兄弟。我觉得我们没法打倒每一个太空死灵。"

这句话仿佛是种挑战，阿德摩尼厄斯越众而出，他高高举起的巨剑拖着一道蔚蓝色的光芒。在响亮的战吼和异形武器噼里啪啦的爆裂声中，他的沉默显得格外突出。当他的剑刃砸在太空死灵的银色头骨上，发出雷鸣般的声音时，这才打破了沉默。那个异形猛然爆裂开来，倒在这位裁决者的脚下。一只手无力地抓着他的腿，他继续冲锋，他的动力武器劈开了另一个异形的胸膛。

"一如既往，牧师引领我们前进。"涅米图斯说着，突然跑了起来，拿着盾牌抵挡突然射向他的光束。

当炮艇机又飞过来时，助推器下沉的气流冲刷着星际战士的身体，舰体上安装的突击爆矢枪和翼端火箭发射器将集结在一起的太空死灵群撕开了一道粗大的沟壑。这艘炮艇机来了个急转弯，等离子体喷射器又把十几个敌人焚烧成了灰烬。在这群极限战士的前方，这架炮艇机向地面俯冲。一个由三名根除者组成的小队从它的舷梯上开火，他们的热熔步枪杀死了附近的异形。

"形成保护！"加里奥斯吼道，举起他的剑，转过身面对跟在后面的仲裁者。左边再次响起了一阵爆矢步枪和引擎的声音，说明摩托车警卫碰巧发动了进攻。剑刃守卫分头行动，向外攻入试图从炮艇机所在位置撤退的太空死灵军，而仲裁者则插入缺口，向两边开火，然后他们在最后几码的地方破釜沉舟地冲了过去。

几秒钟后，整个编队回到了炮艇机上，瘫倒在地。仲裁者在他们头顶上开火，涅米图斯和他的同伴们退回到侧舱口。涅米图斯登上登舰的阶梯，向外望去。战场上散落着破碎的银色金属，形成了一条近一百码宽的破坏地带。

重建蜂群在活体金属的碎片中团团乱转，被眼前的任务压垮了。快速应答器的调查显示，在进攻中他损失了六名战士。有六名战斗兄弟将无法再为战团效力。想到这里，他感到一种奇特的寒意，瞥了一眼身边卡利斯塔斯上尉的遗骨。那些为俄瑞斯忒斯献出生命的战斗兄弟们，什么也没有留下。破碎的银色金属中，并没有蓝色战甲可回收和纪念。

他宣布："在我们的记忆中，我们失去的兄弟受到了尊敬！他们的荣耀被安葬在我们的回忆中！"

绿色的光束冲他劈来，打断了他的万千思绪。喷射机发出刺耳的轰鸣声全力开动，炮艇机向上飞驰，战场在几秒钟内就消失了，异形的武器闪电在炮艇机下方消散。涅米图斯向北望去，看到摩托车警卫正在离开，蓝色的车队在耕作过的土地上留下了宽阔的沟壑。他的视线随着炮艇机的转动而转动，他从登舰的阶梯上探出身子，刚好能看到前面的升降车，从地平线上可以看到主楼的顶端。

更艰苦的战斗即将开始。

虽然他跟佐扎尔没有直接的皮层联系——毁灭者的感染传染给他的风险太大——西姆特仍然可以从远处监视荒蝎领主的行动。霸主意识到敌人预先阻止了一次侧翼进攻，但佐扎尔本人几乎突破了野蛮人的防线。

由于索洛特普急于抢走他的王冠，西姆特没时间去做一些巧妙的招数或玩弄其他的微妙技巧了。他需要赢得胜利，放置共振器并激活虚空牢笼。他需要尽快完成任务，这意味着要把共振器的运输舰推入危险境地。

"传送军团！"他宣布道，从王座上走下来，向菲托斯和阿－霍特普讲话，"全力攻击！"

"群星之光，军团将向何处进攻？"

西姆特带着一种既困惑又鄙夷的神情上下打量着他的皇家典狱长："当然是敌人。攻击敌人！"

霸主感觉到菲托斯和等离子体术士之间有一丝交流。

阿－霍特普说："我是否可以建议部署大批部队去歼灭星球地表的抵抗军，并派遣数目较少的打击力量去占领轨道空间站？"

"是的，这就是我的意志。"

"第四堵墙的决裂者，你想率领哪一场进攻？"

"率领？……"

西姆特摸了摸他封闭式的全副盔甲，他的双手握着相位剑。当他们为他赢得胜利的时候，他应该是军队的首领，这感觉不错。

但他对匆匆离开风暴之鹰号旗舰将官专用艇的记忆仍然相当清晰。他对自己完全融入末日太阳号的复活体系没有信心，也不相信末日太阳号如果再次受到攻击，还能幸免于难。即使他遭遇伏击后又复活了，他的缺席也为索洛特普夺取指挥权提供了机会。这位使者在与西姆特沟通时使用的协议——他盗取了寂静之王的职权——很可能会被转移到地窖的矩阵中。

他对部下说："这次探险仍然需要我的战略指导。尽管我很想以战场大将的角色为荣，但为了完成使命，我必须保持客观立场。"

等离子体术士建议道："那么我可以带领军队到空间站去吗？"

"你似乎很渴望这么干。你为什么如此热心呢，阿－霍特普？"

"能量，大人。如果可以的话，我要把它们榨干。我已经太久没有进食了。"

"我明白了，很好。"等离子体术士对能量成瘾，这让她很容易被控制。

西姆特按意志行事，噼啪作响地释放出能量，这些能量从他的身体里跃入马斯塔巴指挥部的待命电路系统中。信号在这艘被征用的墓穴舰中流动，像瀑布一样通过协议流和移形换位的节点层层传递。在他身旁，菲托斯引导着这些信号，将指令扩展到最深的地窖中去。

随着一股能量的爆发，整艘舰艇被淹没在黑暗中，地窖启动了，把军团的数据流抛向了遥远的世界。

霸主对他的战士们命令道："为了西姆特和萨雷赫的荣耀！为了所有文明的未来！"

炮艇机飞行员的呼唤让涅米图斯穿过运兵舱，他来到了控制甲板上。在前面，升降机基地的墙壁映入眼帘，他看到了发起攻击的银色和青铜色的怪物。太空死灵武器发出的翠绿色光芒照亮了摇摇欲坠的防线，在涅米图斯的注视下，明亮的激光枪闪光和炮口焰在逐渐减弱。掠袭者结构体掠过防御工事，目标是从城墙上退下来的帝国部队成百上千的士兵。涅米图斯可以看到更多身穿猩红色制服的士兵从后备队赶来填补防线的缺口，他们被甲虫般的攻击者伏击。每一个裂缝中都有攻击者爬出来，攻击者从突破口蜂拥而至。

马格纳图斯在中尉身后说："没有我们，他们的军心就溃散了。我们太相信普通士兵的勇气了。"

涅米图斯坚持说："他们可以重整旗鼓。我们还来得及。"

他的保证听起来很空洞，但他不能放弃。

炮艇机将剩余的导弹和火箭射向无生命的结构体，这些到处蔓延的结构体正撕扯着墙壁，攀爬上倒塌的部分。当机身下绽放出致命的火光时，飞行员突然紧急刹车，掉头俯冲的炮艇机歪歪扭扭地降落，落入围墙围着的院子里。在舷梯和舱门处，原铸星际战士使出浑身解数，在剩余的守军头顶上向敌人开火。

"第三区、第四区、第八区，快速增援！"涅米图斯一边厉声说道，一边指挥着他手下的仲裁者，这时炮艇机正盘旋在与墙上堡垒高度相同的地方。跃过缺口，星际战士组成几个小队，有的直接冲进了前线，有的分散到左侧的脆弱点。根除者们紧随其后，向右侧走去，转动着他们强大的热熔武器来对付在头顶上来回游弋的重型掠袭者。

涅米图斯走进运兵舱，马格纳图斯、加里奥斯和另一名剑刃护卫并排在一起，那名古战士和他手握的军旗矗立在天蓝色盾牌墙的中央。

中尉念及还有更大的目标，呼喊道："等一下，兄弟们。"他想象着普拉克萨米德斯正仔细研究着他从轨道上传送的基地示意图，在移动防御中制造交叉火力和夹击点。涅米图斯看见阿德摩尼厄斯在他们前面的舷梯上："你也是，裁决者。形势很严峻，但我们不能不加思索就投入战斗。我们仍然可以边进攻边防守，或许还能给我们的盟友赢得时间，好让他们恢复秩序。"

他示意飞行员让炮艇机爬升，以便观察战斗情况。涅米图斯走到侧翼的一个舱门前，站在台阶上，低头看着下面一个活动的金属骷髅。

极限战士如果跟在金属骷髅后面，可能会造成破坏，招致异形的愤怒，然后他们再迅速从空中撤离。

就在他构思这个计划的时候，空间站周围的空气闪烁着微光。起初，他以为是起了一阵怪风，但几秒钟后，潺潺碧波般的瘴气落下，就像绿色的极光一样，一触到云彩，闪闪发光的薄雾中就出现了各种形状，出现了飘浮着的、碉堡式的战争机器，比坦克还大。从船身闪闪发光的传送门里，走出了更多的骷髅战士，有好几百个。

不仅仅是战士，在银色的队列中，有比人类还要高大的庞然大物昂首阔步，它们的手臂像鞭子一样，加农炮能瞬间发射出碧绿色的爆矢弹，光焰刺目。而在它们周围，多肢金属生物在爬行和隐伏跟踪。更多的圣甲虫成群结队地飞来飞去，它们弯曲的下颚发出明亮的绿色火花。阴影掠过被践踏的庄稼，中尉抬头望去，看到新月形状的战斗飞行器从苍茫的天空中俯冲下来。长长的、像驳船一样的引擎从闪电缭绕的浓雾中出现，对着墙壁不停地轰击，能量不断爆发，光芒闪耀。其他类似设计的飞行器则携带着一队队骷髅战士向前飞去，骷髅战士悬挂在其肋骨状的背部结构上。

也许，胜利并不像他之前想象的那么唾手可得。

幕墙大面积向内坍塌，一百多名敌人被砸死在废墟中。那一刻，佐扎尔享受着难得的满足感。他手下的那些毁灭者冲进了这个缺口，行进路线上的一切敌人都被他们用锋利的剑和高斯武器砍杀。毁灭者领主在碎石上停了下来，一股巨大的力量在皮层矩阵中激荡。在他周围，那群战士和荒蝎瞬间停止了动作，被一份巨大的战争协议的投影弄得动弹不得。

大量移形换位的光束向下滑落到星球地表。佐扎尔转过身，感应到成百上千的带着萨雷赫贵族颜色的太空死灵粒子聚集在一起。首先到达的是五个庞然大物，在一大片外围防线上建立了转移阵地。一群战士从传送门中走出，静静地在中央行进，两旁是无数的冥工机仆，有圣甲虫云和瘦长的复活者。末日方舟和毁灭驳船从维度流中漂流出来，由更多的冥工职员照料。他的皮层感应到末日镰刀和夜之镰刀的呼啸声从头顶上传来，它们从上方天空的碧绿色涡流状的次维度传送门中向地面高速坠落。

随着它们的到来，虚空牢笼全面生效。尽管西姆特还没有放置共振器，但由于他那些部下的存在，灵魂迟钝效应被扩展出去，就像一阵刺骨寒风刮过佐扎尔身边。这对守军的影响几乎是立竿见影。那些试图守住缺口的人被击中，变得迟钝，行动迟缓，火力迅速减弱。

末日即将来临。佐扎尔能感觉到。

很久之前开始，他就不再欢天喜地，不再为胜利而感到欢欣鼓舞，但他还是飞快地向前冲去，怀着对即将到来的杀戮的期待。他迈着大步跳上断裂的砖石，一想到自己离完成毁灭银河的使命又近了一步，就更加激动不已。

虽然是她的传送器带着她穿越了虚空，但阿－霍特普仍然对西姆特协议的存在感到畏惧，因为他的协议驱动了维度转换，仿佛他的手就放在她身上，驱使她穿越了星空。传送器的光束瞄准了空间站的质心，避开了在其核心一圈反应堆的能量尖峰。阿－霍特普再度实质化为物质形态，思想被压缩回她的皮层场。她弯曲着她的阵列，敏感的绿色能量卷须缠绕在她的周围。片刻之后，几十名战士和她手下二十名永生武士组成的私人卫队也到了。

他们身处这个巨大的半球形空间站的上部某处。这个房间天花板很矮，没有传统的照明，贯穿其中的管道和电缆发出低能级的热量和电磁共振。

最重要的是，她从读数中看到附近没有生物形态，没有比害虫更大的东西。当她的传感器在墙壁和地板下发现了各种温血动物和数量可观、种类繁多的节肢动物时，她更正了自己原本的想法。由于没有直接的威胁，她可以自由地加强能量卷须，将其缠在附近的电线上。电流回流到她的身体里，弧形向下射入沿着她的脊柱排列的球根状蓄能器中，随着聚集的能量越来越多，它们亮起了淡绿色的光。这种滋味是她还是活生生的生命体的时候从未体验过的。那是物质营养和宇宙成就融为一体的滋味。

她越陷越深，越来越有信心，她的能量卷须沿着空间站的脉络越伸越远，啜饮着越来越多的生机根源。灿烂的波浪拍打着她的四肢,她的眼睛里闪烁着火花。她还在更深的地方搜寻,她的意识一再分裂,与那能量合而为一,寻找那能量的源泉,沿着它的调制波,就像一只生物本能地返回它的产卵地。

当她潜入电力网络时,她接收到了其他的放电。经过的人类发出生物电脉冲,她能感觉到他们的心脏在跳动,他们的大脑在闪烁复杂累赘的光,他们走路时能量通过肌肉在发出声音。声波无处不在,从头部到尾部,震动着整个空间站,引擎的咔嗒声和终端的嗡嗡声,还有人类说话的声音——成千上万的声音从四面八方传来,使这个人造的世界震颤起来。她磨砺自己的思想,倾听着零星的谈话,人类野蛮的哇啦哇啦说话声让她认为自己无所不知。

在进入内部数字矩阵的时候,阿-霍特普变成了数据,在闪烁的显示屏上以静态的形式闪现,在显示的数据中激增,从排版设备中发出咔嗒咔嗒的声音。人类使用的密码很古怪,在某些层面上很粗糙,在另一些层面上却令人费解。她任由数据流带着她穿过系统,直到她找到她要找的东西。

反应堆。

当她的数据本体开始拆解控制系统的协议时,她的电子卷须探测着被捕获恒星能量的磁力屏障。即使隔着屏蔽场,她也能感受到那股让她悸动的力量。这让她想起了囚禁着西坦碎片力量的四次元立方体地窖,她想知道是否有一天她能榨干一位星神的能量。

在她破译原始方程式的时候,一个空闲的数据奴隶又碰到了别的东西:用锁和密码组成的障碍,里面封着一些东西。她的皮层简单地弯曲了一下,就破译了机制的识别码,一种喜悦的悸动传遍了等离子体术士的身心。

"武器控制。"

第六章

轨道宫殿的指挥中心响起了警报，伴随着红色光芒在数据屏幕上闪烁和机仆们快速的喃喃低语。当穹顶下闪烁着红光时，帝国司令官的幕僚对这个警报反应缓慢，他们的思想被更新的太空死灵的灵魂迟钝抑制住了。

埃斯切罗斯和帝国司令官的一些高级顾问站在事务处理的中心。上尉身体的高度和宽度几乎是他的同伴的两倍，他知道他看起来更像一尊有生命的雕像，而不像一名活生生的战士。

"我们究竟是如何受到攻击的？"埃斯切罗斯质问他面前的两个人。

其中一个是俄瑞斯忒斯家族卫队的霍苏尔公爵－将军，就是他之前在议会会议上见到的那个胡子花白的男人。另一个是马戈斯·奥尔托诺夫－六号，几乎不成人形，他有关节相连的机械四肢和不透明的钟形罩，穿着一件红色长袍，头上罩着一件大斗篷，蒙住了类似头或脸的东西。掌权的技术神甫率先做出了回答，用他们奇怪的节奏唱歌似的说出了一番话。

"异形入侵。能量影响。数据损坏和操纵。在行星表面探测到大量的维度编织。能量足迹指数高。"

他给出的解释，上尉几乎一句也没听懂，但他知道这不是什么好消息。他转向一名俄瑞斯忒斯自卫队的高级军官，这名军官只听从帝国司令官的命令。这名男子从一名沉默的职员那里接过一叠自动打印纸，审视着它们，眉头越皱越深。

"在技术神甫的帮助下，我们已经将入侵源头隔离到了一个半水平区域，就在主要传感器套件管道和人工大气层调节器之间的废弃区某处。"他抬起头来，慢慢地睁大了眼睛，"异形已经进入了宫殿，上尉！我的军队已经和他们交战了，你们已经看到了他们拥有的武器种类，这些魔兽的身体具有坚不可摧的特性。"

埃斯切罗斯咆哮道："没有什么是坚不可摧的。"他把沉甸甸的盾牌换到另一只手中，拔出了他的剑，说："我的战士们很快就会证明这一点。"

他和卢文斯滕对视了一下，卢文斯滕和几个喋喋不休的侍从站在一边。这位帝国司令官的脸几乎是惨白的，毫无血色。他看起来跟他们的敌人一样，都是亡灵。他举起了一只手，他手下的官员们停止了各种各样的抗议和要求。

"一支数量庞大的部队也被传送到了星球地表的战斗中。"卢文斯滕声音沙哑，说话结结巴巴。

一名身着帝国海军制服的军官站在靠近传感器监测站的地方。他争辩说："太空死灵还没有进入轨道……"

卢文斯滕看向埃斯切罗斯的眼神中带着类似的怀疑，而且还带有相当多的绝对恐惧。上尉意识到，使灵魂压抑的压迫感又回来了，它似乎对俄瑞斯忒斯的统治者产生了深刻的影响。

奥尔托诺夫－六号评论道："这是一次非凡的跨实体技术展示。我们的扫描仪显示，那艘我们正在念叨的舰艇仍在靠近，但它的能量波已经衰减了很多。"

埃斯切罗斯提议说："这样的远距离传送，已经让他们精疲力竭了吧？"

"我们的预测显示，这只是暂时的。每一秒、每一分，他们都在恢复力量。"

埃斯切罗斯试图分离相互矛盾的想法：星球地表的战斗、来袭的舰队、失去动力的旗舰、对宫殿的入侵和随之而来的对控制网络的攻击。

要权衡轻重缓急。要权衡轻重缓急。

奥尔托诺夫－六号从宽大的兜帽阴影里突然发声说道："上尉！反应堆波动。异形活动加速。增加扫描的潜力。占卜的范围已经增加了三倍。"

卢文斯滕咕哝着："我们的传感器已经改进了吗？"

"新的感觉顶点，探测到了异常情况。早期的分析表明，异形的第二波攻击——一只舰队正在高速向内移动。"

"我们已经见识到了异形舰艇在速度和射程上的能力。"埃斯切罗斯注意到穿各种各样制服的侍从们脸上露出近乎惊恐的表情，同时也注意到那些在指挥室中的技术神甫突然加快了速度。占卜显示屏上出现了许多红色的符文。

"有多少艘？"

"仅仅是估计。超过二十艘。其中至少有五艘是主力舰级别。"

埃斯切罗斯不知该说什么好了。他们光是抵御两艘主力舰的威力都很勉强，其中一艘已经被摧毁了。

"预计他们什么时候会达到另一艘主力舰的攻击阈值？"他问道，被预期的形势弄得闷闷不乐。

"还有二百八十分钟。"

大概四个半小时的时间，他们要击败已经身处星球上和轨道宫殿里的敌人，然后迎战新参战的具有巨大优势的敌人。埃斯切罗斯转过身去，试图掩饰自己的沮丧。他不惧怕死亡。他的身体的改变使他不像凡人那样为俗世担忧。但与他的预期寿命无关的是，没有任何基因强化或精神教化能让他完全避免对即将来临的、不可避免的、彻底失败的前景的沮丧感。

他的目光落在牧师埃克斯尔洛里亚的骷髅面的头盔上。

"要坚强，兄弟。"牧师咆哮着，走得更近了，"这超出了你的能力范围。"

上尉畏缩了一下，被看似矛盾的说法弄得一头雾水。他知道这种情况是没有希望的，但没有料到会从他精神上的助手那里听到如此刺耳的话。

他勉力说道："我会尽我所能的。"

牧师看了他一会儿，然后摇了摇头："是我说得不太清楚，兄弟。我的意思是，这种情况已经超出了我们所有人的能力范围。这支军队也好，俄瑞斯忒斯星系也好，都比你更加强大。我们遇到了前所未有的情况。即使在不屈远征之初，基因原体大人也没有想到会发生这样的事情。面对这样的逆境，我们要尽可能多地消灭敌人，但这还不足以取得胜利。我想起了基因原体大人的豪言壮语，'银河系是人类的领土，其子民用鲜血获得它，并付出了亿万倍的代价。它是我们的。即使异形再强大十倍，它也仍然是我们的。因为战士们的生与死绝非枉然'。"

牧师明确的评价带来了不同的思路，将埃斯切罗斯从灵魂迟钝的迷雾中解救出来。他把手放在牧师的肩膀上，思绪更加清晰了，这使他意识到自己已经变得多么沮丧。这究竟是由于他建立了新的使命感，还是由于坚忍的牧师靠近了他，我们无从得知。

"你说得对，我们救不了俄瑞斯忒斯。我们必须改变胜利的参数，结合最新进展。只有在成功的事业中，我们的生命才有价值，所以我们要详细计划一条能够实现胜利的路线。"

牧师举起一只被截断的手臂，其末端被烧灼掉了，并被用一个饰有长刃的陶钢镀层的盖子封住。"我很欣慰，我们仍然可以带着目标和荣耀去战斗。"

"目标，是的。"埃斯切罗斯叹了口气，"我们可能会缺少荣耀，但这已不再是一个值得关注的问题。"

他从埃克斯尔洛里亚那里离开，发现帝国司令官正在和高阶技师以及将军－公爵就撤离轨道宫殿的问题进行深入的讨论。

埃斯切罗斯质问道："这是何等地懦弱？"

霍苏尔回答道："这只是权宜之计罢了。我们在星球地表幸存的机会更大。"

上尉说："太空死灵第一次攻击时，你可不是这么认为的，现在这种逻辑是有缺陷的。宫殿本身仍是一处规模可观的防御工事。你不会放弃它们。"

"上尉，你不是指挥官。"当埃斯切罗斯无情地盯着他时，霍苏尔退缩了。在无声的饱含谴责的目光下，他萎靡不振，但他最后一次试图为自己辩解，声音小到几乎是耳语的音量："离敌人越远，这种可怕的心灵麻木的效果就越小。"

埃斯切罗斯坦白直率地告诉他们："我们都要死了，无处可逃，无处可躲。你们的舰艇和星语者都没有逃出这个星系。我和我的兄弟们是在帝皇的恩惠之下，不顾一切才来到这里的。没人会来拯救我们。"

卢文斯滕艰难地吞咽着口水，嘴唇颤抖着。埃斯切罗斯简直不敢相信，自己当初竟会轻易地被谒见厅里自我牺牲的假象所欺骗。他现在一心想做他当时就应该做的事，举起了他的右臂。

帝国司令官说："请给我一个机会。"他的每一个面部表情都很紧张，仿佛他的内心正在激烈交战。卢文斯滕咬紧牙关，反复眨着眼睛，几秒钟后，迎着上尉严厉的目光与之对视了几秒钟，神色中充满恳求。但那是一种不同的恐惧。从卢文斯滕的脸上闪过一丝自我厌恶感，仿佛他知道自己的弱点，却无法控制。

上尉记得，身体没被强化过的人类在面对太空死灵的灵魂抑制时会有多脆弱。星际战士的激励影响已不足以阻止它。有什么东西在让它变得更加强大。也许，是可以被摧毁的东西……

经过一番努力，阿－霍特普阻止了自己抽干连接在人类反应堆中心的人造恒星。在那持续永恒的瞬间，她浸润在等离子体的核心中，知晓了成为星神的感觉。她现在知道他们的秘密了，被科技修道士用诡计从西坦的头脑中撕扯出来的秘密，他们的知识被夺取，作为他们在太空死灵民众身上释放的恐怖的部分补偿。她深深啜饮着这些反应粒子，每一次微小的核聚变都给她那有着数十亿年历史的回路带来了新的活力。

但是阿－霍特普不是来这里进食的。她有个更大的目的。

她强行让自己从狼吞虎咽、大快朵颐的边缘回过神，打量起周围的环境来。她的那支小部队被部署在接近她藏身之处的每一条通道，在空间站工作人员无精打采的攻击下，他们能轻松地坚守阵地。她能感觉到动力盔甲的轰鸣声正从附近楼层逼近此处，知道她的部下很快就会面临更大的考验。她没有多少时间了。

在她的数据卷须中漫游时，她可以通过增加的活动判断出人类已经从她的光环中受益，使他们的感官库活跃起来。数据操纵者徘徊在武器控制的边界，直到她需要他们的那一刻。人类被索洛特普舰队的逼近弄得惊慌失措，开始装填空间站内的加农炮和鱼雷发射器。等离子体术士使用人类的访问密码，进入了被禁止的系统，从一个电池到另一个电池，从一个发射器到另一个发射器。她继续前行，与她的载波重新结合，从轨道空间站跳向环绕这颗星球的其他卫星。她将火力增强了十二倍，接管了火力控制。在共振器推进的虚空牢笼的场域冲击下，原本掌控火力的人类随从无精打采。

随着她渗透到他们防御系统的各个方面，阿－霍特普彻底搜索了传感器读数，追踪着西姆特麾下来袭的舰艇。令她沮丧的是，霸主已经置身于轨道之外，超出了武器射程。他没有在星球地表支援手下军团的攻击，而是在远处观望。

到目前为止，西姆特的懦弱使她的计划一直受挫。她需要做得更多。当爆破弹击中她的第一个永生武士时，她击落了抗减压舱壁，把它们砸在其中一个攻击者身上，把她自己和她的保护者们封入舱室群中。她几乎立刻感觉到局部的高能辐射切割器被启动了。

通信官的通知打破了伊斯拉卡之复仇号上战略厅里的宁静。普拉克萨米德斯一直在修改攻击敌方主力舰的计划，准备向其余前来参加战斗的俄瑞斯忒斯战舰发出最后的命令。

"通信器传来了来自轨道宫殿的信息，中尉！"

普拉克萨米德斯立即看到，指挥频道的广播里带有埃斯切罗斯上尉的密码。

"激活信号，接收。"他等着连接的静电干扰消失，"我是舰艇指挥部的普拉克萨米德斯中尉。"

他听到了更多噼里啪啦的噪声，因为又有一个信号接收者上线了。

他的话简明扼要，每一个音节都很紧张："我是涅米图斯，激烈交火中。"

上尉说："边打边听我说，涅米图斯。"他的语气变了，普拉克萨米德斯已经好几个月没有听到过这种语气变化了。他意识到上尉充满了信心。"我们有一个新计划。第二支太空死灵舰队已经抵达，我们无法阻止他们降落到星球地表。我们的目标不再是保卫俄瑞斯忒斯了。"

涅米图斯咕哝道："令人沮丧。"

"我们仍然有一个可以努力争取的目标。太空死灵造成的威胁是王权当局所看不到的。九年来，我们为对抗异教徒和分离主义者付出了巨大的努力，但我们从来没有想到过亚空间本身会以一种比瘢痕诅咒之石更具破坏性的方式与我们作对。不屈远征军陷入意想不到的危险中，发现时为时已晚。我们得把消息传回给基因原体大人。这种灵魂枯竭远比一个星系，甚至两个星系还要重要得多。只有战斗群的力量——也许是整个远征军的力量——才足以挫败太空死灵族的野心。"

普拉克萨米德斯说："但这些军队必须在太空死灵到达之前到位，要早于亚空间效应。正如我们所发现的，一旦一个星系受到攻击，增援是完全不可能的。收复一个则大概没有问题。"

"完全正确。帝国必须对太空死灵的扩张严阵以待。这里发生的事情唯一能带来的好处就是这个警告。我们必须让伊斯拉卡之复仇号闯出俄瑞斯忒斯星系，回到帝国的太空，哪怕这会让我们失去这个星系的一切。"

在通信器中，有名官员宣布道："中尉，有一架俄瑞斯忒斯的航天飞机正在向我们申请对接安全许可。"

上尉无意中听到了他们的谈话，说道："那些乘客是我送来的。"

普拉克萨米德斯对通信器话务员说："授予许可。"他的念头又回到了任务上："我们如果想要有机会突破亚空间，就必须尽可能地远离太空死灵。我认为我们做不到。"

"并不是所有的太空死灵。我已经向费杜阿里斯确认过，灵魂枯竭效应有一个焦点。后面梯队的那艘舰艇是种武器，但和我们预想的不一样。"

普拉克萨米德斯说："摧毁那艘舰艇，逃离这个星系。"

"没这么简单。伊斯拉卡之复仇号是这个星系中唯一能在亚空间航行的舰艇。我们不能冒险让亚空间引擎在攻击中受损。星系防御舰艇的威力不足以摧毁太空死灵舰队。它们会提供一个屏障，分散你们的注意力，让你们脱离轨道。你的舰艇必须尽可能飞得远远的，进行空间转换。"

听着埃斯切罗斯和普拉克萨米德斯的对话，涅米图斯几乎不可能还抱有胜利的想法，但他尽力客观地评估自己的立场。他甚至一边听，一边战斗，用高效的剑术砍掉太空死灵战士的小节，暂时保持了下一道防线的完整性。

即便如此，对升降机站的争夺与其说是一场战斗，不如说是一场屠杀。外墙和候机楼之间的空旷地带是一片杀戮之地。银色四肢的怪物们成群结队地猎杀着零散的部队，空气中噼里啪啦地闪烁着翠绿色的能量。月牙形外壳的战斗机从上方俯冲而下，碧绿色能量的光束在外围搜寻着那些逃向更远地方的人。灵魂反复变得迟钝，受此折磨，自卫队左支右绌地保护自己，很容易成为大步穿过外墙缺口的太空死灵攻击者的猎物。

中尉已经将大部分的防御力量撤回到航站楼，用他的星际战士组建了一支部队，来反击敌人最快速的突破。受他们存在的激励，附近的俄瑞斯忒斯人组成了更坚固的防线，但随着时间的流逝，他们的力量不断削弱，他们慢慢地屈服于越来越大的精神压力，涅米图斯能感觉到他的思想被碾成了灰。在许多地方，撤退的人死气沉沉，被接近的异形淹没了，他很难看出他们中的任何一个，包括极限战士，如何能活过三十分钟。

他决定保密，抱怨无法改变的情况是没有意义的。

"星球地表的情况如何？我们的目标是什么？"

埃斯切罗斯沉默了很久才回答。

上尉说道："奋勇作战，光荣战死，兄弟。"

所以事情就会这样发展下去。涅米图斯的感觉几乎是欣慰的，他可以认命了。他们开局不好，也没法背水一战奋力翻盘，只有最后一搏，尽可能杀死更多的敌人。这种简单的事情很有吸引力。

"当然，你不会在那儿。"埃斯切罗斯接着说，"这是我的命令，我会指挥行动。"

涅米图斯说："不，上尉，那是不必要的。你得带着舰艇离开。"

"我同意，上尉兄弟。我去增援涅米图斯。"

"我已经在去星球地表路上了。"上尉说道，被这个声明逗乐了，"我的两个副手头一回达成一致，而我不得不驳回你们的意见。"

"不，上尉！"普拉克萨米德斯听起来心烦意乱。

"我再也不能容忍你违抗命令了，普拉克萨米德斯。"

"那么我必须与涅米图斯中尉交换指挥权。我们一致认为，他更适合从事这种大胆的冒险行为。"

"你想让我逃跑，而不是光荣地战死吗？"涅米图斯大笑起来，"我不这么认为！"

"我们又开始争论了。"埃斯切罗斯叹了口气。

"我是认真的，上尉兄弟。"普拉克萨米德斯继续说，"我会把刚刚对接的航天飞机弄下来。涅米图斯中尉可以乘坐轨道电梯。"

"我需要一个清醒的头脑来负责此事，普拉克萨米德斯。"

涅米图斯说："我觉得我应该讨厌那句话，但我找不到反对它的论据。听着，兄弟。上尉说得对。你如果能设法逃出这里，需要回到帝国控制的星区。我很可能会分心，遇到兽人或异教徒就要和他们打一架。"

埃斯切罗斯说："这一点说得好。还有，你已经在舰艇上了，普拉克萨米德斯，时间是我们最大的敌人。轨道宫殿已经在与太空死灵的军队交战了。我们正在把尽可能多的部队派到星球地表，以便在那里进行驻守。"

涅米图斯说："我欢迎这样的好同伴。"

"异形舰队会逼近并在空间站杀戮，或者空间站的武器会被异形入侵所奴役并开火，这只是时间问题。你现在就得突围。埃克斯尔洛里亚牧师、费杜阿里斯和宫殿的星语者唱诗班会到你们那儿。也许他们会对突破'不可能的边界'有所帮助。"

"我明白，上尉。一旦我们进入亚空间，我们就无法交流了。我没法告诉你们我们是否会成功。"

"我知道你会成功的，普拉克萨米德斯。如果说有什么人能找到方法的话，那就是你了。我把我们有史以来最重要的任务托付给你了。这是给你的命令。"

涅米图斯说："帝皇的恩典与你同行。你如果碰巧见到基因原体大人，请记得对他提一提我的名字。"

普拉克萨米德斯回答道："你们不会白白牺牲的。这里是舰艇指挥部，命令确认。为了帝皇！"

他们重复道："为了帝皇！"

通话器中的嘈杂声变成了静电干扰声，然后一片沉寂。

涅米图斯抬起头，看见一节巨大的升降机车厢从几千码的高空往下降。与其说有增援部队到达，不如说来了更多的牺牲者。

更多的太空死灵军队在外墙处，稍稍落后于第一波攻击。一阵撞击玻璃的声音和金属撕裂的声音吸引住了他的目光。在扫描异形的编队阵形时，他发现大多数异形是通过航站楼的主通道进行输送的。他最精锐的军队都驻扎在那里——根除者和剑刃守卫，由裁决者阿德摩尼厄斯率领。敌人的战术很糟糕，因为宿主被压缩到一个过于狭窄的战线上，无法发动有效的进攻。这时，他的目光落在了靠近攻击最前线的一个较大的身影上，那是一个拥有数条手臂的三足战士，被更多的三足结构体簇拥其中。他意识到他正注视着一名太空死灵的指挥官。

时间本身就是胜利。也许，他还有最后一招撒手锏。

西姆特胜利的时刻已经近在眼前，他要不是在很久以前就丧失了凡人的感官，现在都能闻到胜利的气息了。尽管如此，当他感到他的军队像一条大毒蛇一样束紧了人类时，他的皮层场还是兴奋地发出了噼啪声。蛇王吗？对于一个粉碎了来自星系的阻力的人来说，这或许是一个值得称道的头衔。西姆特把它记在了他下属的头衔登记簿，以备将来使用。

阿-霍特普之前已经广播过，说她已经完全控制了人类的空间站，随时准备在他的指挥下释放它的力量。佐扎尔的毁灭者和萨雷赫的步兵大队待在星球地表，正在消灭人类和他们的高级盟友。霸主不确定战斗是否会在共振器到达之前结束。如果共振器到达时战斗还没结束，那么他们将它放置在地表上，就会封印住虚空牢笼，并扑灭任何剩余的反抗之火。

"银军之主，有一艘人类舰艇正试图逃跑。"菲托斯警告道。显示屏上的画面被放大，显示出袭击了风暴之鹰号旗舰将官专用艇的那艘讨厌的外星战舰。仇恨涌上了西姆特的心头。

"摧毁它！让它在宇宙之风中化为灰烬！"

"您想乘坐末日太阳号去摧毁它吗，星海之主？"

"什么？不！派攻击三桅战舰跟在它后面。它们的存在将会扩展虚空牢笼，以防止那艘该死的外星战舰闯入彼岸海。三艘三桅战舰就够了。"

"如您所愿。"

一支消耗殆尽的攻击舰中队脱离了守护共振器运输舰的小舰队，向轨道靠近时，西姆特感觉到了舰队的转移。它们曲线飞行脱离了引力陷阱，加速追赶离去的人类巡洋舰。

人类已经穿过了外层舱壁，都快要把阿-霍特普撤入的房间的门给毁了。阿-霍特普被六个幸存的永生武士包围其中，离开了那个房间。他们准备好了沉重的高斯步枪，默默地守护着她，而她则让自己的感觉在空间站内纵横交错的能量流中自由自在地穿梭，将它与远处的宇宙连接起来。

她的计划失败了。共振器几乎已经就位，准备开始最后的降落。经过强化的人类正在逃往外星系，被一队三桅战舰追击。在星球地表上，佐扎尔发出的零星皮层闪光表明，守军即将被消灭。尽管他一直不称职，阿-霍特普也施加了微妙影响，但西姆特即将取得胜利。

她需要采取更激烈的行动。

她编织了一个暂时锁定的数据包，并通过人类的计算系统将其释放出来。完成这个任务后，阿-霍特普伸出她的皮层场，与末日太阳号上的传送器信标进行连接。获得连接后，她跟护卫一起锁定信号，并远程启动了光束传送。

凭她自己的意志移形换位是多么令人神清气爽啊！她感觉更像是在飘浮而不是坠落，于是她警觉地登上了墓穴舰的指挥部马斯塔巴，做好了准备。她手下的永生武士在她周围化为实质。

西姆特从指挥王座上站了起来，质问道："阿-霍特普，你怎么回来了？"

她没理他，把她的皮层场插入墓穴舰的控制系统之中。借助强大的一次性使用的科技修道士协议-仪式，她突破了霸主的安全程序，启动了末日太阳号的驱动器。她把引擎调至加速，直接向着那颗星球飞去。与此同时，阿-

霍特普释放出了一股能量冲击波，烧焦了地窖控制系统的电路，让它们很容易受到另一波科技修道士编码的入侵，从萨雷赫协议中释放了她的方阵。

西姆特大声怒吼道："杀死等离子体术士！"就在这时，他的皮层场迅速冲回了墓穴舰的系统，去阻止她。

菲托斯猛扑过去，剑锋挥向等离子体术士。一位永生武士拦下了攻击，高斯步枪被闪亮的剑刃劈成两半，但攻击被引偏了。西姆特的死灵卫士苏醒过来，绿眼睛闪闪发亮，举起了盾牌和枪。

"不！"阿－霍特普释放了从反应堆的微型恒星中抽取出来的能量，在马斯塔巴的上空引发了一场闪电风暴，三名死灵守卫被甩到墙上，其他的死灵守卫摇摇晃晃地站不住脚。她冲进防守空档，直奔西姆特，她的武器和爪子划出翠绿色的火花，拖在身后。

霸主举起了他的剑，防御电路启动，盔甲闪闪发光。菲托斯从后面喊了一声，但阿－霍特普无视了他。她高举利刃，从阴影中冲了出来，对抗西姆特。他的相位剑与她的相位剑相交，产生了多维度能量的爆炸，两人都试图通过子空间切割并穿过彼此。传回来的能量发生了爆炸,分开了两个对手。阿－霍特普探测到死灵守卫光束加农炮能量的激增，屈身俯冲下来，绿色的射线劈开了她刚才盘旋的天花板。

在空间爆炸的冲击下，西姆特单膝跪地，然后又直起了身子。

菲托斯的剑砍中了阿－霍特普的尾椎骨，切断了她背后的一个能量球。容器迸发出道道能量锋芒，把他们俩包围在一股强大而短暂的绿色旋风中。皇家典狱长恢复的速度稍微快一些，他在阿－霍特普释放出纯粹的动能之前就开了火。菲托斯的光束穿透了她手臂上的活体金属，她的手臂和相位剑掉在了地上，同时，反作用力让菲托斯像炮弹一样砸穿了他的死灵卫士，在裂开的投影墙脚下瘫倒，成了一堆破烂。

指令协议在墓穴舰上来回激荡，肃清了科技修道士的入侵。服从的要求猛烈地冲击着阿－霍特普的皮层场，使她瘫痪，而她在末日太阳号的存在则识别出了引擎驱动器的减速，使它们停了下来。在等离子体术士身后，她手下的永生武士们静静地倒下了，他们对她的忠诚再一次被不可改变的萨雷赫协议所覆写。

"可怜啊。"西姆特讥笑着，用他的剑直指她的胸膛，"我不知道哪一种更侮辱人——你的背信弃义，还是你对我力量估计的不足。你已经失败了。你想把我们扔进这个世界的企图被我的意志挫败了。"

阿－霍特普一言不发，被明显的皮层能量束缚住了。那是一种她无法吸收的能量。

"我还不想把你原子化。我会拆解你的数据核，剥离你的皮层场，找出是谁想杀我。"

"是我想杀了你，你这个自以为是的废物！"尽管阿－霍特普的意念强大，但忠诚协议使她陷入瘫痪，甚至连最小的火花都无法从她颤抖着伸出的指尖迸出。

"你？"西姆特摇了摇头，又轻蔑地挥了挥手，转过身去，"你还不算什么重要人物。"

等离子体术士尖声说道："看着我！看看那个将会毁灭你的人的脸。看着我的眼睛，我也会看着你的眼睛。漫长的万世即将终结于此，你悲惨的存在会被抹杀。要知道，那是我，法罗津－康索特·阿特·穆斐克塔·阿－霍特普·希亚！我就是你的刽子手。"

"穆斐克塔？"西姆特转过身来，眼睛里闪着震惊的光芒，"长眠之后，穆斐克塔王朝被铲除了。我发誓，他们已经被消灭殆尽了。"

阿－霍特普狂笑了起来，说："不是所有人都被消灭了。"

在人类的星际基地上，被延迟的数据包展开进入了控制系统中，将其武器系统锁定了那艘墓穴舰，它现在已经进入了射程之内。片刻之后就传来了开火的命令。

普拉克萨米德斯在主指示器上观看了轨道宫殿及其配套的武器平台对着那艘太空亡灵的舰艇释放出全部怒火，它们一次次有组织地进行破坏。

激光长矛射了出来，劈开了太空亡灵的舰艇的外翼，快速放电的等离子电池在虚空中发射出易挥发的冲击波。蓝色的星群猛烈地撞击着受损的舰体，深深地扎入银色的外壳。鱼雷在真空中飞驰，分裂成数百个较小的弹头，同时质量投射装置发射超级加速的实心弹，穿透了破损的飞船，就在鱼雷导弹爆炸前的片刻，漩涡状的原子云和猛烈的电磁风暴席卷了主力舰，环绕着它的电磁风暴在散射的螺旋中撕裂了主力舰的外壳。

在暴风雨般的烈焰中，舰艇的残骸显现出来，舰艇碎裂成了成千上万块碎片，其上部构造燃烧着幽灵般的碧玉色能量，叉状的闪电在支离破碎的舰体中翻腾不休。

勒洛克告诉他："太空死灵的护航舰仍在追击，中尉指挥官。"

舰长奥洛里斯问道："中尉指挥官，您的命令是什么？"

普拉克萨米德斯转向那群身着绿袍的男男女女，他们聚集在战略厅的一侧——就是费杜阿里斯和来自空间站的星语者所在的位置。和他们在一起的还有牧师埃克斯尔洛里亚。埃斯切罗斯上尉认为审判牧师的精神力量和星语者的灵力一样强大。普拉克萨米德斯对此并不心服口服，但在伊斯拉卡之复仇号上又多了一名星际战士，这是件好事。剩下的只有药剂舱里几个昏迷不醒的战士——他们被太空死灵的光束击中，失去了四肢和器官。

费杜阿里斯面色凝重地说："不，还不行。亚空间无效对我们依然有影响。"

中尉对奥洛里斯说："继续前进，为引擎和护盾提供全部动力。"

奥洛里斯说："敌人正在逼近，中尉指挥官。你想让我们关掉开火的动力吗？"

普拉克萨米德斯说："关掉全部动力，奥洛里斯先生。我们不是在打仗，而是在逃命。"

第七章

　　升降机的集装箱上有几条通向外部的视频连线，它们在传输上空和星球地表的画面。通过监控这些画面，埃斯切罗斯看到了那颗突然出现在黑暗天空中的新星，它预示着太空死灵主力舰的末日。太空死灵的指挥官进入射程之内是因为疯狂还是因为白痴，答案并不重要，也许他认为轨道宫殿已经失灵了。结果才是最重要的。读数告诉埃斯切罗斯，他的几十名星际战士将在几分钟内抵达星球地表，但现在他的未来并非是考虑的首要问题。

　　他通过通信器问道："舰艇指挥部，你们那边的情况如何？"集装箱升降机之前就有通向地面和轨道终端的专用频道，而且空间站的技术专家们已经对其进行覆写，并增加了它们的功率，这样即使远隔几十万英里，他也可以和伊斯拉卡之复仇号保持联系。

　　普拉克萨米德斯回答："仍然没有亚空间的牵引力，上尉兄弟。我们在努力逃出这个星系，但正在被追击。如果我们向袭击者开火，我认为我们可能会失去机会。"

　　"我明白了。"上尉回答道，心里沉甸甸的。希望渺茫，这也许只是一个充满希望的梦而不是一个计划，"尽你所能继续前进。我相信你会做出正确的决定，兄弟。"

　　调整了一下频道，他对来自轨道宫殿的信号进行了应答。他听出回答他的是帝国司令官本人。

　　"埃斯切罗斯上尉，这将是我们最后一次谈话了。"

　　卢文斯滕的话让他不由自主地想起了欧珀莱修女的警告。埃斯切罗斯之前把帝国司令官留在了轨道宫殿里，但此刻突然怀疑这个决定是否明智。

　　他咆哮起来："你是什么意思，帝国司令官？你在计划什么？"

　　"在敌人的主力舰被摧毁前不久，我收到了异形的通知。这证实了一直被我们忽略的那艘散装运输舰是他们进攻的关键。没有任何轨道上的舰艇或地面上的武器可以击败它。我……"

埃斯切罗斯厉声说道："不管你怎么想，你的背叛都会受到惩罚，卢文斯滕。无论你活在今生今世还是身处地狱，复仇都会找到你的。"

"上尉，这也许是我应得的指责，但我还没来得及解释我的行为，您就打断了我。"

"异端邪说是没有任何借口的。"

"我不是异教徒。也许有一天，我会被当作烈士来纪念。你们的牺牲使我深受鼓舞。我们已经疏散了所有空间站人员，只留下必要人手，目前正在脱离重力稳定器。"

"你们为什么要那样做？那些稳定器会让你们停留在可控的轨道上。"

通信器中噼里啪啦作响，传出了失真的笑声。

"我很清楚它们的作用，毫不夸张地说，它们真的维持了我的家族几代人的生活！它们也让宫殿按既定路线环绕这个星球运行。那艘太空死灵的武装舰艇已经身处射程之外。我们必须从我的祖先所选择的古老轨道中挣脱出来。我们会用空间站的电池来攻击那艘武装舰艇并摧毁它。"

"没有稳定器，轨道将会衰变。你们的轨道宫殿不具备进入大气层的完整性。"

"我知道，上尉。这是我的忏悔，我们的忏悔，因为我们表现得那么软弱。当然，没有人会记得，待我慨然赴死之时，我知道我已经为自己的弱点和罪孽向帝皇赎罪了。再见，极限战士的埃斯切罗斯上尉。我，帝国司令官卡莱布·蒙弗罗汀·卢文斯滕，放弃并解除俄瑞斯忒斯星系的一切权力，于此时此刻将其交予阿斯塔特修士的极限战士战团托管，直到有合适的继承者可以被任命之时为止。这些是我最终的、不可更改的命令。为了帝皇，上尉。"

"为了帝皇。"埃斯切罗斯答道，但他还没说完，通话器就陷入了死寂。

战斗开始变得诡异起来。墙上的太空死灵族瞬间僵在原地，有些在行进中摔倒，有些从斜坡上掉下来，或者从破碎的砖石上滑下来，在下坠的途中磕磕碰碰地四处翻滚着。涅米图斯看着这一切，觉得难以置信。翼梢上的凄厉风声预示着攻击机的到来，它们从空中俯冲而下。有几架攻击机低空飞过，撞进了航站楼和墙壁，像质量投射装置发射的炮弹一样猛烈地撞击着周围的建筑群，它们的爆炸声把士兵和太空死灵族震到了一边。透过这些缺口，从闪烁的运输引擎发出的灯光闪烁着，然后熄灭了，堡垒般的机器倾斜着，倒在地上，或者像被砍倒的树一样倒下。飘浮的运兵车撞在墙上，木偶般的银色骨架散落在钢筋混凝土的地面上，而尾随的怪物则摇摇欲坠地爬过散装运输车，打破了墙体，看起来很危险。

混乱持续了几秒钟，军队恢复了前进，但已经没什么章法了。几个小队逃跑，撤向后方，而许多骷髅状的攻击者直接进入了剩余守军的包围中，全然不顾子弹和激光爆矢弹的猛烈轰击，他们自己的武器只是零星开火。

但攻打城门的敌人可不是这样。尽管他们身后的一切都莫名其妙地停滞不前，但三足的太空死灵指挥官和他的直属随从还是撞开了大门，冲进了航站楼，光束和剑刃在大厅里到处闪烁着碧玉色的光芒。剑刃守卫在那里迎战他们。根除者的热熔步枪把冲来的三足结构体变成了一摊摊颤抖的渣子。士兵们从两边开火，站在起重机架上，商人们曾经在此为货物讨价还价。大量的激光光束向着太空死灵部队倾泻而下，红色的斜线从抛光后锃亮的金属外壳上反弹回来。

"裁决者，跟我来。"涅米图斯喊道，向着甚至比原铸星际战士还要高的太空死灵族前进，"兄弟们，开出一条道来！"

剑刃守卫对着敌人猛击猛砍，为中尉和裁决者创造了一个机会。他们肩并肩扑向这只巨兽，动力剑和巨剑试图从下方砍向它的腿。一把闪闪发光的剑突然挥了下来，撞在涅米图斯的盾牌上，差点儿把他打翻在地。他踉踉跄跄地后退，盾牌从手臂上掉了下来，被那把不真实的剑劈成了两半。阿德摩尼厄斯一声不吭地举起他的武器，咆哮的利刃猛击向怪物躯干的下部。敌人的人造躯壳上留下一道深深的伤痕，火花迸溅开来，如雨般洒在裁决者的黑色盔甲上。

涅米图斯把残破的风暴盾牌扔到一边，双手拿起剑，往后跳了几步发起攻击。他感觉到在他身后，其他的太空死灵正在向他逼近，攻击落在剑刃守卫的盾牌上，发出尖厉刺耳的声音。他不认为庞大的军队会永远处于混乱状态，现在就是出击的好时机。

战斗苍穹上的光明之星。

为他人照亮道路，成为希望的灯塔。

一只爪子猛地伸了出来，斜劈开他的右肩护肩甲，把他甩到了一边。他差点儿掉进异形另一门加农炮的炮管里，那致命的绿光越来越亮，他用剑一扫，把它劈成了两半。在他用剑横扫之后，他用手肘狠命撞向那个太空死灵的结构体，使它踉踉跄跄，它靠三条腿勉强稳住平衡。一眨眼的工夫，加里奥斯就扑了上去，他的剑将它劈成了两半，碎片散落在地上。

涅米图斯惊讶地看着碎片慢慢地旋转着停了下来。它们并没有逐渐消失。

"它们死了！"他狂吼道，从后面朝太空死灵的指挥者冲过来。他用剑猛击敌人的一条腿，深深地砍进了臀部的关节处。一把绿刃武器朝他挥来，迫使他后退一步。太空死灵挪了挪身体，跌倒了。它的加农炮轰隆一声启动了，片刻之后炮口爆出一束波动的翠绿色能量光束。

爆炸袭击了阿德摩尼厄斯。

中尉吓了一跳，看着身着黑色铠甲的身体倒下，头部和半圆形的躯干被整整齐齐地切除了。

"为我们的兄弟报仇！"涅米图斯吼道，用力踢向这个异形受伤的肢体，他剩下的护肩甲抵挡住了另一剑的攻击，发出噼里啪啦的响声，被打落到腿上。

他单手松开剑，用手臂缠住那闪闪发光的金属，有种奇怪的阻力，让他没法抓牢。他摔倒了，滚了一圈，一边滚一边把异形的一条腿从关节上拧了下来。涅米图斯摔在地板上，太空死灵的指挥官向后伸开四肢，无力地挥舞着剑和加农炮以保持平衡，被仰卧着的中尉绊倒，砰地摔在坚硬的地板上。

就像被冥工结构体所模仿的真正的圣甲虫一样，经过强化的人类战士落在了佐扎尔倒下的身体上。他们不是用下颚挖掘死肉，而是用闪闪发光的利刃贪婪地击打着他身上的活体金属。

荒蝎领主用手臂支撑着他剩下的两条腿，试图站起来，硬化他的皮质盾以抵抗他们的攻击。

要抵御每一次进攻是不可能的。一记重击猛锤在佐扎尔的后脑勺上，劈开了他的脑袋，劈到了脖子处。带着越来越强烈的超脱感，他眼睁睁地看着自己的部分头骨从躯干上掉下来，哐当一声掉在地板上。

更大的皮层网络中充斥着抽搐的信号。没有协议，也没有自动移形换位的程序，佐扎尔无法将遭受重创的生命容器移出战场。他的撤退广播没有得到回应，飘散在空旷的虚空中。

他完全孤孤零零。

佐扎尔关闭了他的传感器，紧紧蜷缩起身体裹成一个茧状，以抵御雨点般落在他躯壳上的打击。这是一具身体，是他在追求高效杀伤力的过程中不断改造的身体。现在，既然它不会被更换，那就更无所谓了。死亡已经迫在眉睫。

死亡。

生命的终结。他的使命就是为死神服务，他是一个不折不扣的强硬杀手，追求一个有序的宇宙，没有意识的无政府状态。

他一点儿也不后悔。后悔已经太迟了。

用来修复无法愈合的伤口的能量供应几乎消失了，他只是出于本能抵御刀剑相加，没有任何求生的意识。他的皮层场退到了核心中枢，那是他为杀戮而制造的引擎中心的一个粒子簇。

在没有其他刺激的情况下，他最后残余的意识中出现了一个奇特的形象。佐扎尔原本世界中的火红太阳，照耀着一张美丽的面庞。

她虽然脸上到处都是病变痕迹和疮疤，秃顶而且被辐射灼伤，但仍面带微笑。

她逝去了，他的愤怒让他曾试图消灭所有的生命，以掩盖痛苦。佐扎尔没有成功，在最后清醒的一刹那，承认了自己的失败。

是的，生命是持久的。

埃斯切罗斯和他手下的一群战士观看了来自轨道宫殿的实时视频转播，因为这个巨大的装置已经启动，脱离了规定的轨道。当它掠过外大气层时，从底层爆发出热量和光。在前方，太空死灵的散装运输舰像一座黑色的方尖碑一样，悬挂在遥远的星空中，它的运输工具的发动机闪烁着碧玉色的光芒，奇异的多面体的各个侧面在闪闪发光。

宫殿的加农炮开火，源源不断地向外星人的舰艇发射等离子体和炮弹。在帝国司令官狂怒的指挥下，枪炮齐射，进入大气层的光芒变得越来越亮。白色和黄色的锋芒在视频转播中来回穿梭，等离子体爆矢弹的蓝色和烈性炸药爆炸的深红色短时间之内变得黯然失色。

"以帝皇的名义，他们将被铭记于心。"埃斯切罗斯庄严地吟诵着，看着一道闪着绿光的裂缝沿着异形的方尖碑延伸开来。随着轨道宫殿继续轰炸，次生裂缝继续向外蜿蜒。

　　大气摩擦的耀斑越来越亮，渐渐地，他几乎什么都看不到了，但在视频转播消失前的最后几秒钟，埃斯切罗斯看到那座神秘宏伟的异形建筑裂开了，一块比星舰还大的碎片从侧面掉了下来，断裂处闪耀着翠绿色的火花。

　　正当埃斯切罗斯感到压在他心头多日的重担被卸下来的时候，显示屏也变成了静止的状态。他听到身后一个原铸星际战士大笑出声，那笑声虽然没有什么特别的原因，但还是很有感染力。埃斯切罗斯转过身来，对他的战斗兄弟们笑了笑，释放了他的解脱感。

　　他想起了庞大的敌军舰队仍在向这个星球逼近，却毫无畏惧。在另一个方向，伊斯拉卡之复仇号已经逃出了射程，加速向外围移动。

　　他低声说："普拉克萨米德斯，愿帝皇保佑你一路顺风。我们以我们的死亡为荣，向王座上的主致敬，但你以你的生命来保护他的仆人。"

　　普拉克萨米德斯得出结论，他们没有办法从异形的手中逃脱，很不甘心。承认他们不会往回走就意味着他面临决策。他曾希望，当传感器接收到太空死灵重型拖运舰被摧毁的消息时，护航舰会在某种程度上受到影响。但他们没有。他们一心一意地坚持不懈，尽管伊斯拉卡之复仇号的引擎以百分之一百二十的功率运转，但他们还是追上了这艘突击巡洋舰。在这种压力下，等离子体引擎很快就会爆炸。

　　他查看星系图，寻找着灵感，希望自己能像埃斯切罗斯或涅米图斯那样在横向思维上能有灵光一闪。比如利用重力井进行加速，或减缓太空死灵攻击的速度。

　　导航的机仆们突然发出声音，吸引了他的目光。军官卡洛西解释了他们沮丧的原因："中尉指挥官，我们前方四千英里处有空间障碍。"

　　那是一大片小行星：有成千上万的冰块和岩石块，小的渺若灰尘，大的是比攻击巡洋舰还要大的庞然大物。由于鸟卜仪以最小功率运行，他们在更远的地方就看不到它们了。

　　奥洛里斯说："建议改变航向，向零－四－二，倾角七前进，中尉指挥官。为了操纵推进器，我们需要减速。"

　　普拉克萨米德斯默不作声，转向了显示屏的控制装置。他再次拿出了当地的图表，并把预测读数叠加在一起，就像之前那样。小行星带地域辽阔，有几万立方英里。虚空战的理论认为，追击像护航舰这样的小型舰艇在这种天文环境中更有优势。伊斯拉卡之复仇号必须放慢速度，以便让掌舵的军官有机会避开最大的小行星，让他们有足够的时间绕过它们。

他回想起涅米图斯在决定启动亚空间引擎时说过的话："没时间讲道理了，兄弟。如果我再多等一秒钟，我们可能永远都无法突破屏障。"

"当时的情形需要采取行动。"

"我们在亚空间中漂流，也不会有什么损失。这不是赌博。"

奥洛里斯发出了催促："中尉指挥官。"

他们距离战场边缘有两千英里远。

普拉克萨米德斯控制指挥舱，说："动力引擎调至标称，导航领域有效，给重炮充能。"

舱面甲级船员把他的命令转述了一遍，在他们的终端上迅速地工作着，在随后的半分钟里，他们纷纷给出了肯定的答复。然后，四周安静了下来——他只听得见机仆们微弱的低语声、遥测仪表的咔嗒声和计量器的嘀嗒声。但这份安静被舰长奥洛里斯打破了："中尉指挥官，舵令？"

普拉克萨米德斯平静地回答道："稳步前进。"

他看到奥洛里斯的眼中充满了怀疑。"稳步前进？"这对这位老兵来说是罕见的失态，这让他受到了埃克斯尔洛里亚的严厉斥责。

"服从你收到的命令，舰长，否则就撤你的职。"牧师踏着沉重的步伐穿过了战略厅，而奥洛里斯则敬了个礼，把命令传给舵手。埃克斯尔洛里亚继续在通信器连接上说话，好不让舱面船员和星语者们听到他在说什么："看来我们正直接陷入一种不稳定的天体现象中，同时敌人在我们的右舷后部有接触。这就是你的目的吗，兄弟？"

普拉克萨米德斯回答道："科提利亚的沼泽，牧师兄弟。"他切换到打开扬声器的模式，以便其他人能再次听到他们的交谈，"我想起了基因原体大人在科提利亚沼泽地里的行动，正如《马克拉格之书》所述。"

"我觉得这不是上历史课的好时机，中尉。"其中一个星语者说道，声音刺耳。

"在担任马克拉格的统治者之前的日子里，罗保特·基里曼曾率领一支巡逻队沿着科瑟尔山脊巡逻，那里与对手伊利里亚的领土接壤。"普拉克萨米德斯继续说道，对这番打断毫不在意。他看到小行星越来越近。导航警告在主显示屏上闪烁着琥珀色的光芒。"他跟在一支伊利里亚突袭纵队后面，这支纵队已经越过边境，把几个定居点夷为平地。基因原体大人本来只是想找出他们的位置，但当一场大雨从天而降时，他在滂沱大雨中偶然发现了伊利里亚人。"

导航的军官报告说："进入导航障碍。"

警报声短暂地响起，同时用作警示的红色符文亮了起来。从四面八方传来喊喊喳喳的嘀咕声和不安的喘息声。

埃克斯尔洛里亚吼道："安静！"他继续通过指挥频道说道，"专心干你们手头的活！我希望你是对的，兄弟。"

普拉克萨米德斯将视图切换到船头的视频连接，这是前方残骸的实时画面传输。红色的耀斑和条纹显示了低功率导航防护罩避开了较小的小行星的位置。他感到了片刻的解脱。现在要改变航向或中断能源已经太晚了。承诺的时刻已经过去，但这一次他已经采取了行动。

"伊利里亚人出动了一个五百多人的骑兵连，基因原体大人远不是其对手。"他转身面对着全体士兵，继续说道，"当他们的营地因入侵者而骚动起来时，尊敬的基里曼大人意识到他无法从他们手中逃脱，也无法战胜他们。"

很多船员在看显示屏，而没看他。一些人露出忧虑的眼神，另一些人则在窃窃私语。他如果瞥一眼埃克斯尔洛里亚就会发现，这位牧师的眼睛也紧紧盯着主要的显示屏，对船员们的过失视而不见。普拉克萨米德斯大步走向炮台终端，做了一些调整，关闭了左舷大部分能源，以加强对右舷和背面炮的能量分配。

"他没有试图向马克拉格·奇维塔斯撤退，而是继续前行进入了伊利里亚境内。他知道由于最近的降雨，沼泽扩大了许多，山麓小丘很快就会被河流三角洲沼泽所取代。"

巡洋舰继续在大块的岩石和冰块中左冲右撞、艰难前进，主显示屏上几乎全是鲜红的颜色。现在战略厅中回荡着障碍场中的噼啪声，还不时传来小天体碎片撞击船体的铿锵声和嘎吱声。

"伊利里亚人锲而不舍地跟在他后面穷追猛打，他们自信以多欺少万无一失，却不知道引着他们团团转的超级战士是谁。在那天，基因原体大人赢得了胜利，靠的不是他的体格和技能，而是他的智力。伊利里亚人的马很快就陷进了沼泽里，骑士们被困住了，而基因原体大人则借着下雨进行了反击。不熟悉环境的伊利里亚人比他们的敌人笨拙多了，遭到了屠杀，最后只有三分之一的人幸存下来，逃回了他们奸诈的国王身边。"

埃克斯尔洛里亚的视线终于离开了大显示屏，说道："他把那个战场变成了双方势均力敌的战场。"

"他放弃了自己的部分优势，以抵消敌人更大的优势。"普拉克萨米德斯向负责开火的军官举起了一只手，"你们大家都注意了，准备开火。掌舵，准备好新航向，向右急转。"

中尉看着太空死灵的舰艇在靠近小行星时放慢了速度。他想起关于科提利亚沼泽的记述的其余部分，就是他选择保密的那部分。伊利里亚人被打败了，但基里曼也在战斗中失去了一半的巡逻队。基因原体大人在其反思录中承认，如果敌人在追击之前先下马，他的计划就会失败。

就像年轻时的基因原体和涅米图斯一样，普拉克萨米德斯已经到了背水一战的地步。保存实力以备东山再起已经不再是合理的目标了。

要么鱼死，要么网破。他们不会再有第二次机会了。

纳塔伦之星4号三桅战舰：减速，敌舰已进入天体碎片中。

纳塔伦之星1号三桅战舰：减速，敌舰犯了个错误。

纳塔伦之星4号三桅战舰：绝望的境地。

纳塔伦之星3号三桅战舰：减速，探测到高密度障碍场。

纳塔伦之星4号三桅战舰：敌舰航线不变。敌舰受到持续的撞击伤害。

纳塔伦之星1号三桅战舰：敌舰很愚蠢。偏加速度，近距离开火。

纳塔伦之星3号三桅战舰：敌舰正在为我们扫清道路，将武器瞄准引擎。

纳塔伦之星4号三桅战舰：将武器瞄准引擎。

纳塔伦之星1号三桅战舰：能量脉冲——敌方侧翼推进器启动。

纳塔伦之星3号三桅战舰：敌舰受到更多伤害，变成碎片分布场。

纳塔伦之星4号三桅战舰：进入武器射程，目标锁定。

纳塔伦之星1号三桅战舰：加速拦截敌舰，目标锁定。

纳塔伦之星 4 号三桅战舰：敌舰武器信号增强。

纳塔伦之星 1 号三桅战舰：敌舰急速转弯，准备承受大规模武器开火。

纳塔伦之星 3 号三桅战舰：敌舰正准备开火，我们缺乏抵抗力。

纳塔伦之星 1 号三桅战舰：不忠不义不可容忍！编队协议激活。追踪指令协议进行覆写。

纳塔伦之星 3 号三桅战舰：需要进行规避机动。

纳塔伦之星 4 号三桅战舰：需要进行规避机动。

纳塔伦之星 1 号三桅战舰：需要进行规避机动。

纳塔伦之星 3 号三桅战舰：无障碍空间不足，规避受到影响。

纳塔伦之星 4 号三桅战舰：目标锁定，无法机动规避。

纳塔伦之星 1 号三桅战舰：打破阵形。

纳塔伦之星 3 号三桅战舰：空间不足以战斗——瞄准开火。

纳塔伦之星 1 号三桅战舰：规避协议失效。追击命令激活。

纳塔伦之星 4 号三桅战舰：能量武器发射——

纳塔伦之星 1 号三桅战舰：损失了 4 号三桅战舰。敌袭——

纳塔伦之星 3 号三桅战舰：协议指示开始攻击，开火，瞄准——

抑制火势的烟雾弥漫在战略厅内，迫使驾驶部门的高级船员们戴上了有循环呼吸器的面罩和防止炫光的护目镜。普拉克萨米德斯和埃克斯尔洛里亚仍然穿着盔甲，把星语者聚在一起进入前厅的避难所，在窒息和呛咳的同时冲锋陷阵，直到门在他们身后密封。

"亚空间引擎已开通。"普拉克萨米德斯命令道，启动了次级舱内的控制台，"连接到我的终端，激活盖勒力场。"

奥洛里斯在内部通话器中回答道："是，中尉指挥官。"

"现在吗？"费杜阿里斯咳嗽了起来。

"我们在一个小行星带里！"他的一个手下从所在的位置发出了抱怨。

"导航者，你准备好进行空间转换了吗？"普拉克萨米德斯问道，对这些抱怨置之不理。他把注意力转向穿绿衣服的灵能者们："我需要你们现在就广播，一起来。我们不能冒重新回到灵魂压抑状态的风险。这是我们的机会。"

费杜阿里斯举起手来，阻止大家发表任何反对意见。

"兄弟们，姐妹们，一起来吧。"他说着，伸出双手。带着不同程度的抵触情绪，星语者们连成一个圈，用失明的眼睛彼此对视。普拉克萨米德斯的盔甲报告说舱内温度下降了好几度。星语者们吃力地呼吸着，产生了湿气，防火气体也在终端的塑钢材料上冷凝为液体。

"准备就绪。正在等待命令，中尉。"科莎从背部的壁柱告诉他。

"操舵权转交导航者之塔。"普拉克萨米德斯命令道。例行公事让他平静下来，使他能够先不去考虑巨大的赌注以及他们会在接下来几分钟内全部死亡的可能性。那不是他能控制的。

那群星语者周围的空气变得更冷了，短暂地形成了一股股水蒸气。他看到他们的嘴唇在翕动，他们无声地一起说出语句，那是所有广播之前的常规传输识别码。费杜阿里斯浑身发抖，另外两个人也在颤抖。他们的眼睫毛上开始结霜。

"就是现在，中尉。"费杜阿里斯沙哑地说道，中尉几乎听不见他说了什么。

普拉克萨米德斯希望他能说些切中要害的话，说些简明扼要的训词来纪念这一时刻。星语者说出了他此时此刻唯一的想法。

"为了帝皇和基因原体！勇气与荣誉同在！"

他触发了启动亚空间引擎的符文。几秒钟之后，现实空间消失了。

尾声

夜空见证了轨道宫殿激烈的消亡。帝国司令官和他最亲近的顾问们信守承诺，在空间站被摧毁的时候，一直留在空间站上，他们的豪华住宅成了殉难者的火葬场。

最后一批居民从刚到达的轨道电梯车厢下来了。俄瑞斯忒斯的军官们带领非战斗人员前往中央建筑，而涅米图斯则向抵达的士兵和专家发出一连串命令。许多人很难集中注意力，随着第二支外星舰队的逼近，太空死灵压抑灵魂的力量再次变得强大了。在方尖碑消亡后，埃斯切罗斯本来兴致高涨，但现在那种情绪已不复存在了。

上尉扫视了一下人群，在其中发现了修女－城主特别的长袍。他小心翼翼地穿过人群，就像船头破开水面一样，人们在他面前向两边散开，直到他遇见了欧珀莱修女。

"你没跟着你的主人同生共死吗？"他转过身来，好让那位修女走在他前面，她沿着他开辟的道路前进，走出拥挤的人群。

"选择以身殉道不是我该做的事，我也没有做过什么值得忏悔的事。"

"异形舰队离他们的瞬间移动范围不到一万两千英里。他们会在几分钟内赶上我们。你的幸存是短暂的。"

欧珀莱说："可是责任要求我到这里来，你也一样，极限战士埃斯切罗斯上尉。你为什么不登上你的战舰离开呢？"

"出发前的每一秒延误都会让逃生面临风险。"

"你真的相信普拉克萨米德斯中尉成功地闯出了亚空间吗？"

埃斯切罗斯承认道："我不知道，修女。他们可能已经死了，或者飘浮在荒凉的亚空间中，永远地迷失了。只有死后我们才会知晓答案。"

他们离开了熙熙攘攘的人群。太空死灵的碎片四处散落。一架坠毁的突击艇在几码开外燃烧着翡翠色的烈焰，它的残骸被深埋在几码远的幕墙中。

一些碎片在颤动——被切断的四肢抽搐着恢复了生命，破碎的头骨上目光闪动，色如碧玉。

"随着新领主的到来，他们又恢复了不死之身。"修女说着，踢了踢一只蠕动的手，"就连他们的灭亡，也从我们身边被偷走了。"

埃斯切罗斯什么也没说。这不是他为自己精心设计的结局。这是对他自大的惩罚吗？他沿着这样的思路想下去，他的自大对任何人都毫无益处。他在每一个转折点上都按照自己的想法去做。第二支太空死灵舰队的到来，并没有减少第一支太空死灵舰队被摧毁的成果。如果这些极限战士没有来到俄瑞斯忒斯，这个星系将毫无意外地沦于敌手。也许，在某种程度上，异形的阴谋会因为他的介入而受挫，而他托付伊斯拉卡之复仇号转达的警告正飞速地传回不屈远征军和基因原体大人的手中。

但他也下定决心，认为事情就是这样。一个没有超越自身意义的结局，这就够了。

他将葬身于此，孑然一身，无人铭记。

当第一团翡翠色的薄雾笼罩天空，一队新月形的战舰出现时，埃斯切罗斯拔出了他的剑。他想起了另一句帝国的箴言，虽然他不知道是谁先说出来的："责任本身就是报酬。"

作者简介

加夫·索普是荷鲁斯异端系列小说《第一堵墙》《失落的拯救》《卡利班和科拉克斯的天使》的作者,也是中篇小说《莱恩》(《纽约时报》畅销书集《原体》中的一部分)和几部影音剧的作者。

他为战锤40000系列写了很多小说,包括《普罗斯佩罗之焚》《最高统治者:全能机械神之怒》,以及侬纳尼之崛起系列小说中的《幽灵战士》和《狂野骑兵》。他还写了《艾达灵族之路》和《卡利班的遗产》三部曲,以及野兽崛起系列中的两卷。加夫·索普为战锤系列写了终焉时代系列小说中的《凯因的诅咒》,战锤编年史文集中的《天崩地裂》,还写了西格玛时代系列小说中的《红色盛宴》。2017年,加夫·索普凭借他的西格玛时代系列小说《魔兽》获得了大卫·盖梅尔传奇奖。

他现生活和工作在诺丁汉。

译者简介

吴天骄,女,大学教师,战锤书迷,喜欢阅读与翻译,有较为丰富的翻译实践经验,徜徉于魔力无穷的文字空间,营造真实的虚幻世界。

版权所有　侵权必究

图书在版编目（CIP）数据

不屈 /（英）加夫·索普著；吴天骄译. -- 杭州 : 浙江科学技术出版社, 2022.4（2024.1重印）

书名原文: Indomitus

ISBN 978-7-5341-7707-1

Ⅰ. ①不… Ⅱ. ①加… ②吴… Ⅲ. ①幻想小说—英国—现代 Ⅳ. ①I561.45

中国版本图书馆CIP数据核字(2022)第037691号

著作权合同登记号　图字：11-2021-315号

书　　名　不屈
著　　者　［英］加夫·索普
译　　者　吴天骄

出版发行　浙江科学技术出版社
　　　　　杭州市体育场路347号　邮政编码：310006
　　　　　办公室电话：0571-85176593
　　　　　销售部电话：0571-85176040
　　　　　网址：www.zkpress.com
　　　　　E-mail：zkpress@zkpress.com

排　　版　浙江新华广告有限公司
印　　刷　浙江海虹彩色印务有限公司

开　　本　710×1000　1/16　　　印　张　14.5
字　　数　220 000
版　　次　2022年4月第1版　　　印　次　2024年1月第2次印刷
书　　号　ISBN 978-7-5341-7707-1　定　价　55.00元

责任编辑　吕路明　　　　　　　责任校对　张　宁
封面设计　孙　菁　　　　　　　责任印务　叶文炀